김종서는
누가
죽였나

김종서는 누가 죽였나

초판 1쇄 찍은 날 2011년 12월 20일
초판 2쇄 펴낸 날 2012년 3월 15일

지 은 이 | 이상우
펴 낸 이 | 서경석
편 집 장 | 권태완
책임편집 | 조수희

펴 낸 곳 | 도서출판 청어람
등록번호 | 제1081-1-89호
등록일자 | 1999. 5. 31
어람번호 | 제10-0009호

주 소 | 경기도 부천시 원미구 심곡2동 163-2 서경B/D 3F (우) 420-822
전 화 | 032-656-4452 팩스 | 032-656-4453
E-mail | chungeoram@chungeoram.com
HOMEPAGE | http://www.chungeoram.com
NAVER CAFE | http://cafe.naver.com/goldpenclub

ⓒ 이상우, 2012

ISBN 978-89-251-2716-3 03810

※ 파본은 구입하신 서점에서 교환하여 드립니다.
※ 저자와 협의하여 인지를 붙이지 않습니다.
※ 이 책은 도서출판 청어람과 저작자의 계약에 의해 출판된 것이므로,
무단 전재 및 유포·공유를 금합니다.

GOLDPEN CLUB NOVEL 009

김종서는 누가 죽였나

이상우 장편소설

차례

1. 야생 소녀 / 7
2. 프리섹스 대군 / 33
3. 불륜의 종결자 / 51
4. 산적 여두목 홍득희 / 69
5. 패전의 상처 / 98
6. 왕의 남자를 노리는 승냥이 / 121
7. 산적이 관군을 살리다 / 128
8. 사모하는 마음은 삭풍을 타고 / 150
9. 배신의 세월 / 168
10. 화살 한 대에 목숨을 걸고 / 190
11. 음모의 천재들 / 229
12. 왕업을 어지럽힌 예언 / 253
13. 장군을 겨눈 암살자 / 265
14. 달달족 대군 앞에 왕권 다툼만 / 294
15. 문종 독살 의혹 / 313
16. 수양대군의 가신들 / 325
17. 안평대군의 역모 / 336
18. 유혈의 밤 / 347
19. 단종의 항변 / 365
20. 새벽하늘에 혜성이 떨어지다 / 372
에필로그. 내가 뭐 임금 자리나 탐내는 사람인가? / 386
작가의 말 / 391

# 야생 소녀

"나는 조선 백성이오. 이거 놓으시오!"

목청을 찢는 듯한 울부짖음이 숲을 뚫고 산골짜기로 퍼져 나갔다. 딸은 숨도 쉬지 못하고 갈대숲 뒤에 납작 엎드려 있었다. 엄마의 절규가 딸의 뼛속까지 파고드는 것 같았다.

조선의 서울 한성에서 가장 멀리 떨어진 국경지대, 함경도 경원의 사다노(斯多老) 마을. 여진 땅인지 조선 땅인지 모를 정도로 여진족과 조선 사람이 섞여 사는 곳이었다. 봄채소를 가꾸러 밭에 나온 엄마한테 조선 변경 수비대 병사들이 갑자기 들이닥쳤다. 딸은 마침 소피를 보러 갈대숲 뒤로 몸을 감추고 있던 참이었다.

"얼굴이 제법 반반한데. 오랑캐 놈과 살기는 아까운 몸이야."

엄마의 팔목을 잡은 조선 병사가 입가에 흐르는 침을 손등으로 훔치며 빙글빙글 웃었다.

"나는 조선 사람 남편이 있는 몸이오. 놔주시오."

엄마가 목소리를 낮추고 사정했다.

"하하하. 너 같은 오랑캐 계집의 임자가 조선 사람이라고?"

병사는 엄마의 팔목을 더 세게 비틀어 쥐더니 숲으로 끌고 들어갔다.

"이거 얼마 만에 맡아보는 여자 살 냄새야."

숲 속으로 따라 들어간 다른 병사가 엄마의 치마를 홱 잡아당기며 아랫도리에 얼굴을 갖다 댔다.

딸은 주먹을 불끈 쥐었다. 나이는 비록 아홉 살이지만 병사들이 엄마를 어떻게 하려는 것인지 어렴풋이 알 수 있었다. 저러다 엄마를 죽일지도 모른다는 생각이 들었다.

딸은 일어서서 동네 쪽으로 달리기 시작했다. 아버지를 따라 산속으로 짐승 사냥을 다니며 다져진 몸이었다. 같은 또래의 아이들보다 발걸음이 빠르고 체력도 강했다.

"이 짐승만도 못한 놈들아! 놔라. 이놈아!"

엄마의 비명을 뒤로하고 딸은 숨이 턱에 닿도록 달렸다.

"아버지 큰일 났어요. 조선 병사들이 엄마를, 엄마를……."

집에서 노루 가죽을 다듬고 있던 아버지가 벌떡 일어섰다. 아버지는 파랗게 질린 딸의 얼굴을 보며 아내가 어떤 처지에 놓였는지 직감했다.

"어디냐? 빨리 가자."

아버지는 벽에 걸린 창을 재빨리 집어 들었다. 그러고는 몸을 휙 날리다시피 하여 대문 밖으로 뛰쳐나갔다.

"이놈들, 그만두지 못해!"

딸과 아버지가 숲에 도착했을 때 엄마는 옷이 다 벗겨진 채 바지를 내린 병사의 몸 밑에 깔려 발버둥을 치고 있었다. 아버지가 창으로 엄마 위에 올라탄 병사의 등을 푹 찔렀다.

"윽!"

병사가 비명을 지르며 엄마 몸 위에 엎어졌다.

"이놈 봐라!"

옆에 있던 병사 셋이 동시에 창과 칼을 휘두르며 아버지한테 덤벼들었다. 일 대 삼의 백병전이 벌어졌다.

"또리야, 어서 도망가라!"

아버지가 병사들의 창과 칼을 막아내면서 딸에게 소리를 질렀다. 딸 또리는 사람들을 더 불러와야겠다는 생각에 다시 동네로 달음박질했다.

"얘야."

또리가 동네 입구에 다다랐을 때 도포 차림의 낯선 선비가 또리를 불러 세웠다.

"너, 조선 말 아냐?"

조선 사람보다 여진족이 더 많은 지역이라서 얼굴만 보고는 알 수 없기에 묻는 말이었다.

"예."

또리가 다시 뛰어가려고 몸을 앞으로 숙이는 순간 젊은이가 다시 말을 걸어왔다.
"무슨 일이기에 그리 서두르느냐?"
나이가 좀 들어 보이고 체구가 작은 사람이었다. 어깨에 멘 활이 질질 끌릴 듯하였다. 함께 멘 화살통도 무거워 보였다. 그러나 빛나는 눈빛이 범상치 않아 보였다.
"우리 엄마하고 아버지가 나쁜 놈들하고 싸우고 있어요. 살려주세요."
선비의 아래위를 황급히 훑어본 또리가 도움을 청했다.
"거기가 어디냐?"
"저 개울 건너 숲 속이어요."
"그래? 어서 가보자."
선비의 말이 떨어지기가 무섭게 소녀가 앞장서서 달렸다. 소녀의 뜀박질이 어찌나 빠른지 선비는 숨을 헐떡이며 따라갔다.
두 사람이 숲 근처에 이르렀을 때 이미 병사들은 사라지고 없었다. 인기척이 전혀 없는 숲 속을 헤치고 들어서자 처참한 광경이 드러났다.
소녀의 아버지가 피투성이가 된 채 아내 위에 엎어져 있었다. 아내는 발가벗겨진 채 피투성이가 된 몸으로 남편의 몸 밑에 깔려 있었다. 마치 남편이 아내의 벗은 몸을 덮어주려고 일부러 몸을 포개고 있는 것처럼 보였다.
선비는 몸을 숙여 소녀의 어머니와 아버지의 코에 손을 갖다 댔다. 그런 다음 목에 검지와 중지를 대고 한동안 지켜보았다.

"두 분 다 돌아가셨다."

젊은이의 말에 소녀는 주먹으로 입을 틀어막았다. 눈에서 눈물이 주루룩 쏟아져 내렸다. 그러나 울음소리는 전혀 새어 나오지 않았다.

선비는 소녀의 어머니의 몸을 찢어진 옷으로 가려주었다. 그리고 남편의 시신을 아내의 몸 위에서 끌어내려 나란히 눕혔다.

선비는 현장 주변을 살펴보았다. 사방에 핏자국이 낭자했다. 부러진 창과 찢어진 옷 조각이 여기저기 흩어져 있었다.

부러진 창에 새겨진 문양을 한참 동안 살피던 남자가 한숨을 길게 내쉬었다.

"네 말이 맞구나. 조선 병사들이야. 경원 주둔 병사들이로군."

그때였다. 우악스러워 보이는 청년 패거리가 몰려왔다. 여진족이었다.

"네놈 짓이냐?"

여진족들은 선비를 보자 칼을 뽑아 들고 거친 여진 말로 물었다.

"아니오. 조선 병사들의 짓이오."

선비가 서툰 여진 말로 대답했다.

"당신은 여진 사람이오?"

청년들이 경계를 조금 늦추며 물었다.

"아니오. 나는 조선 한성에서 온 사헌부 관원이오."

"한성에서 왔다고요? 이름이 무엇이오?"

"김종서라고 하오."

"음. 경원 읍내에 있는 우디거의 병영에서 식객으로 머물고 있다는 그 선비로군요."

여진족 가운데 한 사람이 아는 체를 했다. 우디거는 여진족 중 상당한 위치에 있는 부족의 족장이었다.

김종서. 오 척 단구에 온화한 얼굴, 큰 귀, 그리고 허술해 보이는 체격이지만, 어딘가 위엄이 서려 있는 선비였다. 태종 오 년에 이십이 세 나이로 식년 문과에 급제하여 사헌부 우정언(정육품)으로 복무하다가 세종 임금의 특명을 받고 북방 변두리 경원에 와 있었다. 새 문자를 창제하려는 뜻을 지닌 세종 임금이 여진 문자를 연구하다가 자료가 부족하자 김종서를 현장에 보냈다. 여진족의 말과 글에 대해 여러 가지를 조사해 오라는 명이었다.

김종서는 여진족 청년들의 도움을 받아 또리 부모의 시신을 묻어주었다. 여진 청년들은 갖바치 일을 하고 있는 화척인 조선족을 이웃으로 받아들이고 살고 있었다. 엄격히 말하면 경원군 사다노는 조선 땅이지만 조선의 행정력이 미치지 않아 무정부 지역이나 마찬가지였다.

"못된 조선 병사들을 그냥 두지 않겠소."

김종서는 여진 청년들과 함께 또리를 집으로 데려다 주면서 입술을 지그시 깨물었다.

"이름이 또리라고 했지?"

며칠 후 곡식 자루를 짊어진 하인을 앞세우고 김종서가 또리의 집에 찾아왔다. 어린 남매만 살고 있음을 아는 터라 식량 걱정이 되어서 온 것이었다. 이제 다섯 살 난 또리의 남동생은 부모에게 닥친 변고를 알지 못한 채 며칠째 엄마, 아버지에게 가자며 보채고 있었다.

"예."
"글자로는 어떻게 쓰냐?"
"전 글자를 몰라요. 또리는 여진 말이래요."
"그럼 동생 이름은?"
"쟤도 또리예요."
"응? 둘 다 또리라고? 그럼 어떻게 구분을 하느냐?"
"저는 짧게 또리라고 하고 동생은 길게 또오리라고 불러요."
"아버지는 글자를 아느냐?"
"예. 조금. 그렇지만 우리에게는 가르쳐 주지 않았어요. 배워 보았자 도움 될 게 없다고 하면서요."

또리 남매는 얼른 보아도 몸이 민첩하고 머리도 영리해 보였다.

또리의 아버지는 성이 홍 가로 본래 함흥에 살던 농민이었다. 그러나 지방 관리들의 횡포에 갖고 있던 논밭을 다 빼앗기고 변방으로 흘러와 여진족과 섞여 살면서 갖바치 노릇을 하고 있었다.

"또리라…… 돌이(乭伊)라고 써야 하나?"

한참을 생각하던 김종서가 고개를 흔들더니 또리를 보며 말했다.

"내가 너희 이름을 지어주어도 되겠느냐? 글자로 쓸 수 있는 이름으로."

또리는 무슨 영문인가 몰라 김종서를 빤히 쳐다보기만 했다.

그러자 김종서가 빙긋이 웃으며 행낭에서 벼루와 붓을 꺼내 들었다. 또리는 얼른 뒤꼍으로 달려가 물 항아리에서 물을 떠왔다.

"눈치가 빠르구나."

김종서가 고개를 끄덕이며 벼루에 물을 붓고 먹을 갈았다.

"어디다가 써줄까?"

또리는 얼른 손바닥을 내밀었다.

"그래, 우선 손바닥에 쓰자."

김종서는 조개껍질같이 하얀 또리의 손바닥에 글자를 썼다.

"너희 성이 홍(洪)이라고 했지? 자, 홍득희(洪得希), 어떠냐 득희란 이름이?"

김종서의 말에 또리가 눈을 반짝이며 물었다.

"이 글자가 무슨 뜻인데요?"

"얻을 득(得) 자에 바랄 희(希) 자다."

"그렇다면 제가 바라는 걸 다 얻을 수 있다는 뜻인가요?"

또리의 얼굴이 환해졌다.

"그래, 바로 그거다. 어떠냐, 득희야."

"좋아요. 참 좋아요."

"글자를 한 번 써보거라."

김종서가 종이와 붓을 건네자 득희는 수줍은 얼굴로 받아 들었다. 붓을 든 득희의 손이 후들후들 떨렸다. 그래도 득희는 자신의 손바닥을 들여다보며 한 획, 한 획 글씨를 그려 나갔다. 오른손에 쓴 글자를 쓰기 위해서는 왼손으로 붓을 잡아야 했다.
"어떠냐? 쓸 만하냐?"
"글자가 너무 어려워요."
"그래? 그럼 쉬운 글자로 바꾸어 지어줄까?"
"아니어요. 저는 바라는 대로 얻을 수 있는 사람이 되었으면 좋겠어요."
득희가 단호히 말했다.
"그래, 득희는 뭘 바라느냐?"
"저는 어머니와 아버지와……."
말을 하는 득희의 얼굴이 금세 어두워졌다. 그러자 김종서는 얼른 득희의 동생에게 말을 건넸다.
"너도 손바닥을 이리 내놓아 보거라."
득희의 동생이 김종서 앞에 앉아 두 손을 내밀었다.
"너는 남자니까 진석(眞石)이라고 지어줄까?"
김종서가 동생의 손바닥에 글씨를 써주었다.
"참 진(眞) 자에 돌 석(石) 자다. 너도 한 번 베껴 써보아라."
그러자 득희의 동생이 말했다.
"선비님, 글자가 너무 어려워서 못 쓰겠어요."
"그래? 하긴 어린 너한테는 진(眞) 자를 쓰는 게 무리이긴 하겠구나. 그럼 이 글자는 지우고 이것 하나로만 하면 어떻겠느냐?"
김종서가 진(眞) 자를 까맣게 칠하자 득희의 동생이 활짝 웃으며 답했다.

"이 글자라면 저도 쓸 수 있어요."

"그래. 돌 석 자만으로도 좋은 이름이 될 수 있다. 본래 석 자가 돌을 뜻하는 것이니, 또오리와 돌이가 발음도 비슷하고…… 이게 더 잘 어울리겠구나."

그러자 득희가 석이의 손을 잡으며 이름의 뜻을 새겨주었다.

"선비님이 네가 돌처럼 굳고 강한 사내가 되라고 지어주신 이름이야."

"그렇지. 득희가 참 영특하구나."

김종서는 만족한 얼굴로 득희와 석이를 번갈아 바라보았다.

"잠시만 기다려 주셔요."

득희는 김종서에게 말하고는 헛간으로 갔다. 아버지가 가죽으로 물건을 만드는 작업장이었다.

"여기다가 저희 이름을 써주세요."

득희가 두툼한 노루가죽 허리띠 두 개를 가지고 왔다. 아버지가 만들어 팔던 것이었다.

홍득희(洪得希), **홍석**(洪石).

김종서는 가죽띠에 남매의 이름을 정성 들여 써주었다.

졸지에 고아가 된 득희 남매에게 식량이나 주고 갈 요량으로 들렀던 김종서는 차마 둘을 떼어놓고 떠날 수가 없었다. 사다노의 여진족들이 득희 남매를 돌보겠다고 했으나 김종서는 둘을 데리고 경원으로 향했다. 천자문이라도 깨치게 한 뒤에 보내주어야겠다는 생각이었다.

경원에는 오롱초사라는 절이 있었다. 이 절에는 여진 문자로 쓰인 불경이 있었다. 몽골 문자와 여진 문자를 수집하라는 왕명을 받고 경원에 온 김종서는 틈만 나면 오롱초사에 찾아가 스님들한테 여진 문자에 대한 강론을 청해 들었다.
오롱초사에 있는 여진 문자는 여진족이 세운 금(金)나라의 황제 희종이 만든 글자였다. 여진 문자에는 대자와 소자의 두 종류가 있는데 소자가 희종 황제가 만든 것이고, 대자는 희종 황제보다 십구 년 앞선 금나라 태조 때 완안희윤이라는 사람이 만들었다. 세종 임금은 군왕으로서 문자를 창안한 희종에 대해 특히 관심이 많았다. 그래서 김종서를 경원에 보내면서 여진 문자의 모양, 발음 등 음운학적 자료와 창제 내력 등을 수집해 오라고 당부했다.
"선비님, 그 활은 너무 커서 선비님한테 어울리지 않는데요."
누나 홍득희와 함께 김종서를 따라 경원으로 가던 동생 홍석이가 말했다.
"그러냐? 네 눈에 활이 크게 보였는가 보구나. 하지만 내 키가 작아서 활이 길어 보이는 거지, 활이 커서 내게 안 맞는 것이 아니란다."
김종서가 호탕하게 웃으면서 대답했다.
"선비님 몸에 맞을 만한 작은 활도 저희 집에 여러 개 있어요. 그걸 드릴까요?"

홍득희가 활 쏘는 시늉을 하며 거들었다.

"임금님이 이 활을 메고 다니라고 하셨다."

"예? 임금님이요?"

김종서가 메고 다니는 활은 세종 임금이 직접 하사한 것이었다.

김종서는 몇 년 전 강원도에 암행어사로 간 일이 있었다. 강원도 감사는 풍년이 들었으니 조세를 더 거두어야 한다고 했으나, 농민들은 흉년이 들어 굶고 있는데 무슨 세금이냐며 반발하는 상소를 빗발치게 조정으로 올려 보냈다. 세종 임금은 이 상반된 상황의 진상을 밝히기 위해 가장 신임하는 관원인 김종서를 행대감찰(종육품)의 임무를 주고 강원도에 밀파했다.

현장에 간 김종서는 감사의 비리를 낱낱이 밝히고 농민들의 비참한 실상을 임금에게 보고했다. 세종 임금은 감사를 한성으로 소환하고 농민들의 조세를 면제해 주었다.

일이 끝난 뒤 세종 임금이 김종서를 불렀다.

"그대가 이번 일을 공정하게 밝힌 덕분에 많은 불쌍한 백성들을 살렸소. 과인이 활 한 자루와 전통을 줄 터이니 이것을 항상 메고 다니시오."

세종 임금은 김종서보다 아홉 살이 젊었다. 선왕 시절부터 관직에 있어온 김종서를 깍듯하게 대했다.

"황공하옵니다. 그런데 마마, 제가 무신도 아닌데 웬 활입니까? 이것을 무엇에 쓰라는 분부이신지요?"

김종서는 원래 문과에 급제하여 보직도 문관의 자리를 맡고 있기 때문에 무기와는 거리가 멀었다.
"그것을 항상 차고 다니다가 짐승이 나오면 쏘도록 하시오!"
세종 임금이 근엄한 목소리로 말했다.
"옛? 짐승이 나오면 쏘라 하셨습니까?"
"그렇소."
"대궐에 무슨 짐승이 나옵니까?"
"하하하. 대궐에도 장차 짐승이 많이 나올 것이오."
김종서는 세종 임금의 뜻이 무엇인지 짐작이 가지 않았다. 그러나 임금의 명이니 어쩔 수 없이 활과 전통을 메고 다녔다.

홍득희와 홍석이를 데리고 경원으로 돌아온 김종서는 문자 학습소로 갔다. 문자 학습소란 여진족과 돌궐족, 몽골족 등의 어린이를 모아서 변경 민족의 언어와 문자에 대한 연구를 하는 김종서의 사설 서원 같은 곳이었다.
"너희들도 틈을 내 한자 공부를 하여라. 여진족 아이들도 여럿 있으니 심심치는 않을 것이다. 더구나 득희는 여진 말을 잘하니까 나한테도 도움이 될 것이다."
"고맙습니다, 선비님."
김종서의 기대대로 홍득희는 영특했다. 김종서가 알고자 하는 것이 무엇인가를 금방 알아차리고 경원 일대에 흩어져 있는 여진 문자로 된 옛날 비석이 있는 곳을 알아내어 여러 군데를 알려주었다.
무술에도 뛰어나 같은 또래의 남자 아이들을 능가했다. 말을 타는 솜씨가 좋아서 여진족 어른을 앞지를 정도였으며, 활을 잘 쏘아 사냥을 나가면 김종서보다 수확이 더 많았다. 무엇보다 몸이 날래서 김종서로서는 따라잡을 수가 없었다.

"득희야, 너는 장차 무엇이 되고 싶으냐?"

김종서가 진지하게 물었다.

"장군이 되고 싶어요."

득희의 말에 옆에 있던 여진족 사내아이가 타박을 주었다.

"계집아이가 무슨 장군이냐. 시집가서 살림 잘하는 게 최고지."

"싫어. 나는 장군이 될 거야."

홍득희가 정색을 하고 쏘아보자 여진족 사내아이는 주춤하고 물러섰다.

그때였다. 말을 탄 병사 십여 명이 김종서의 학습소로 달려왔다.

"여기 한성서 왔다는 놈 어디 있느냐?"

맨 앞에 선 병사가 험악한 얼굴로 큰 소리를 질렀다. 병사들의 인솔자인 듯했다.

"나를 찾는 것 같은데······."

김종서가 앞으로 나섰다. 오 척 단구에 허술한 복장의 김종서는 볼품이 없어 보였다.

"네놈은 한성서 무엇을 하는 놈인데 이 변경으로 와서 국경 수비를 방해하느냐?"

앞장선 병사가 말에서 내리지도 않고 거드름을 피우며 물었다.

"나는 한성 사헌부에서 어명을 받고 온 김종서요. 당신은 누구요?"

"사헌부 김종서라. 품계가 어떻게 되느냐?"

병사는 줄곧 반말이었다.

"우정언이요."

"뭐라고?"

잠시 움찔하던 인솔 병사가 말에서 내려서면서 다시 목소리에 힘을 주었다.

"우정언이면 품계가 종육품인데, 네놈이 그렇게 높다고 헛소리를 쳐도 내 알 바가 아니다."

인솔 병사는 더욱 기를 살려 말을 이었다.

"나로 말하면 함경 체찰사와 경원 호군 송희미 나으리 산하에 있는 패두 양정이시다. 네놈이 허풍까지 치는 것을 보니 혼이 좀 나야겠다."

양정 패두는 말 탄 병사들을 돌아보며 눈짓을 했다. 패두란 삼군부에 속한 군사로 병사 오십 명을 거느리는 하급 지휘관이었다.

양정은 십대 후반으로 앳돼 보였다. 그러나 키가 크고 체격이 좋아 힘깨나 쓰게 보였다. 눈초리가 위로 치켜 올라가 사납고 심술이 가득 차 보였다. 여기서 김종서가 만난 양정은 후에 김종서의 인생에서 결정적인 걸림돌이 되는 인물이었다. 걸림돌이라기보다 김종서의 생애에서 만나서는 안 되는 인물이었.

양정의 눈짓에 말을 타고 있던 병사들이 모두 내려섰다.

"김종서인지 김종놈인지 저놈을 꿇어앉혀라."

양정 패두는 뒷짐을 지고 거들먹거리며 명령했다.

"이보게, 양 패두. 이게 무슨 짓인가."

김종서가 점잖게 말했다.

"무슨 짓이라니. 저놈을 빨리 꿇어앉혀라!"

양 패두가 다시 소리치자 병사 두 명이 달려들어 김종서의 팔을 잡았다.

"이거 놓지 못하겠는가!"

김종서의 작은 몸집에서 준엄한 목소리가 터져 나왔다.

그때였다. 옆에서 보고 있던 홍득희가 번개처럼 공중에 솟더니 두 발로 병사의 얼굴을 냅다 갈겼다. 아홉 살 소녀의 놀라운 기습이었다.

"아이구——구!"

병사는 두 눈을 손으로 감싸고 주저앉았다.

"저런 못된 년이……."

양정이 칼을 빼 들고 홍득희의 머리 위로 치켜 올렸다.

"안 되오."

김종서가 재빨리 양 패두 앞을 막아섰다.

"오냐, 네놈부터 베어주마."

양정이 김종서의 가슴을 향해 칼을 내리그었다. 그러자 김종서는 기민하게 양정의 칼끝을 피했다. 보기보다 몸이 재빨랐다.

"이놈 봐라!"

양정이 다시 칼을 휘두르기 시작했다. 그때 빙 둘러서서 지켜

보고만 있던 여진족 아이들과 젊은이들이 모두 나섰다. 김종서의 학습소에 있는 아이들이었다.

"우리 훈장님을 구하라!"

여진족 아이들과 젊은이들은 순식간에 조선 병사들을 향해 달려들어 맨손으로 조선 병사들의 창과 칼을 빼앗아 들었다. 여진족 젊은이들은 맨 손으로 멧돼지를 때려잡던 솜씨로 조선 병사들을 때려눕혔다.

"저놈들을 모두 꿇어앉혀라!"

이번에는 김종서가 호령을 했다.

병사들을 꿇어앉힌 여진 젊은이들은 조선 병사들이 가졌던 무기를 전부 거두어 한쪽에 모았다. 병사들이 타고 온 말은 집 밖으로 끌어다 매어놓았다.

"너희들의 대장은 누구냐?"

"경원 호군 송희미 나으리라고 하지 않았소."

양정 패두의 말투가 한결 고분고분해졌다.

"너는 내가 누군지 정녕 모르느냐?"

"한양서 온 관원이라는 것은 알고 있었소."

"그런데 왜 나를 찾아왔느냐?"

양정은 한참 망설이다가 대답했다.

"우리 아이들이 여진 오랑캐 여자를 겁탈한 사건을 상부에 알려 우리 아이들을 처벌한다고 하기에……."

"그 여자는 여진족 부녀자가 아니고 우리 조선의 여염집 부인이다. 임금님이 죄 없는 동족 여자를 겁탈하고 죽이라고 너희들을 이곳 변경에 보낸 줄 아느냐? 변경의 국토를 지키라고 나라에서 녹을 주어 너희들을 여기까지 보내지 않았더냐. 그런데 지키라는 변경은 안 지키고 선량한 백성을 겁탈하고 죽여? 너희들에게 군율의 엄함이 무엇인지 알게 할 것이다!"

김종서는 그들의 소속과 이름을 적은 뒤 본대로 돌려보냈다.

이튿날 김종서는 우디거의 부하 십여 명을 거느리고 경원의 송희미 호군을 찾아갔다. 이미 양정으로부터 보고를 받고 난 뒤라 송희미는 저자세를 취했다.

"김 우정언이 이 변경 골짜기에 와 있는 줄은 몰랐소. 고생이 얼마나 심하시오."

송희미가 비굴한 웃음을 흘렸다. 김종서는 한양에서 몇 번 부딪친 일이 있는 무관이었다. 생김새와는 달리 권모술수에 뛰어나고, 돌아앉아 사람을 함정에 빠뜨리는 비굴한 인물로 평이 나 있었다.

"송 호군이야말로 변경에서 고생이 많소."

송희미는 김종서를 위로한답시고 술상까지 차려놓았다. 술을 좋아하는 김종서지만 그 자리에 같이 앉아 술 마실 처지가 아니었다.

"저야 원래 무반이라 이런 고생은 사서라도 해야지요. 그런데 사다노에서 우리 아이들이 큰 실수를 했다던데…… 모두 이 사람의 불찰이오. 용서하시오."

송희미는 술을 따르면서 흘금흘금 김종서의 눈치를 보았다.

"양민을 겁탈하고 목숨을 빼앗은지라 그냥 넘길 수 없는 일이오. 호군께서는 이 일을 어떻게 처리하려 하시오?"

김종서가 아픈 곳을 먼저 찔렀다.

"우리 병사들이 워낙 고향을 떠난 지가 오래인지라, 여인네 생각도 났겠지요. 군졸이 모자라 몇 년째 귀향 휴가도 보내지 못하고 있으니……."

송희미는 우물거리며 말끝을 흐렸다.

"그래도 그렇지, 군사에게는 군율이 있고 사람에게는 인륜이 있는 법이오. 절대로 그냥 넘길 일은 아니오."

김종서가 단호하게 말하자 송 호군은 난처한 표정이 되었다.

"그렇기는 하오만…… 양정이라는 젊은 패두는 장래가 촉망되는 무관이지요. 자, 그 이야기가 급한 것이 아니니 우선 술이나 한 순배 하시지요. 얘들아, 이리 오너라."

송 호군이 손뼉을 치자 관기 두 명이 들어와서 넙죽 절을 했다.

"옥매라고 하옵니다."

"저는 구월이라고 하옵니다."

두 여인이 요염하게 몸을 비틀며 큰절을 하고 앉았다.

김종서는 비위가 왈칵 상했다. 김종서는 술상을 주먹으로 치며 벌떡 일어섰다.

"아니, 왜 이러시오. 아이들이 마음에 들지 않으시오? 다른 아이들로 부를까요?"

송희미 호군이 당황해서 김종서를 붙잡으며 계속 주절거렸다.

"나으리도 고향 떠난 지 꽤 되었는데 저녁에 여기서 저 아이들과 회포라도 풀고 천천히 가시지요."

"이 일을 한양에 가서 전하께 상세히 보고하리다."

김종서의 말에 송희미의 얼굴이 하얗게 질렸다.

"아니, 변경의 사소한 일까지 보고하시다니요. 제가 군율로 즉각 다스릴 터이니 제발 참으시지요."

김종서는 꼭 임금한테까지 고할 생각은 아니었다. 송 호군이 하는 짓이 괘씸해서 한 말이었다.

"그럼, 어떻게 처리할 것인지 알려주시오. 나는 한양 가서 좌군 체찰사께 보고하겠습니다."

북방 변경 경비의 행정 업무는 좌군영에서 지휘하기 때문에 한 말이었다.

김종서는 경원에 와 있으면서 송희미 호군에 대한 이야기를 여러 사람한테서 전해 들었다. 여자를 좋아해서 조선 사람이건 여진족이건 반반한 여자는 모두 수청을 들게 한다고 악명이 높았다. 그뿐 아니라 무인답지 않게 비겁해서 여진족 타르타르 두목한테 여러 번 공물을 보내면서 쳐들어오지 말아달라고 간청하기도 했다는 소문도 들렸다.

"한양은 언제 가십니까?"

송희미가 근심 가득한 얼굴로 물었다.

"그날 사다노에 갔던 지휘관은 군율로 목을 베어야 할 것입니다."

김종서는 송희미의 질문을 무시하고 이 말만 남긴 채 휑하니 군영을 나섰다. 김종서는 양정의 처벌을 확인하지 않은 것이 뒤에 자신의 운명을 결정짓는 실수라는 것을 알지 못했다.

"여보쇼, 우정언."

송 호군이 뒤따라오며 다급한 목소리로 불렀다. 그러나 김종서는 들은 척도 하지 않고 재빠른 걸음으로 그곳을 빠져나왔다.

김종서가 학습소에 도착했을 때는 반달이 서쪽 하늘에서 졸고 있을 때였다. 학습소 아이들은 이미 잠이 들어 있었다. 홍득희와 홍석이도 여진족 아이들 틈에 섞여 자고 있었다.

그때였다.

딱!

어디서인지 화살이 날아와 김종서의 허벅지에 꽂혔다.

"으—"

김종서는 비명을 삼키며 그 자리에 주저앉았다.

"웬 놈이냐?"

김종서는 화살이 날아온 쪽을 향해 소리를 질렀다.

"이놈 김종서, 여기가 어디라고 함부로 흰소리를 하고 다니느냐."

복면을 한 건장한 남자 둘이 주저앉은 김종서 앞을 가로막고 섰다. 김종서는 가까스로 일어서서 그들과 마주섰다. 오른손으로는 어깨에 멘 활을 단단히 잡았다. 왼쪽 허벅지에는 화살이 꽂혀 있었다.

"우리는 이만주 장군의 부하다. 한양에서 웬 버러지 같은 놈이 와서 우리 여진 땅을 기어 다닌다기에 손 좀 보러 왔다."

이만주란 당시 여진족 중에서 가장 큰 세력을 형성하고 있는 족장이었다. 그러나 김종서는 그들이 여진족이 아님을 직감했다.

"이만주 장군 밑에 있다고? 이만주 장군은 나와 각별한 사이인데 나를 이렇게 대접할 리가 없다."

김종서가 카랑카랑한 목소리로 말했다. 김종서는 실제로 이만주를 만난 일이 있었다. 이만주는 조선에 대해 상당히 협조적이었다.

"우리 장군님이 버러지를 좋아할 턱이 있느냐? 네놈은 와서는 안 될 곳에 왔다. 그것도 모자라 행패까지 부리고 다녔으니 오늘 다리몽둥이를 분질러 버릴 것이다."

복면을 쓴 키가 껑충한 자가 어깨에서 도끼를 꺼내 들었다.

"그렇게는 안 될 것이다. 너희는 이곳에 주둔하는 조선군 소속 같은데, 누구의 명을 받고 나를 죽이러 왔느냐?"

김종서가 곧게 선 채 굽힘 없는 목소리로 말했다. 화살이 박힌 왼쪽 허벅지에서 피가 흘러 내려 복숭아뼈를 적셨다.

"이놈 봐라. 다리만 분지르고 목숨은 살려주려고 했더니 안 되겠군. 아예 그림자도 한양에 돌아갈 수 없게 흔적을 지워 버려야겠다."

복면 사나이가 밤 골짜기를 찢는 기합 넣는 소리를 냈다.

"하아압!"

복면은 도끼를 쳐들고 김종서의 정수리를 향해 내려쳤다. 보기보다는 몸이 빠른 김종서가 가볍게 도끼를 피했다.

"응? 이놈이 제법인데……."

이번에는 다른 복면이 들고 있던 활을 집어 던지고 옆구리에서 칼을 뽑아 들었다.

"내가 이놈을 요절내고 말 것이다."

칼을 든 복면은 긴 칼날을 좌우로 휘저으며 김종서에게 덤볐다. 칼날이 반달 빛을 받아 섬광처럼 번뜩였다.

휙, 휙.

그러나 김종서는 온 힘을 다해 칼날을 피했다. 얼마 가지 못하고 칼에 목이 잘릴 것이라는 공포감이 온몸을 조여왔다.

"으음—"

얼마 안 가 김종서가 복면 쓴 사내의 칼을 가슴에 맞고 쓰러졌다. 김종서는 이게 마지막이라는 생각이 들었다. 그때였다.

"꼼짝 마라!"

비단을 찢는 듯한 날카로운 목소리가 어둠을 뚫었다.

"뭐야?"

쓰러져 있는 김종서의 목을 찌르려던 복면이 주춤했다.

"우리 훈장님을 건드리지 마라!"

어둠 속에서 불쑥 나타난 사람은 아홉 살짜리 홍득희였다.

"뭐야?"

복면의 사나이는 기가 막힌 듯 주춤한 자세로 홍득희를 내려다보았다.

"이놈들, 무기를 버려라."

홍득희의 앞과 뒤에서 남자 아이 예닐곱 명이 유령처럼 나타났다. 김종서는 학습소에서 자고 있던 아이들이라는 것을 얼른 알

야생 소녀

아차렸다. 아이들은 손에 손에 낫이며 호미며 몽둥이를 들고 있었다.
"우리는 여진족이다."
다급해진 칼 쥔 복면 사내가 소리쳤다.
"헛소리 말아라. 여진족이 그렇게 조선 말을 잘할 수가 없다."
아이들이 다가서자 복면들은 뒤로 슬금슬금 물러서더니 걸음아 날 살려라 하고 도망치기 시작했다.
"훈장님!"
홍득희와 아이들은 김종서를 부축해서 학습소로 들어갔다.
"저놈들은 조선 병사들입니다. 틀림없어요."
여진 아이 중에서 가장 나이가 많은 송오마지가 말했다.
"나도 그렇게 생각한다. 틀림없이 송희미 호군이 보낸 양정이란 놈일 것이다. 송희미 이놈, 두고 보자."
김종서는 이를 악 물었다.
여진족 소년들은 횃불을 만들어 들고 도망간 복면들을 뒤쫓아갔다. 그러나 얼마 가지 않아 그들을 놓치고 그냥 돌아왔다.

허벅지와 가슴에 부상을 당한 김종서는 며칠 동안 고생을 했다. 홍득희가 곁에 붙어서 밤낮으로 지극히 보살폈다. 화살은 여진족 사냥꾼들이 와서 그들의 방식대로 뽑아내고 산에서 캐온 약으로 치료를 해주었다.
사흘째 되던 날 김종서는 일어나서 학습원으로 나갔다. 그동안 홍득희가 모아놓은 여진 문자의 탁본들을 살펴보았다. 김종서가 판독할 수 있는 문자는 거의 없었다. 원래 탁본은 한지로 해야 제격인데, 변방에서 한지를 구하기란 쉽지 않았다. 할 수 없이 올이 고운 삼베에 탁본을 했지만 읽기가 쉽지 않았다.

김종서가 다리가 완전히 나아 뛰어다닐 정도가 되었을 때 한양의 임금으로부터 하명이 도달했다.

"우정언 김종서 어른을 빨리 한양으로 모시고 오라는 분부입니다."

전갈을 가지고 온 사람은 회령 현감 산하의 갑사 두 명이었다. 갑사들은 밀봉된 서찰 한 통을 건네주었다. 김종서가 소속되어 있는 사헌부에서 보낸 것이었다.

대군의 여색으로 인해 궐내에 소문이 좋지 않습니다. 이 문제로 전하께서 우정언을 찾으십니다.

서찰의 내용 중에 이런 구절이 들어 있었다. 대군이란 양녕대군을 일컫는 말이었다. 여색이란 다른 신분의 여자를 두고 또 말썽을 일으킨 것이었다.

김종서는 아직 일이 마무리되지 않아 더 머무르고 싶었으나 왕명을 거역할 수는 없었다. 마음에 가장 걸리는 일이 홍득희 남매였다.

"득희야, 석이야. 나와 함께 가지 않겠느냐?"

김종서는 홍득희와 홍석이를 불러서 넌지시 물었다.

"저희는 사다노로 돌아가겠습니다. 저희 고향이니까요."
김종서는 홍득희 남매를 뒤돌아보고, 또 뒤돌아보면서 무거운 발길을 옮겨 남쪽으로 향했다.

2 프리섹스 대군

　세종 임금의 큰 형님 양녕대군은 미복을 하고 도성 거리를 잘 돌아다녔다. 그날도 구중수와 이오방을 데리고 혜정교 앞을 지나갔다. 봄이라지만 벌써 초여름 못지않게 수양버들이 녹음을 드리울 정도로 화창한 날이었다. 구중수는 아전 아버지를 둔 시중의 건달이었고 구중수의 친구인 이오방은 시중 기방에 다니는 악공 출신이었다.
　어느 기생집에서 술을 밤새 마시고 놀다가 이 두 사람을 만난 양녕은 이들을 근수로 삼았다.
　양녕은 혜정교를 건너다 말고 걸음을 멈추어 섰다. 그리고는 건너편 삼군부 관아 앞으로 지나가는 여인들을 유심히 바라보았다. 모녀처럼 보이는 두 여인은 광주리에 무엇인가를 잔뜩 이고 걸어가고 있었다. 앞서 가는 여인은 나이가 좀 들어 보였지만 뒤

따라가는 여인은 처녀처럼 앳돼 보였다. 머리에 광주리를 이고 두 팔을 올리고 있어 늘씬한 허리의 뽀얀 살이 다 드러나 보였다. 그 밑으로 펑퍼짐하게 퍼진 엉덩이가 양녕의 눈을 끌었다. 옷차림으로 보아 어느 양반집의 여종 모녀 같았다.

"저 처녀가 누군지 알아보아라."

이오방은 양녕의 말이 떨어지기가 무섭게 모녀 앞으로 달려갔다.

"멈추어라. 너희들은 뉘 집 종년들이냐?"

이오방이 덮어놓고 큰 소리를 쳤다. 모녀는 주춤하고 섰다가 아무 말도 않고 다시 가던 길을 걷기 시작했다.

"내 말이 말 같지 않느냐?"

이오방이 여인들 앞을 가로막고 섰다.

"왜 이러십니까?"

나이 많은 여인이 걸음을 멈추고 물었다.

"나는 지체 높은 분의 근수다. 너희들은 어느 댁 종년들이냐?"

이오방이 다시 으름장을 놓았다.

"우리는 삼군부 좌군에 소속된 군비 모녀요. 총제사 나으리가 기다리고 있으니 보내주시오."

나이 든 여인이 점잖게 말했다. 딸은 고개를 가만히 돌려 자기들을 바라보고 있는 양녕을 넌지시 건너다보았다. 이목구비가 반듯하고 피부가 희었다. 양녕은 금세 마음이 동했다.

군비(軍婢)란 의흥삼군부에 소속된 여자 종들을 말한다. 육조를 비롯한 거의 모든 관아에 상당수의 남녀 종이 배속되어 잡일을 하고 있었다.

"좌군부 군비라고? 그래 지금 어디로 가는 길이냐?"

더 못 참겠다는 듯 양녕이 나섰다.

"쉰네들은 총제사 나으리의 심부름으로 육전거리에서 떡을 사 가지고 가는 길입니다."

어미 종이 공손하게 말했다.

"총제사? 그 떡 광주리는 저놈에게 주고 너는 나를 따라오너라."

양녕이 모녀를 보고 터무니없는 명령을 했다.

"예? 그렇게 했다간 저희 모녀의 목이 성치 못합니다."

어미가 놀라 펄쩍 뛰었다.

"어허. 어느 안전이라고 앙탈이냐? 나를 따라오너라."

얼른 눈치를 챈 구중수가 딸의 떡 광주리를 빼앗아 들고 어미를 독촉했다.

"너희 모녀 목숨은 우리 나으리가 보장할 테니 시키는 대로 해라."

이오방이 어미의 귀에 대고 속삭였다.

"저분은 임금님의 형님이시다. 네 딸은 이제 팔자 폈다."

어미가 화들짝 놀라 떡 광주리를 바닥에 내려놓고 길바닥에 엎드렸다. 팔다리가 부들부들 떨렸다.

"여기서 호들갑 떨지 말고 조용히 떡 광주리 이고 따라와."

구중수가 앞장서서 좌군부 관아 쪽으로 걸었다. 그사이에 이오방은 딸을 양녕 앞으로 데리고 왔다.

"어디로 모실까요?"
"기매 집으로 가자."
기매란 연화방에 있는 기생이었다.

양녕대군은 기생 기매(其每)를 이오방의 소개로 알게 되었다. 이후로 여탐할 때면 시도 때도 없이 기매의 집에 드나들었다.
양녕이 도착하자 기매는 버선발로 뛰어나와 맞았다. 기매는 양녕이 데리고 온 처녀를 보자 금방 사태를 짐작하고 기민하게 움직였다. 양녕을 아늑한 방으로 안내한 뒤 처녀를 데리고 다른 방으로 갔다. 옷을 갈아입히려는 것이었다.
외딴방에서 잠깐 기다리고 있던 양녕은 조급해서 참지 못했다. 기매가 종년을 데리고 간 방을 찾아갔다.
"뭣들 하느냐?"
양녕의 목소리에 기매와 종년은 화들짝 놀랐다.
"아이 목욕 좀 시키고 옷도……."
기매의 말이 끝나기도 전에 양녕이 말했다.
"저만한 몸이면 그런 절차가 필요없겠네. 어디 얼굴 좀 들어보아라."
양녕이 종년의 턱을 받쳐 들었다.
"네 이름이 무엇이냐?"
"윤이(閏伊)라고 하옵니다."
"몇 살이냐?"
"열여섯이옵니다."

"좋은 나이다. 이제 알 것은 다 알겠구나."

양녕은 더 못 참겠다는 듯이 갑자기 일어서서 미복으로 입고 있던 소매 좁은 도포를 훌렁 벗어버렸다. 그리고 연이어 바지를 훌렁 내려 버렸다. 동저고리 바람에 갓을 쓴 채 아랫도리를 홀랑 벗은 모습이었다.

윤이가 얼굴이 빨개져서 고개를 들지 못했다.

"기매야, 얘가 어떻게 해야 하는지 좀 보여주거라."

성미 급한 양녕이라는 것을 잘 알고 있는 기매가 웃으면서 양녕 앞에 무릎을 꿇고 앉았다. 그리고 손놀림을 어떻게 하는지를 우선 보여주었다.

대낮, 도성 한복판 연화방에서 해괴하고 음탕한 짓이 기생과 처녀 종과 임금의 형님, 세 남녀 사이에서 일어나고 있었다.

양녕은 기매의 집 이 방 저 방에 윤이를 데리고 다니면서 하고 싶은 짓을 다했다.

그동안 좌군부에 갔던 구중수가 윤이의 어미 종을 데리고 왔다. 별채에서 딸을 기다리고 있던 어미 종 쌍가메는 이제 팔자를 고치게 되었다고 생각했는지 얼굴이 벌겋게 달아올라 있었다.

해가 뉘엿해질 무렵에야 양녕이 윤이의 어미를 불렀다.

"딸 하나는 정말 잘 낳았네. 앞으로 내 수하들이 보살펴 줄 터이니 아무 염려 말거라."

"마마만 믿겠습니다."

쌍가메는 양녕의 발치에 큰절을 했다.

기매의 도움을 받아 급한 대로 윤이와 한바탕 놀고 난 양녕대군은 해가 떨어지자 윤이 모녀를 데리고 움직이기 시작했다.
"마마, 어디로 행차하시렵니까?"
기매의 집 대문을 나온 구중서와 이오방이 윤이와 양녕의 얼굴을 번갈아 보면서 말했다.
"대궐로 간다."
"예?"
구중수와 이오방이 난감한 표정을 지었다. 이 밤중에 경비가 엄중하기 이를 데 없는 대궐에 여인 두 명을 어떻게 데리고 들어간단 말인가.
"머리를 좀 짜내보아라. 대궐에 데리고 들어가는 방법이 있을 것 아닌가?"
양녕이 뒷짐을 지고 빙글빙글 웃으면서 말했다.
"저하, 하지만 야밤중에 여자가 어떻게 대궐 문을 통과합니까?"
잔꾀를 잘 내기로 이름난 이오방조차 고개를 흔들었다.
"누가 여자를 데리고 간대?"
양녕은 여전히 빙글빙글 웃었다.
"아이쿠, 그거군요. 머리가 이렇게 안 돌아가다니!"
이오방이 자기 머리를 주먹으로 탁 치면서 말했다.
"빨리 들어가서 남자 옷으로 갈아입자."
이오방이 윤이 모녀를 데리고 다시 기매의 집으로 들어갔다.
그러나 양녕대군 일행은 자신들의 기이한 행각을 처음부터 끝까지 지켜보는 그림자가 있다는 것을 알지 못했다.

 김종서는 나흘 동안 파발마를 달려 한성 궁궐에 도착했다. 세종 임금이 한성에 도달하는 즉시 궁으로 들어오라고 명했기 때문이었다.
 김종서는 경복궁으로 들어가 승정원에 들렀다. 좌대언 원숙이 반갑게 맞아주었다.
 "우정언, 먼 길 오느라 수고가 많았네. 주상 전하께서 우정언을 사헌부 지평(持平)으로 교지를 내리셨네. 중요한 임무를 주실 것 같으니 알현하게나."
 사헌부 지평이면 정오품 벼슬이었다. 지금보다 한 계급이 높은 자리였다. 더구나 사헌부는 관원들의 비위를 적발하고 탄핵하는 서릿발 날리는 부처였다.
 김종서는 잔뜩 긴장한 채 바닥에 끌리는 활을 메고 편전으로 들어갔다.
 "사헌부 지평 김종서 대령이옵니다."
 "김 지평, 아직도 활은 메고 다니는구려. 그래 경원서 오는 길에 활을 쏠 만한 짐승은 만나지 못하였소?"
 세종 임금이 빙그레 웃으며 물었다.
 "변방 경원에는 짐승이 더러 있었습니다만 미처 활을 쏘지 못했습니다."
 김종서는 호군 송희미와 그 수하들을 염두에 두고 여쭈었으나 임금은 더 이상 캐묻지 않았다.

"내가 지평을 급히 부른 것은 양녕 형님 때문이오."

김종서는 양녕대군이 또 무슨 해괴한 일을 저질렀을 것이리라고 짐작하고 어명을 기다렸다.

"형님이 야밤에 시정잡배들과 어울려 만취하도록 술을 마시고 여자 둘을 남장으로 변복시켜 궁중으로 데리고 들어왔다고 하오."

"어찌 그런 일이……."

"이 일이 궐내뿐 아니라 도당에까지 소문이 퍼져 모이기만 하면 수군댄다고 하니 과인이 참으로 못마땅하오. 김 지평이 은밀하게 이 사단의 전말을 자세히 조사하고 대책을 세워주어야겠소. 종실의 웃어른에 관한 일이니 아무 관원에게나 시킬 수 없지 않겠소. 그래서 그대를 부른 것이니 어김없이 처리해 주기를 바라오."

"분부대로 거행하겠습니다."

김종서가 말을 마치고 일어서려고 하자 임금이 다시 말을 이었다.

"도당에서도 의견이 서로 다른 모양이오. 형님에 관한 일은 예전 세자 시절부터 공론이 극단적으로 갈렸으니 어느 한쪽에 치우치지 말고 공정하게 처리할 방법을 찾아야 하오."

"명심하겠습니다."

김종서는 대궐을 나오면서 깊이 생각에 잠겼다. 임금은 뒤에 한 말, 공론이 극단적으로 갈려 있다는 말에 힘을 주었다. 이 일로 인해 어느 한쪽 세력에 휘말리거나 원한을 살 수도 있다는 생각이 들었다.

 김종서는 이튿날 사헌부로 나가 대사헌 앞에 고신하고 왕명대로 양녕의 행각을 추적하기 시작했다. 우선 좌군부 진무소에 가서 군비 윤이 모녀에 대해 알아보았다.

 윤이 모녀는 대물림을 해온 관비였다. 어미 종 쌍가메는 원래 중추원에 있다가 태종 때 삼군부를 의흥삼군부로 정비하면서 좌군 진무소에 배속되었다. 윤이의 아비는 같은 관노였다.

 윤이는 나이 열여섯이지만 인물이 뛰어나 총제사의 총애를 받아 측근에서 심부름을 하고 있었다.

 근래 양녕대군의 눈에 띄어 입궐했다는 소문만 있을 뿐 어디에 가 있는지는 아무도 모른다고 했다.

 김종서는 양녕의 근수인 이오방을 불렀다. 사헌부로 불러서 닦달을 하는 것이 보통의 조사 방법이었으나, 일을 은밀히 처리하기 위해 육조거리 서쪽의 주막에서 그를 만났다.

 "나는 사헌부에 있는 김종서요. 듣자 하니 양녕대군을 가까이서 뫼신다고 해서 좀 여쭤보려고 만나자고 하였소."

 이오방은 대낮부터 얼굴에 술기운이 올라 보기가 거북했다.

 "허허허, 당신이 김종서 지평이오? 궐내에 여러 가지 소문이 돌더군요."

 이오방은 안하무인격으로 거만하게 아랫배를 내밀며 말을 했다.

 김종서는 비위가 상했으나 시치미를 뚝 떼고 말을 받아주었다.

 "내 소문이 궐내에 돈다구요? 그래 어떤 소문이오?"

"우리 주군인 양녕대군 마마를 헐뜯고 다닌다는 소문이오."

이오방은 입가에 비웃음을 흘리면서 말했다.

"무슨 천부당만부당하신 말씀이오. 내가 목숨이 몇 개나 된다는 소문은 나지 않았던가요?"

"허허허. 너무 마음에 두지는 마시오. 우리 마마는 워낙 천하의 호걸 아닙니까? 그런 험담쯤이야 눈 하나 깜짝하지 않습니다. 그런데 사헌부 나으리가 할 일 없이 나 같은 백수를 부르지는 않았을 것이고…… 용건부터 말씀해 보시지요."

김종서는 한참 뜸을 들인 뒤에 입을 열었다.

"좌군 군비 윤이 모녀는 지금 어디 있소?"

이오방은 움찔하며 얼른 대답을 하지 않았다.

"노형이 감추어 두었소? 관아의 재물을 사사로이 숨겨두면 도적으로 몰립니다."

관청에 소속된 노비는 나라의 재물로 취급하고 있기 때문에 한 말이었다.

"그게 무슨 말이오? 난 모르는 일이오."

이오방이 목소리를 높였다. 만만치 않았다. 그러나 처음보다는 기가 죽어 있었다.

"나라 재산은 비록 주상 전하라 할지라도 사사로이 빼내지 않는 법이오."

"그럼 김 지평이 우리 마마와 맞서보겠다는 거요?"

이오방이 갑자기 화를 냈다.

"노형, 지금 노형이 좌군 진무소 재산을 양녕대군 마마께서 가져갔다는 뜻으로 말한 것 같은데, 그게 사실이오?"

이오방은 자신이 얼떨결에 실수한 것을 알아차리고 아차 하는 얼굴이 되었다.

"노형, 빨리 윤이 모녀의 행방을 대시오. 그렇다면 내 노형한테 듣지 않은 것으로 할 것이오."

김종서의 말에 한참 생각하던 이오방이 입을 열었다.

"나를 만나지 않은 것으로 하면 알려 드리리다."

"좋소."

"연화방 기생 기매의 집에 있을 것이오."

"아니. 남자로 변장해서 대궐 안으로 데리고 가지 않았소. 내가 알기로는 노형과 구중수가 앞장섰다고 하던데."

"내가 앞장선 것은 아니오. 마마께서 워낙 서두르시기에⋯⋯ 구중수가 한 짓이오."

이오방은 당황하기 시작했다. 일이 커져 간다고 생각했는지 발뺌하기에 바빴다.

"좋소. 구중수가 저지른 일이라 합시다. 그런데 궁중으로 들어간 모녀가 어떻게 기매의 집으로 갔단 말이오?"

"그걸 꼭 알고 싶으면 한명회를 만나보시오."

"한명회라니오? 그게 누구요?"

"한명회를 모르시오? 경덕궁 칠삭둥이 말이오."

김종서는 이오방을 보내고 한명회를 만나기 위해 경덕궁으로 갔다. 한명회(韓明澮)는 큰 키에 얼굴이 불그스레하고 육집이 좋아 보였다. 어머니 배 속에서 일곱 달 만에 나왔다고 해서 칠삭둥이, 또는 칠푼이라고 불렸다. 그러나 외관으로는 풍채가 좋은 게 전혀 칠푼이처럼 보이지 않았다.

아버지가 정승을 지냈지만 일찍이 부모를 여의어 친척 손에서 자랐으며, 과거에 나올 나이가 훨씬 지났는데 음덕을 빌어 겨우 경덕궁에서 말단 관원 노릇을 하고 있었다.

"뉘시라고요? 사헌부 지평이시라고요?"

경덕궁 행랑에서 만난 한명회는 오랫동안 국록을 먹어온 김종서를 모를 리 없었다. 김종서의 아래위를 한참 훑어본 뒤 네가 무슨 사헌부 관리라고 그러느냐는 듯 비웃는 투로 말했다. 작은 키에 어른 도포를 입은 것 같은 어울리지 않는 차림새와 큰 활을 메고 있는 김종서의 우스꽝스러운 모습을 대하자 얕잡아본 것 같았다.

"그렇소."

김종서는 자기보다 키가 크고 몸집도 큰 한명회를 올려다보며 말했다. 엄마 배 속에서 열 달을 다 채우고 나온 자기는 이렇게 작고, 성급하게 일곱 달 만에 나온 한명회는 이렇게 듬직하게 크다는 것이 참으로 이상하다는 생각이 들었다.

"그런데, 사헌부의 나으리가 이 궁직이 말단에게 무슨 볼 일이 있으신가요? 아니, 제 이름은 어디서 들으셨소이까?"

김종서에 비하면 새파랗게 젊은 한명회는 여전히 거만스러운 말투로 물었다.

"양녕대군 마마의 수하인 이오방에게서 들었소. 좀 물어볼 말이 있어서 왔소이다."

"예? 이오방이라고요?"

한명회는 이오방이라는 이름 석 자를 듣자 움찔했다. 권력의 측근에 있다는 것을 잘 알고 있는 것 같았다.

"그렇소. 이오방이 한 궁직에게 가면 은밀한 사건도 모두 알 것이라고 했소."

"은밀한 사건이라고요? 이리로 좀 들어오시지요."

한명회가 궁궐 뒤편 집무실로 김종서를 안내했다.

"나는 어명을 받들고 업무를 수행하고 있소. 그러니 내가 지금부터 묻는 말에 거짓 없이 솔직히 이야기해야 하오. 그게 대군마마를 위하는 길이오."

김종서는 한명회가 녹록한 사람이 아니라는 것을 눈치 채고 일단 엄포를 놓았다.

"제가 양녕대군을 위해 은밀히 일한다는 것을 알고 계시는군요."

"예?"

김종서는 뜻밖의 말을 듣고 입을 딱 벌렸다. 양녕대군이 한가한 별궁에 불과한 경덕궁 말단 궁직이를 측근으로 두고 있다니 놀랄 일이었다.

"왜 놀라십니까?"

한명회가 다시 한마디 덧붙였다.

"구중수도 저와는 친구처럼 지내지요."

김종서는 모두 한통속이라고 느꼈다.

"기매라는 기생을 아시오?"

김종서는 이야기의 핵심으로 들어갔다.

"연화방 기생 말씀이시오?"

"아는군요. 그 기생집에 윤이 모녀를 누가 데려다 놓았소?"

한명회가 김종서의 얼굴을 들여다보며 빙긋이 웃었다.

"그러니까 양녕대군 마마의 뒷조사를 하고 다니신다는 거군요."

"뒷조사라니, 말을 삼가시오. 나는 상감마마가 계시는 금궁을 밤에 밀입, 침투한 사건을 조사하고 있소."

"흠, 윤이와 쌍가메 모녀의 남장 사건을 알아보시려는 거군요."

한명회는 골똘히 생각하는 얼굴로 말했다.

"맞소. 윤이 모녀가 그날 밤 정말로 대궐 문을 통과해 궁 안으로 들어갔소?"

"물론입니다. 그뿐 아니라 대군마마는 궁안 침소에서 새 여인과 봄밤을 즐겼고, 덕택에 저는 옛날 지어미를 만나 회포를 풀었지요."

"옛날 지어미라고요?"

김종서는 한명회의 이야기를 들을수록 기가 찼다.

"예, 다 말씀드리겠습니다."

한명회가 털어놓은 그날 밤 남장 밀입궁 사건은 다음과 같았다.

"그날 밤 제가 경덕궁에서 나와 광화문 앞을 지나고 있는데 누가 헐레벌떡 다가오더군요. 다름 아닌 오방이 잡놈이었습니다."

"이오방이 말이오?"

김종서가 되물었다.

"그놈이 어둑어둑한 길에서 저를 어떻게 알아보았는지 다가와서는 숨 가쁜 소리로 한다는 말이, 저기 두 남자를 대군마마께서 궁 안으로 데리고 들어오라는 분부를 내리셨다. 어떻게 하면 들어갈 수 있느냐? 하고 묻는 것이었습니다. 그런데 제가 척 보니까 남자 복장만 했지 여자라는 것을 금세 알 수 있었습니다. 남장 아니라 무슨 지랄을 해도 이 한명회의 눈은 아무도 못 속입니다."

"그래서 어떻게 되었소?"

김종서가 침을 삼키며 다시 물었다.

"그런데요, 나으리. 앉아 계실 때는 그 거추장스런 활 좀 내려놓을 수 없으십니까?"

한명회가 김종서의 어깨에 있는 활과 등에 멘 전통을 보고 말했다.

"그건 안 되오. 어명이라 잘 때 말고는 메고 있어야 하오."

"허허허. 희한한 어명도 다 있습니다. 제가 알기로 나으리는 문관 출신인데 활이 가당키나 하십니까?"

품계로 치면 한참 위에 있는 김종서에게 한명회는 거의 맞먹자는 식으로 함부로 했다. 그러나 김종서는 목적하는 바를 알아내기 위해 불쾌해도 참고 있었다.

"남의 활에 신경 쓰지 말고 어서 말을 계속하시오."

"그러죠. 제가 여장 남자라고 말하자 오방이 잡놈은……."

"그 욕은 좀 빼고 하시오."

"오방이가 하는 말이, 좌군 진무소 종년 윤이 모녀인데 대군마마가 궁 안으로 데리고 들어오라고 했다는 겁니다. 대군마마는 이미 혼자 궁 안에 들어가셨다고 하더군요. 제가 깜짝 놀라 윤이 모녀라면 어미가 쌍가메 아니냐고 했더니 그렇다고 하더군요. 이런 제기랄."

"윤이 모녀를 전부터 아시오?"

김종서는 바짝 궁금증이 일어났다.

"쌍가메는 오래전에 저와 경덕궁 별채에서 재미 보던 종년 아닙니까. 허 참, 그년을 여기서 만나다니. 볼일 보러 나온 나으리들이 사무 보는 동안 제가 손목 잡고 안쪽 깊숙한 별채로 데리고 가서 번갯불에 콩 구워 먹듯…… 하하하…… 치마도 제대로 못 벗기고……."

한명회가 빙글빙글 웃으며 입맛을 다셨다.

"좌군 진무소 노비가 경덕궁은 왜 드나들었소?"

"쌍가메가 나이는 좀 들었어도 인물이 제법 반반하거든요. 종년으로 있기는 아깝죠. 그래서 오시는 총제사 나으리마다 곁에 두고 심부름을 시키는 바람에 궁궐을 자주 드나들었죠."

"그런데 파루 시간이 지난 지 몇 식경 지났는데 누가 궁궐 문을 열어줍니까?"

"제가 종묘로 데리고 갔지요. 종묘에서 경복궁으로 들어가는 합문이 있는데 거기는 통과하기가 쉽거든요. 저하고 배짱이 잘 맞는 유가란 놈이 마침 숙번을 들고 있었습니다."

"유가가 누구요?"

"금군에 소속된 갑사인데 이름이 유자광(柳子光)이라고 합니다. 비록 말단 졸병 갑사로 일을 하고 있지만 배짱이나 포부가 대단한 놈이라 저하고 좀 통하는 데가 있습니다."

"유자광?"

"예. 영광 부윤의 서얼입니다. 첩의 자식이라 과거에도 못 나가고 난봉질이나 하고 다니다가 제가 권해서 갑사가 된 것이지요. 지모가 뛰어나고 힘이 셀 뿐 아니라 배짱도 보통이 아니오. 나중에 큰 자리 할 놈입니다."

"그래서 유자광한테 궁궐 문을 열게 하고 들여보냈군요. 그러나 궐내에 순라 도는 별감이나 숙번 병사들이 있었을 터인데……"

"궁궐 안에 일단 들어가면 대군마마의 손님인데 누가 말립니까?"

"그래서 한 궁직도 함께 들어갔소?"

"물론이지요. 저는 마마가 거처하는 별궁의 과방에서 오랜만에 만난 쌍가메와 회포를 푼 것이지요."

"일개 궁직이 대궐에서 종년과 잠자리를 했다는 것은 목이 열개 있어도 당하지 못할 일인데 함부로 발설하시오?"

김종서가 은근히 겁을 주어보았다. 그러나 나이에 비해 배포가 두둑한 한명회는 눈 하나 깜짝하지 않았다.

"윤이가 대군마마를 잠자리에서 모시는데, 그 어미는 말하자면 대군마마의 빙모, 부부인인 셈 아닙니까? 그런 위치의 쌍가메가 옛 서방 좀 만나기로소니 크게 흉 될 게 있나요?"
 김종서는 한명회의 맹랑한 말에 기가 차서 말이 나오지 않았다.

3 불륜의 종결자

"그래, 쌍가메는 언제부터 정을 통하는 사이였소?"
김종서가 캐물었다.
"한 이삼 년 된 것 같은데요."
신이 나서 답하던 한명회가 정색을 하고 말을 이었다.
"너무 따지지 마십시오. 나으리도 쌍가메를 한 번 보면 마음이 금방 동할 것입니다. 보름달 같은 둥그스름한 얼굴에 가늘게 휜 눈썹. 그리고 언제 봐도 웃음을 치는 듯한 눈, 복숭아 같은 뺨. 어쩌다 종년으로 태어나서 그렇지 만약 양가집 규수였다면 마님들 안방을 차지했을 겁니다."
"그렇게 인물이 잘났소?"
"아마 숱한 남자들이 거쳐 갔을 거요. 종년이 뭐 일부종사합니까?"

"그 딸은 어떻소?"

김종서는 한명회의 이야기에 슬그머니 끌려들어 가고 있었다.

"딸년 윤이야 더 말할 것도 없지요. 어미는 이미 삼십을 훌쩍 넘겼지만 윤이는 이제 막 피어난 꽃망울이니 얼마나 예쁘겠소. 대군마마의 눈이 보통 높습니까?"

"대군마마가 상대한 여자는 모두 절색가인들이오?"

"아, 물론이지요. 초궁장이나 어리도 모두 출중한 미인에다 그 몸매가 남정네를 죽이지요."

김종서는 한명회의 빗나간 이야기를 듣고만 있을 수 없었다.

"그래 궁중에서 하룻밤을 보낸 뒤 어떻게 되었소?"

"이튿날 파루 북이 울리자 모녀를 데리고 연화방 기매의 집으로 갔지요."

"누가 데리고 갔소?"

"상호군 임상양 나으리가 앞장서고 이오방과 구중수가 데리고 갔을 것입니다. 저는 그길로 경덕궁 근무하러 갔으니까요."

상호군 임상양은 정삼품으로 삼군부 중군에 소속된 무관이었다.

"상호군 임상양도 대군마마의 식솔이오?"

"물론입니다. 대호군 최정, 이귀수 나으리 모두 양녕대군 마마의 그늘에 있지요."

김종서는 양녕대군이 권력에 미련이 없는 통 큰 풍류객으로 알았는데 그의 문어발식 사조직은 꽤 크다는 생각이 들었다.

김종서는 한명회한테 자기를 만났다는 말을 함부로 하지 말라고 부탁하고 그와 헤어졌다.

 양녕은 세자 시절부터 여색에 탐닉하여 미인이란 소문만 나면 처녀건 유부녀건, 양반이건 천민이건 신분 고하를 막론하고 치마를 벗겼다. 태종 시절에 일으킨 굵직한 여색 사건만 해도 대여섯 건이나 되었다.
 가장 큰 말썽은 엄격하기로 유명한 부왕 태종의 사돈인 청평군 이백강(李伯剛)의 집에 천하일색 한양 기생이 있다는 소식을 듣고 쳐들어 간 사건이었다.

 세자 양녕이 이오방, 구중수 등을 거느리고 느닷없이 대낮에 이백강의 집에 들이닥쳤다. 세자가 함부로 민가에 예고 없이 드나드는 일이란 거의 전례가 없는 일이었다.
 마침 청평군은 출타 중이어서 아들이 양녕 일행을 맞이했다. 사랑채로 들어간 세자는 덮어놓고 호령을 했다.
 "이 집에 한성 일색 초궁장(楚宮粧)이 와 있다는데 사실이오?"
 아들은 갑작스런 세자의 질문에 당황해서 어쩔 줄을 몰랐다.
 "내가 얼굴이나 좀 보고 갈 테니 술 한 상 차려 들여 보내시오."
 아들은 시키는 대로 할 수밖에 없었다. 초궁장은 상왕이며 큰아버지인 정종의 애첩이었다. 정종은 태종과는 달리 짧은 재위 기간에도 후궁 아홉 명 외에도 수많은 애첩을 두어 무려 십칠 남 팔 녀의 자녀를 남겼다. 정종이 죽고 난 뒤 초궁장은 이백강의 집에 몸을 의탁하고 있었다.

큰 아버지와 한때나마 잠자리를 같이 했으므로 아무리 기생 출신이라도 초궁장은 양녕 세자에게 할머니뻘 되는 여자였다.

누구의 명이라 거역할 수 있겠는가. 초궁장은 주안상을 차려 들고 양녕 앞에 나타났다.

"내 오늘 가까이서 보니 자네가 단단히 한 인물 하는구나. 어디 술부터 한 잔 따라보아라."

술을 몇 잔 마신 양녕은 마침내 대담한 행동을 했다. 초궁장을 끌어당겨 입을 맞추었다. 초궁장은 죽은 목숨이라고 생각했는지 앙탈을 부리지 않았다.

그날 밤 양녕은 끝내 초궁장을 품에 안고 금침을 함께 했다.

이 일이 알려지자 대궐과 조정은 분노하다 못해 허탈해했다.

왕후 민 씨가 양녕을 불러다 놓고 호통 치자 양녕이 변명을 했다.

"어마마마, 소자는 초궁장이 큰할아버지를 모셨다는 것은 정말 몰랐습니다."

양녕은 반성하는 척했으나, 그 후 기회 있을 때마다 초궁장을 이불 밑으로 불러들였다.

양녕은 여악들을 여러 번 건드려 문제를 일으키기도 했다. 여악(女樂)이란 궁중의 제례 음악을 맡고 있는 중요한 기구인 관습도감에 소속된 일종의 공직자로 궁중 행사 때 소리와 춤을 맡은 여자들이다. 궁중 고관들이 여자에 대한 추문을 일으킬 때마다 여악들이 관련되어 관습도감 폐지론이 일기도 했다.

양녕대군이 여악들과 사통 사건을 일으키면 이를 관리하던 관원들만 곤장을 맞거나 귀양을 가야 했다.

어느 날은 한양 창기들과 기생집에서 질탕 놀다가 창기 두 명을 데리고 다른 곳으로 가기 위해 가까이 있는 장인 김한로(金漢老)의 집 말을 다짜고짜 몰아내 태우고 가기도 했다. 김한로는 장인이면서도 양녕대군의 이러한 엽색 행각을 은근히 돕고 있었다.

양녕대군의 엽색 행각 중 가장 문제가 된 사건은 어리 납치 사건이었다. 어리(於里)는 본디 기생이었는데 중추 벼슬을 지낸 무관 출신 곽충(郭璇)의 애첩이 되어 있었다.

어느 햇볕 좋은 가을날 양녕은 이오방과 구중수의 안내를 받아 어리가 첩으로 있는 곽충의 집으로 쳐들어갔다. 미리 말 한 필을 더 준비해 가지고 갔다.

세자가 동네에 나타났다는 소문이 돌아 동네 사람들이 곽충의 집 앞에 장사진을 이루었다. 그러나 어리는 마침 그 집에 없었다. 병이 나서 곽충의 양아들인 판관 이승(李昪)의 집에 가 있었다.

"이승의 집으로 가자."

양녕은 거기서 물러서지 않고 일행을 거느리고 이승의 집으로 갔다. 놀란 이승이 버선발로 뛰어나와 부복했다.

"마마께서 기별도 없이 이 누추한 곳에 어인 행차십니까?"

"여기 어리라는 애가 머물고 있지 않느냐? 내가 알고 왔으니 속이지는 말라."

이승은 마침내 우려하던 일이 닥쳤다고 생각하고 얼굴이 하얗게 질렸다. 비록 아버지의 첩이기는 하나 도리상으로는 부모의 반열에 오른 기생이었다. 첩일지라도 유부녀로 인정되던 시절이었다. 그런데 지금 양녕이 내놓으라고 하니 낭패가 아닐 수 없었다.

"여기 머물고 있기는 합니다만……."
"그럼 빨리 마당으로 나오라고 하게."
양녕은 말에서 내리지도 않고 명했다.
이승이 부들부들 떨기만 하자 이오방이 소리를 질렀다.
"이 판관, 어물어물하다가는 더 큰일이 생길지 모르니 빨리 뫼시고 나오시오."
이승이 마당에 엎드린 채 더욱 떨고만 있을 때였다.
"어리 대령하였습니다, 마마."
어리가 버선발로 마당에 뛰어나와 양녕의 말 앞에 부복했다.
"음, 과연 일색이군. 오늘 나하고 좀 같이 가야겠다."
양녕은 여분으로 몰고 온 말을 힐끗 쳐다보며 말했다.
"마마, 쇤네는 지금 중병을 앓고 있어 출타할 형편이 아니오니 불쌍히 여겨주시옵소서."
어리가 떨리는 목소리로 하소연을 했다.
그러나 양녕은 거기서 물러서지 않았다.
"저 말에 네 발로 올라타지 않으면 강제로 말에 태울 것이다."
"이 판관, 빨리 마마의 명을 받들도록 하시오."
이오방이 어쩔 줄 몰라 떨고 있는 이승에게 협박조로 말했다.
"아버님 허가 없이는……."

이승이 모기만 한 목소리로 대답했다.

"이 양반이 참말로 뜨거운 맛을 좀 봐야 알겠구먼. 왕실 종친의 명을 거역한 죄로 배에 물고가 나봐야 고분고분해지겠소."

구중수도 거들고 나섰다. 이승은 털썩 주저앉고 말았다.

"마마, 살려주시옵소서."

이 모양을 지켜보고 있던 어리가 작심을 한 것 같았다.

"말에 올라가겠습니다. 제발 판관 나으리를 괴롭히지 말아주십시오."

어리가 말 곁으로 다가가서 탈 자세를 취하자 양녕대군이 말에서 내려 재빨리 어리를 부축해 말에 태웠다.

"자, 가자."

양녕대군이 앞장서서 집을 나섰다. 그 뒤로 고개를 숙인 어리의 말이 따라갔다.

"연화방으로 뫼실까요?"

구중수가 물었다.

"아니야. 취현방으로 가자."

취현방은 이법화(李法華)의 집을 말한다. 이법화는 광대로 꽤 이름이 있는 사람이었다. 악공인 이오방의 친구로 양녕도 몇 번 만난 적이 있었다. 집이 넓고 방이 여러 개 있어서 양녕이 가끔 기생을 데리고 갔다. 이법화의 처는 음식 솜씨가 뛰어나 양녕이 좋아하는 전과 두부를 잘 만들었다.

양녕이 어리를 데리고 골목으로 나오자 장사진을 이룬 백성들이 귓속말로 수군거렸다.

"어리, 어리 하더니 예쁘기는 예쁘구나."
"구중궁궐까지 소문이 났으니 그냥 넘어가겠어?"
"소문이 안 나도 미인 좋는 데는 이력이 난 양녕대군이잖아?"
"그나저나 곽충 대감 분통 터져 죽겠구먼."
"어리는 이제 팔자 폈지. 늙어빠져 제 구멍도 못 찾는 영감탱이보다는 힘 좋고 인물 좋은 임금님의 형님 품이 더 좋지 않겠어?"
"정말 여자 팔자 뒤웅박이야."
모여든 동네 여자들이 모두 한마디씩 했다.

이법화의 집에 도착한 양녕은 우선 어리를 푹 쉬게 해주었다. 전 같으면 여자를 데려오자마자 이불 깔기에 바빴는데 이번에는 좀 달랐다. 좋은 먹이를 아끼는 맹수와 비슷했다.
해가 뉘엿해지자 양녕은 저녁 식사도 마다하고 어리를 깊숙한 뒷방으로 불러들였다.
방 안에 들어선 어리는 양녕 옆으로 비켜서서 다소곳이 앉았다.
"나를 보고 바로 앉아라."
양녕이 낮은 목소리로 말했다.
어리가 마지못해 몸을 약간 돌려 앉았다. 어리는 옆모습도 아름다웠다. 나이가 꽤 들었으나 전혀 나이 든 티가 나지 않았다. 양녕은 그동안 숱한 여자를 겪어보았지만 어리만큼 음심을 돋우는 여자는 못 만났다는 생각이 들었다.

"천하일색이 너를 두고 하는 말이구나. 오늘 밤 우리 밤새도록 한번 어우러져 보자."

양녕이 무릎걸음으로 엉금엉금 어리 쪽으로 다가갔다.

"마마, 용서 하십시오. 저는 주인이 있는데다가 지금 몸이 성치 못해 마마를 모시기 어렵습니다."

"어디가 아픈지 말해보아라. 내가 한 방에 시원하게 고쳐주마."

어리가 눈물까지 흘리며 위기를 피해보려고 했으나 소용이 없었다. 여자를 수없이 다뤄본 양녕인지라 피해 갈 수가 없었다.

마침내 어리의 단단한 결심은 무너지고 촛불이 꺼졌다. 가쁜 숨소리만 오랫동안 계속되었다. 새벽녘이 가까워서야 방 안이 잠잠해졌다.

아침에 일어난 어리의 태도는 완전히 바뀌어 있었다. 양녕이 선물로 준 오방주머니를 보물처럼 가슴에 품고 있었다. 오방주머니란 오색 비단으로 만든 색주머니로 궁중 귀부인들이 쓰는 물건이었다. 양녕은 마음에 드는 여자와 하룻밤을 함께하면 꼭 오방주머니를 선물로 주었다.

어리가 양녕을 대하는 모습은 마치 오랫동안 모신 지아비를 섬기듯 했다. 양녕대군의 여자 다루는 솜씨가 뛰어나 하룻밤만 자고 나면 거부하던 여자의 태도가 확 바뀌었다.

이튿날도 양녕은 어리를 놓아주지 않았다. 해가 중천을 지나

서쪽 하늘로 기울어지고 있을 때에서야 양녕은 방문 밖으로 나왔다.

"오방이 거기 없느냐?"

양녕이 눈만 뜨면 제일 먼저 찾는 사람이 이오방이었다.

"대군마마, 편히 주무셨습니까?"

이오방이 달려와서 양녕 앞에 서서 의미 있는 웃음을 지어 보였다.

"한숨도 편히 못 잤다. 저런 미인을 품에 안고 어떻게 태평스럽게 잠을 잘 수가 있겠느냐?"

양녕이 만면에 웃음을 머금고 말했다.

"전쟁 치르는 소리가 밖에까지 울렸습니다."

"예끼, 이놈!"

양녕은 겸연쩍은지 짤막한 턱수염을 쓰다듬었다.

"들어갈 차비를 하여라."

"대궐로 행차하십니까?"

"물론이다. 어리도 같이 데려갈 테니 그렇게 준비하여라. 대낮에 대궐 들어가는 거야 뭐 어려울 게 있겠느냐?"

야밤에 여자를 데리고 대궐로 들어가는 데는 어려움이 많이 따랐기 때문에 하는 말이었다.

어리를 대궐로 데리고 온 양녕은 며칠 동안 문밖에 나오지 않았다.

그러나 소문은 양녕의 거처 안팎은 물론이요, 궁중 내외에 퍼져 나가 여기저기서 소란스러웠다. 의정부에까지 알려져 결국은 양녕이 어리와 함께 궁궐 밖으로 쫓겨났다.

이 사건은 나중에 어리가 자살함으로써 끝을 맺었다.

그 뒤 다시 궁으로 들어온 양녕은 한동안 조용히 있었다. 모두 대군이 근신하는 줄 알았다. 그러나 얼마 가지 못하고 다시 좌군 비 윤이 모녀를 궁궐로 잠입시키는 사건을 일으키고 말았다.

이번에는 삼정승과 육조에서 가만히 있지 않았다. 사헌부, 사간원에서도 연일 상소가 올라왔다.

"과인이 형제의 정만으로 형님을 눈감아 드리고 있는 것이 아니오. 형님이기 이전에 이 용상이 본래 형님의 자리가 아니었소. 형님의 용상을 내가 차지하고 있는데 어찌 매몰스럽게 할 수가 있겠소."

대신들이 상소를 들이밀 때마다 세종 임금은 곤혹스러웠다.

더 견딜 수 없게 된 세종 임금이 마침내 일을 슬기롭게 처리할 수 있는 사람을 찾았다. 바로 김종서였다.

김종서가 윤이 사건 조사를 거의 마무리할 무렵 또 일이 터졌다.

양녕대군이 동생 세종에게 탄원서를 올렸다.

전하.

역대 선왕들의 후궁과 잉첩이 어디 한두 명이었습니까? 소신이 한 여인을 진정으로 사랑하여 처소로 데리고 왔는데 그것이 그렇게 몹쓸 짓입니까?

이 일을 너그러이 넘겨주시지 않는다면 전하와는 영원히 이별하고 말 것입니다.

이 탄원서는 마침내 큰 소용돌이를 일으켰다.

양녕대군이 윤이를 사랑했다고 하는데 어이없어하는 대신들이 있는가 하면, 부왕과 영원히 이별이라는 말에는 모두 분노했다.

임금의 형이 여염집 규수가 아닌 관청에 소속된 여종을 사랑한다고 임금에게 항의한 것은 격에 어울리지 않는 일이었다. 그러나 세종 임금은 양녕대군이 자신의 진실을 알아주는 사람이 아무도 없자 슬픈 항변을 한 것이라고 생각했다.

"형님이 여러 여자를 품었지만 이번처럼 집념을 보인 것은 처음이오."

세종 임금이 소헌왕후에게 긴 한숨을 쉬면서 말했다.

"그러나 세상에는 법도가 있지 않습니까. 역대 열성조께서 궁중의 여인을 잉처로 삼는 일은 허용돼 왔는데, 왜 당신은 안 되느냐는 말씀 같습니다만, 궁중의 여인들이야 전하의 식구이기 때문에 허물이 아니지요. 하지만 종년을 잉처로 삼는 것은 고금에 없는 일이 아닙니까?"

소헌왕후의 얼굴에 그늘이 졌다.

"더구나 전하와 영원히 이별이라니, 신하된 도리로 이런 막말을 할 수가 있겠습니까? 이번에는 전하께서 그냥 넘기시면 안 될 것입니다."

윤이 일로 조정이 연일 시끄러웠다. 양녕대군을 국문하라는 상소가 빗발쳤다. 중신들은 '영원히 이별'이라는 구절이 역모에 해당된다고 입에 거품을 물었다.

 세종 임금은 식음을 전폐하다시피하며 고민했다. 괴로운 세월이 한 달쯤 지난 후 세종 임금이 김종서를 불렀다.
 "윤이 사건의 전말은 잘 읽어보았소. 연루자가 한두 명이 아니더군요."
 "그러하옵니다. 당사자인 윤이 모녀는 물론이고 그런 일을 앞장서서 부추긴 사람들도 죄가 많습니다."
 "연루자가 모두 몇 명이나 되오?"
 "양녕대군 마마와 윤이는 당사자이니 벌을 면치 못할 것입니다. 어미 된 자로서 이 일을 부추긴 쌍가메가 그다음이요, 대군마마를 항상 그릇되게 인도하는 이오방, 구종수, 이법화, 진포, 대군마마의 장인인 김한로, 대호군 최정, 상호군 임상양, 경덕궁 궁직 한명회, 유자광, 이귀수, 이홍, 이승 등 열다섯 명 역시 죄를 면해서는 안 될 줄 아옵니다."
 "형님의 상소에 대해서 말이 많은 모양인데 그것은 어떻게 생각하시오?"
 "양녕대군 마마께서 그렇게 불경스러운 상소를 올린 것은 의금부에 갇혀 있는 윤이 모녀를 살리기 위한 방편이라고 생각되옵니다."
 "과인도 그렇게 생각하오. 얼마나 살리고 싶었으면……."
 세종 임금은 말끝을 흐렸다.

"양녕대군 마마께서 저지른 과거 어리 사건이나 초궁장 사건 때도 법대로 처리하지 못해 오늘날 또다시 이런 일이 되풀이되었다고 생각합니다. 상감마마께서는 이번 일이야말로 단호히 결단을 내리셔야 합니다."

김종서는 세종 임금의 심경은 아랑곳하지 않고 할 말을 다했다.

"경중을 가려 처리해야 하지 않겠소?"

아무 말이 없이 한참 동안 눈을 감고 있던 세종 임금이 입을 열었다.

"당연한 분부십니다."

"형님이 윤이와 사통했다는 것은 부인할 수 없는 일이오?"

세종 임금이 이미 기정사실화된 일을 다시 물었다.

"의심할 여지가 없습니다. 연화방 기생의 집과 궁중에서 수차례에 걸쳐 사통하였습니다. 그뿐 아니라 궁중의 물품을 적잖게 윤이 모녀한테 주었습니다."

"무엇을 주었소?"

"대군마마께서 윤이 모녀의 천역을 면하게 해주겠다고 약조하였다 합니다. 또한 진주 한 쌍과 면포, 비단 아홉 필, 가죽신, 오방주머니, 당비파, 콩 스무 섬도 주었습니다."

"사나흘 사이에 그렇게 많이 주었단 말이오?"

"그러하옵니다."

"누구를 어떻게 해야 하는지 의견을 말해보시오."

김종서는 서슴지 않고 입을 열었다.

"양녕대군 마마를 국문하여 율에 따라 그 죄상을 세상에 밝히라고 의금부에 하명하셔야 할 것입니다."

"김 지평도 사간원의 김 의정이 올린 상소와 같은 말을 하시는구려. 그러나 고래부터 종친의 일은 왕이 관용을 베풀 수 있다는 것이 상례가 아니오?"

"당률에 정한 바를 말씀하십니다. 그러나 국문하여 군신의 예를 어긴 것은 밝혀야 합니다."

"그다음에는?"

"궐 밖으로 내보내셔야 합니다. 한성에서 백 리 밖으로 부처하셔서 다시는 도성에 발을 붙이지 못하도록 해야 합니다."

세종 임금의 용안이 몹시 어두워졌다. 세종 임금이 다시 물었다.

"나머지 사람들은 어찌하면 좋겠소?"

"남자는 모두 참하고 여자는 사약을 내려야 할 것입니다."

"뭐라고요?"

세종 임금이 놀라 용상에서 벌떡 일어섰다.

"황공하옵니다. 의금부나 형조에 맡겨도 그렇게 상계할 것으로 생각합니다."

김종서는 어전에서 물러나며 씁쓸한 입맛을 다셨다. 임금과 대군, 피를 나눈 형제간의 정을 매몰스럽게 짓밟은 것 같은 자책감이 들었다.

그날 저녁 김종서가 사헌부에서 퇴근하는 길에 뜻하지 않은 일이 생겼다. 말을 타고 집으로 가기 위해 서대문 밖에 이르렀을 때였다. 갑자기 어둠 속에서 말 두 필이 나타나서 김종서의 앞뒤를 막아섰다.

김종서는 자기를 해치러 나타난 사람들이라는 것을 직감했다.

"누구냐?"

김종서가 어깨로 손을 올려 전통에서 화살 하나를 재빨리 뽑아 들었다. 여차하면 그것으로라도 방어를 할 태세였다. 가까이 있어 항상 메고 다니는 활이지만 쏠 수는 없었다.

"조용히 우리를 따르시오. 아니면 쥐도 새도 모르게 황천으로 갈 수도 있소!"

앞에 선 사나이가 소리를 낮추어 말했다. 뒤를 돌아보자 환도를 빼어 든 사나이가 노려보고 있었다.

"조용히 우리를 따라오면 목숨은 부지할 것이오."

어두워서 얼굴을 분간할 수는 없으나 군졸의 복장은 아니었다.

김종서는 저항했다가는 정말 목숨을 잃을지도 모른다는 생각에 순순히 따라가기로 했다.

그들은 서대문으로 가더니 연화방으로 갔다. 김종서도 낯익은 집 마당으로 들어섰다. 그곳은 연화방 기생 기매의 집이었다. 양녕대군 애첩의 집이자 마음에 든 여인들을 데려다 색정질하는 근거지이기도 했다.

"그대가 김종서요?"

뜻밖에도 마당에서는 양녕대군이 기다리고 있었다.

"대군마마, 어인 일이십니까?"

김종서가 말에서 황급히 내려 부복했다.

"그대가 감히 내 목과 윤이 모녀의 목을 따라고 주상에게 대들 었다고?"

"마마, 그것은 ······."

갑자기 당한 김종서는 얼른 말이 나오지 않았다. 오늘 낮에 있었던 일을 어떻게 알고 이런 일을 벌이는지 놀랍기만 했다.

김종서가 우물쭈물하고 있는 사이 양녕대군이 갑자기 옆에 있는 근수의 칼을 낚아채서 김종서한테 달려들었다. 김종서는 날렵하게 몸을 피했다. 그러나 양녕의 칼이 겨냥한 것은 김종서가 아니었다. 김종서가 타고 온 말의 목을 깊숙이 찔러 버렸다. 말이 비명을 지르며 하늘 높이 뛰어올랐다.

"그대가 다시 나와 윤이 일에 나서면 그땐 목에 칼이 들어갈 것이다."

양녕대군은 피 묻은 칼을 마당에 던지고 안으로 들어가 버렸다. 봉변을 당한 김종서는 가까스로 기매의 집에서 살아나올 수 있었다.

그러나 그런 일로 허리를 굽힐 김종서가 아니었다. 윤이 사건은 결국 김종서의 주장이 많이 반영되었다.

임금은 양녕대군이 대궐 밖으로 나가 살도록 조치하였다.

윤이 모녀는 목숨은 건졌지만 태형을 맞고 한양에서 쫓겨났다. 그러나 오랫동안 양녕대군의 손발 노릇을 하면서 상전을 여색의 구렁텅이로 안내한 악공 이오방과 구중수, 이귀수, 진포는 참형에 처해졌다.

　양녕의 외도를 은근히 부추긴 장인 김한로도 원지로 귀양을 갔다. 대호군 최정은 면직되고 상호군 임상양은 곤장 이백 대를 맞았다.

4 산적 여두목 홍득희

 이조와 병조에서 동시에 세종 임금에게 급보를 올렸다. 의정부도 거치지 않고 황해도 감사로부터 온 급보는 명나라로 가는 봉물짐이 산적에게 털렸다는 내용이었다.
 세종 임금은 즉시 김종서 좌대언을 불러 사건의 내막을 조사해 보고하라는 명을 내렸다.
 김종서가 여진족 문자를 연구하러 경원군 회령에서 돌아온 지 근 십 년 만의 일이었다.
 김종서는 우선 이조판서 허조를 찾아갔다.
 "김 승지가 여기까지 웬일이시오?"
 판서 허조는 김종서를 반가이 맞이했다.
 "전하의 명을 받잡고 왔습니다. 황해도 산적에 관해 자세히 알아보려고 합니다."

"여기 황해 감사가 보낸 장계의 원본이 있으니 읽어보시지요."
허 판서가 큰 봉투에 든 두툼한 서찰을 내주었다.
서찰을 받아 읽는 김종서의 얼굴이 점점 긴장되어 갔다.
"아니, 산적의 두목이 여자란 말씀입니까?"
"놀라셨습니까? 나도 처음엔 놀랐습니다. 젊은 여자가 산적 두목이라니."
서찰의 내용은 대략 다음과 같았다.

황해도 강음현 탑재 고개.
이른 새벽 역졸 십여 명의 호위 속에 명나라로 가는 봉물짐 행렬이 고개를 막 올라섰을 때였다.
"꼼짝 마라. 봉물짐과 노새를 모두 두고 가거라!"
갑자기 고개 위 숲 속에서 나타난 산적 대여섯 명이 봉물짐 앞을 가로막았다. 모두 말을 타고 있었다.
"웬 놈들이냐?"
봉물짐 일행을 지휘하고 가던 패두가 앞에 나섰다.
"우리는 황해도 화척이다. 순순히 봉물을 놓고 가지 않으면 모두 목을 잘라 저 소나무에 걸어둘 것이다."
화척이란 천민의 일종으로 백정의 다른 이름이었다.
그러나 호위 역졸 십여 명을 거느린 관군은 물러서지 않았다.
"저놈들을 모조리 베어라."
패두가 마상에서 칼을 빼 들었다. 산적 떼와 백병전이 벌어질 찰나였다.

"잠깐 멈추어라."

그때 백마를 탄 산적 하나가 바람처럼 나타났다. 비단을 찢는 듯한 목소리, 분명 여자의 목소리였다. 백마 위에 앉은 산적은 남자 옷에 붉은 수건을 머리에 두르고 있었지만 자태가 분명히 여자였다.

"너는 또 웬 놈이냐?"

패두가 앞으로 나섰다.

"내가 누군지는 알 것 없다. 그 봉물짐은 그대로 두고 빨리 돌아가거라. 봉물짐은 우리가 가져다 쓸 곳이 있다."

"저놈 봐라. 아니, 계집년 아니냐?"

"계집이라니 함부로 지껄이지 말라. 우리 두목님이시다."

나이 좀 들어 보이는 산적이 말했다.

"뭐라고? 저년이 너희들 두목이라고? 너는 저년의 졸개냐?"

"내 이름은 송오마지다. 빨리 이곳을 떠나라. 그렇지 않으면……."

나이 든 산적이 점잖게 말했다.

"에잇!"

그때 호위 군졸 한 명이 칼을 휘두르며 송오마지에게 덤볐다. 그러나 칼을 써보지도 못하고 송오마지의 발길질 한 번에 나가떨어졌다.

"이놈 봐라!"

이번에는 패두가 칼을 높이 쳐들었다. 패두는 군졸과는 달랐다. 날쌘 칼날이 송오마지의 목을 향해 날아들었다.

쨍그렁!

그 순간 강렬한 금속성과 함께 패두의 칼이 하늘 높이 튕겨 올라갔다. 정말 눈 깜짝할 순간의 일이었다. 패두의 칼끝이 송오마지의 목을 찌르기 직전 공중에서 다른 칼이 날아들어 패두의 칼을 쳐내 버린 것이다.

"우와!"

모두 입을 크게 벌렸다. 패두의 칼을 공중으로 튕겨 오르게 한 것은 백마 위에 앉아 있던 여두목이었다. 여두목은 말에서 튀어 올라 공중에서 삼백육십 도로 돌면서 패두의 칼을 쳐내고 한쪽 발로 패두의 가슴팍을 강타했다. 그리고 공중에서 다시 반대로 몸을 한 바퀴 틀면서 옆에 있던 군졸도 쓰러트렸다. 여두목은 왼손으로 오른발의 발바닥을 치면서 오뚝이처럼 백마 위에 다시 올라갔다.

땅바닥에 쓰러진 패두는 넋이 나간 채 여두목을 올려다보았다.

"선풍각(旋風脚)을 쓰다니!"

선풍각이란 조선 무사들의 전통 권법 중의 한 가지로 매우 경지가 높은 고급 기술이었다. 더구나 마상에서 선풍각을 이용해 지상의 상대를 쓰러트리고 다시 마상으로 되돌아간다는 것은 아무나 사용하지 못하는 최고 경지의 무술이었다.

패두가 어이없이 당하는 모습을 보자 군졸들은 슬금슬금 뒷걸음질을 치기 시작했다.

패두는 다시 일어나서 떨리는 목소리로 물었다.

"너는 어디서 온 누구냐?"

"나는 북쪽 변경 경원 땅에서 온 홍득희요. 봉물짐을 두고 순순히 물러가면 목숨은 살려주겠소."

봉물짐을 고스란히 빼앗긴 호송대가 해주 감영에 돌아온 것은 그날 저녁 무렵이었다. 해주 목사의 병영에서는 보통 난리가 나지 않았다. 관군이 여자가 두목인 산적 대여섯 명을 감당 못해 도망쳐 왔다는 것은 변명의 여지가 없었다.

황해도 감사 공인영은 즉각 호송 군졸들을 옥에 가두고 한성으로 급보를 알리는 파발마를 띄웠다.

황해도 감영으로부터 급보를 받은 조정은 조정대로 벌집 쑤신 듯 시끄러웠다. 도승지 김돈의 보고를 받은 세종 임금은 한숨을 크게 쉬면서 물었다.

"열 명이나 되는 군사가 산적 몇 명을 못 당해 봉물을 빼앗겼다니, 그게 도대체 말이나 되는 소리인가?"

"산적의 무술이 일당백이었다 합니다."

김돈이 군졸 편을 들었다.

"일당백? 거기 우리 군사가 백 명이나 갔단 말이냐?"

"전하, 제 말씀은……."

"더구나 산적의 괴수가 여자라면서?"

"계집의 무술이 보통이 아니었다고 합니다."

이번에는 좌대언이 거들었다.

"우대언은 어떻게 생각하시오? 여자 한 명을 못 당한 군사가 사내라고 할 수 있겠소?"

잠자코 있던 우대언 김종서가 아뢰었다.

"다시 산적 토벌 별동대를 만들어 해주 병영으로 내일 아침 떠난다고 합니다."

"병조에 맡겨두면 산적 여두목이 경복궁 영추문까지 들어올 것이야."

세종 임금이 탄식을 했다. 영추문은 경복궁 서문을 일컫는다.

"황해도 산적들은 보통 무리가 아닌 것 같습니다. 소신의 짐작으로는 나타난 산적은 대여섯 명이라고 하지만 그 배후에 상당한 무리가 있을 것입니다."

김종서가 신중하게 입을 열었다.

"산적이 북쪽 변경에서 왔다고 하는데 천 리도 넘는 곳에 원정을 왔을 때는 그만한 곡절이 있을 것이다. 우대언의 말대로 무리가 훨씬 많을지도 모를 일이야."

"그러하옵니다."

김돈 도승지가 머리를 조아렸다.

"단단히 대처해야 할 것이오. 이번에는 병조에 맡기지 말고 담력깨나 있는 사람을 골라 보내야겠소."

세종 임금은 말끝을 맺지 않고 우대언 김종서를 내려다보았다. 김종서는 입을 굳게 다문 채 아무 말도 하지 않았다.

"우대언 김종서의 예견처럼 황해도의 산적은 생각보다 규모가 클 수도 있다. 허술하게 대처해서는 안 될 일이다."

세종 임금이 걱정스럽게 말했다.

"해주 목사 송희미에게 단단히 일러야겠습니다."

김돈 도승지가 여쭈었다.

"송희미가 지금 해주목인고?"

세종 임금이 고개를 저었다. 워낙 표나지 않게 저었기 때문에 모두 눈여겨보지 못했다. 그러나 김종서는 임금의 불편한 심기를 놓치지 않았다.

"병조나 삼군부에만 맡겨둘 일이 아닌 것 같으니 이번에는 우대언이 직접 군사를 이끌고 가는 것이 어떻겠소?"

"예? 마마……."

놀란 도승지가 뭔가 말을 하려다 얼른 입을 다물었다.

"도승지, 무슨 말인지 해보아라."

세종 임금이 김돈을 내려다보면서 말했다.

"저어, 김종서 우대언은 문신이지 무장이 아니온지라……."

김돈은 말끝을 흐렸다.

"때로는 문신이 무신보다 더 강할 수도 있어. 게다가 우대언은 오래전부터 어깨에 활과 화살통을 메고 살아온 사람이야. 어찌 김종서 승지를 문신으로만 보는가."

"황공하옵니다."

김종서가 허리를 굽히며 공손하게 말했다.

얼떨결에 김종서는 황해도 토적대(討賊隊)의 책임자가 되었다. 대궐을 나오면서 김종서는 자신의 기묘한 운명에 고개를 가로저었다. 십여 년 전 북쪽 변경 경원군에서 자신을 괴롭히던 송희미와 다시 적전에서 만나게 되리라고는 꿈에도 생각지 못했다.

김종서는 병조에 들러 해주 목사로부터 올라온 산적에 대한 정보를 다시 확인했다. 병조 참의 이징옥이 보고서를 자세하게 설명해 주었다.

산적들은 척후로 나온 인원은 대여섯 명이었지만 배후에 수백 명을 거느리고 있으며, 여진족 두령 홀라온의 비호를 받고 있는 무장 조직으로 안다고 말했다.

"여자 두목은 변장술과 무술이 뛰어나다고 합니다. 항상 머리에 붉은 수건을 두르고 있어서 홍적, 홍패, 또는 홍 두목으로 불리고 있답니다."

"그 여자 두목의 이름이……."

"홍득희라고 하더랍니다."

"뭐요? 홍득희?"

김종서가 깜짝 놀라 벌떡 일어섰다. 키가 워낙 작아 일어서도 크게 달라 보이지는 않았다.

"왜 그렇게 놀라십니까?"

이징옥이 오히려 눈이 둥그레졌다.

"나이가 얼마나 되었다고 하던가요?"

"글쎄요, 장계에 그런 내용은 없는 것 같습니다."

김종서는 십여 년 전 어명으로 여진족 말과 문자를 수집하러 경원군에 갔을 때의 일이 번개처럼 머리를 스쳐 갔다. 그때 만난 아홉 살짜리 홍씨 성을 가진 소녀에게 자신이 득희라는 이름을 지어주지 않았던가. 그 아이가 자라서 산적이 되었단 말인가? 해주 화적 떼가 변방 경원에서 왔다면 홍득희일 가능성이 높았다.

김종서는 이튿날 백여 명의 우군부 소속 군사를 이끌고 해주로 향했다. 임진강을 건너며 묘한 기분에서 벗어나지 못했다.

'송희미와 다시 마주치는 것도 기이한 일인데, 거기에 홍득희까지 얽혀 있다니 이런 기기묘묘한 일이 또 있단 말인가.'

그러나 홍득희가 사다노에서 본 그 아홉 살짜리 여자 아이인지, 혹은 동명이인인지 확실히 알 수는 없었다. 북쪽 변경 경원에서 여기 황해도까지는 천 리도 넘는 길인데 도적질하러 그렇게 먼 곳까지 설마 원정을 왔겠느냐 하는 의문이 들었다.

김종서 토적대는 일단 해주 목사 병영에 머무르기로 했다. 해주 목사 송희미는 겉으로는 반갑게 김종서를 맞이했다. 김종서도 옛 일은 잊은 것처럼 웃는 얼굴로 인사를 나누었다. 그러나 어찌 그때의 일을 잊을 수가 있겠는가.

"산적 때문에 고생이 많습니다. 봉물 호송하던 군졸과 역졸들은 어떻게 되었는지요?"

김종서가 산적에게 당한 군졸과 역졸의 안부를 물은 것은 그들을 거두어 합류시킬 생각이 있기 때문이었다.

"비겁한 놈들은 모조리 옥에 쳐 넣었습니다. 내일쯤 한성 의금부로 압송할 생각입니다."

"한성으로 보냅니까?"

"전쟁에서 도망친 자는 부월을 맞아 죽는 것이 당연하지만 일단 한성으로 보낼 생각입니다."

부월(斧鉞)이란 장수가 전장에 나갈 때 왕이 내리는 도끼를 말

산적 여두목 홍득희 77

한다. 이 도끼는 군율을 다스릴 때 사용한다는 상징적인 지휘봉이다.

"도망쳐 온 군사의 장수는 책임이 없나요?"

김종서는 해주 지역 병마 책임자는 해주 목사라는 뜻으로 말했다.

"봉물 호송 군사의 책임자는 해주 목사 병영 소속이 아니라 한성에서 왔습니다."

송희미도 지지 않았다.

"지금은 병력이 한 명이라도 더 필요한 때입니다. 도적 떼를 본 일이 있는 병졸이 필요합니다. 모두 풀어주고 토적대에 편입시켜 주시오."

김종서의 단호한 태도에 송희미 목사는 결국 동의를 했다.

"그 대신 나도 해야 할 말이 좀 있습니다."

송희미가 그냥 들어주기는 억울한지 다른 조건을 내놓았다.

"말해보시오."

송희미는 한참 뜸을 들이다가 입을 열었다.

"해주목 병사 중에 양정이란 사람이 있는데……."

양정은 송희미가 회령에서 호군으로 있을 때부터 측근에 있던 패두였다. 김종서를 괴롭히려다 홍득희 등 여진족 아이들에게 쫓겨간 자였다.

"양정이 여기 있소?"

김종서가 잊을 리 없었다.

"아주 유능한 지략가입니다. 이곳 지리에도 밝고요. 양정을 토적대의 좌군장으로 삼아주시오. 공을 세우고 김 공을 크게 도울 것입니다.

김종서는 토적대를 중군, 좌군, 우군으로 나누고 자신이 중군을, 유자광을 좌군 지휘자로, 유사진을 우군 지휘자로 삼을 생각이었다.

잠깐 생각을 한 김종서는 양정을 받아들이기로 결심했다. 자기 수하로 두면 적 하나를 없앤다는 생각이 들었다.

"좌군은 안 되고 우군을 맡기겠소."

좌군을 맡긴 유자광은 양녕대군 엽색 행각을 조사할 때 알게 된 경복궁 갑사였다. 경덕궁 궁직 한명회의 친구이기도 한 유자광은 체격도 우람하지만 지모가 있어서 일개 갑사로 궁궐 경비만 하기에는 아깝다는 생각이 들었다. 유자광 역시 양녕대군으로부터 분리시켜 수하에 둔다는 의미도 있었다.

"앞에서 기생을 무르팍에 안기고 뒤에서 내 목에 칼질하려던 못된 버릇은 고쳤겠지요?"

김종서가 가시 돋친 말 한마디를 남겼다.

김종서는 갇혔다가 풀려난 병졸을 중심으로 척후대를 만들어 산적들의 동태를 파악하게 했다. 황해도 감영의 도움을 받아 민간인 간자를 풀어 산적이 숨어 있을 만한 산과 계곡을 모두 훑게 하였다.

이튿날 척후대와 민간 간자들의 정탐 내용을 종합해서 산적의 윤곽을 거의 파악했다.

산적들은 멸악산과 장수산, 그리고 국수봉을 근거지로 삼고 있으며 세 지점을 잇는 삼각 지점의 중간인 청석두에 본진이 있는 것으로 밝혀졌다.

산적의 숫자는 칠팔십 명으로 파악되었다.

"우리는 백천에 본영을 둔다. 그곳이 유사시 개성 유수나, 해주 목사의 지원을 받기 수월하기 때문이다. 좌군은 장수산 쪽, 우군은 국수봉 쪽에 진영을 설치한다."

김종서가 첫 명령을 내렸다.

김종서가 본영을 차린 백천은 오른쪽에 국수봉이 있고 왼쪽에 장수산이 있었다. 김종서는 산적이 출몰하는 지역에 광범위한 포위망을 쳤다. 북쪽으로는 험준한 멸악산이 있어 배수진 아닌 배산진을 친 셈이었다.

김종서는 본영인 중군 소속 군졸 삼십여 명을 야영장 장 앞 풀밭에 모이게 하고 낮에 개성 유수가 보낸 돼지 두 마리를 잡아 고루 나누어 주었다.

"싸움도 우선 배가 불러야 한다. 내일은 누가 목숨을 바쳐야 할지 모르니 오늘 후회 없이 먹고 마셔라. 그리고 철야 초병 외에는 잠을 푹 자두어라."

김종서는 무신들이 평소 부하를 다루는 방법과는 전혀 다른 지시를 내렸다.

그날 밤.

김종서는 본영 야영 천막에서 자다가 이상한 낌새를 느끼고 잠에서 깼다. 사방은 캄캄한데 분명 무슨 기척이 났다. 김종서는 얼른 일어나 벗어놓았던 활을 어깨에 메고 칼을 찾았다.

그때였다. 야영 천막 안으로 검은 그림자 둘이 바람처럼 들어왔다.

"누구냐!"

김종서는 벌떡 일어나서 칼집에 손을 댔다. 그러나 그림자가 번개처럼 달려들어 김종서의 손에서 칼을 낚아챘다.

"나으리, 순순히 우리를 따르면 목숨은 부지하실 수 있습니다."

"너희들은 누구냐?"

김종서는 저항해 보았자 이미 늦었다는 생각에 조용히 물었다.

"우리를 따라오시오."

그림자가 검은 수건으로 김종서의 눈을 가렸다. 그리고 어깨를 감싼 채 밖으로 데리고 나왔다.

야영장은 쥐 죽은 듯이 고요했다. 초병도 순찰 군졸도 기척이 없었다. 본진이 이미 이들에게 접수된 상태인 것 같았다.

야영장 밖으로 김종서를 끌고 나온 그들은 김종서를 말에 태웠다.

"나으리가 탄 말은 앞뒤에 고삐를 쥔 사람들이 인도할 테니 가만히 따라오기만 하십시오."

그림자의 두목인 듯한 사람이 말했다.

"너희들은 도대체 누구냐? 나를 어디로 데려가려는 거냐?"

김종서가 재차 물었으나 아무 대꾸도 하지 않고 말을 몰았다.

김종서는 눈이 가려져 아무것도 보이지 않았다. 하지만 눈을 가리지 않았더라도 눈앞이 캄캄할 판이었다. 도적 잡으러 나온 장수가 밤중에 자기 본영에서 정체 모를 괴한들에게 납치되어 가다니…… 눈앞이 캄캄한 정도가 아니었다. 이 무슨 해괴한 수모란 말인가.

얼마나 달렸을까. 김종서는 자신이 어디로 가는지 전혀 알 수 없었으나 산길을 간다는 것만은 알 수 있었다.

마침내 타고 가던 말이 멈추어 섰다.

"다 왔으니 이제 말에서 내리시오."

김종서는 누군가가 부축해 주어서 말에서 내렸다.

"이제 이 눈가리개를 풀어주시오."

김종서가 점잖게 요청했으나 아무도 김종서의 말을 들어주지 않았다.

"이쪽으로 오시오."

김종서는 어느 집 안으로 인도되어 들어갔다. 그리고 마침내 눈가리개가 풀렸다.

제일 먼저 눈에 띈 것은 단 위에 놓여 있는 불상이었다. 탱화도 걸려 있었다. 어느 절의 대웅전인 것 같았다. 촛불을 여러 군데 밝혀놓은 것으로 보아 아직도 밤중인 것을 알 수 있었다.

"여기가 어느 절이오?"

김종서가 산발한 머리에 가죽 옷을 입고 있는 젊은이를 보고 물었다. 비슷한 차림을 한 남자 몇 명 더 있었다.

"잠깐만 기다리십시오."

그들은 김종서를 그냥 앉혀놓은 채 모두 나가 버렸다. 김종서는 늘 메고 다니던 활을 찾아보았으나 보이지 않았다.

얼마를 기다렸을까. 방문이 열리고 누군가가 들어왔다. 들어온 사람은 놀랍게도 여자였다. 초록색 저고리에 붉은 치마를 입고 있었다. 조선 전통 의상인 초록색 저고리에 붉은 치마였다. 머리는 곱게 빗어 뒤로 땋아 늘어뜨리고 붉은 댕기를 맸다. 이목구비가 선명한 젊은 여자였다.

김종서가 영문을 몰라 주춤하고 있는 사이 여자는 두 손을 이마에 올리고 김종서를 향해 큰절을 했다.

"아니, 저……."

김종서는 어쩔 줄 몰라 엉거주춤 절을 받았다.

젊은 여자는 큰절을 한 뒤 다소곳이 앉아 입을 열었다.

"아저씨, 저 득희입니다. 홍득희……."

여자는 갑자기 목이 멘 듯 말끝을 흐렸다.

"뭐라고? 네가 득희라고? 십 년 전 경원에서 본 또리란 말이냐?"

정말 놀란 사람은 김종서였다. 얼떨결에 득희의 처음 이름이었던 또리가 불쑥 튀어나왔다.

"예. 그때 아저씨가 득희라고 이름을 지어주셨지요. 동생은 석이라고 지어주시고."

"맞다, 맞아. 살아 있었구나. 그래 그동안 얼마나 고생이 많았느냐?"

김종서는 득희의 뺨이라도 쓰다듬어 주고 싶어 다가가려다가 과년한 처녀라는 생각이 들어 주춤했다.
"아저씨!"
득희는 김종서를 바라보며 눈물을 주루룩 흘렸다.
"네가 득희라니, 이렇게 반가울 수가 있겠느냐? 그런데 석이는 어디 있느냐?"
"멀리 떨어져 있는데 곧 이곳으로 올 것입니다."
홍득희의 눈에 눈물이 고였다.
"저는 아저씨가 떠난 뒤 여진족 친구들과 홀라온 장군 밑에서 자랐습니다. 조선 마을로 가고 싶었으나 관군의 횡포가 무서워 홀라온 땅의 조선인 마을에서 자랐습니다. 거기서 글을 조금 배우고 무술도 익혔습니다."
"결혼은 하였느냐?"
"아닙니다."
치마저고리를 곱게 차려입고 댕기를 맨 홍득희의 모습은 한양 어느 양반집의 규수 못지않게 품위가 있어 보였다.
"그럼 네가 소문에 듣던 홍패 두목이란 말이냐?"
김종서는 도무지 믿기지 않는 질문을 했다.
"아저씨, 용서해 주세요."
"소문대로 네가 화척 여두목이란 말이구나."
"아저씨……."
홍득희는 계속 눈물만 흘리고 있었다.
"그래 왜 이런 짓을 하고 다니는지 사정이나 좀 들어보자."
그때 방문이 열리고 간단한 술상이 들어왔다. 상 위에는 술병과 술잔 하나, 그리고 돼지고기 안주가 있었다.
"시장하실 텐데 목이나 축이시라고······."
홍득희가 술잔에 술을 부었다.
"득희야, 지금 네가 하고 있는 짓이 얼마나 큰 죄인지는 아느냐? 목숨이 열 개라도 부지하기 어려운 죄를 짓고 있는 거야."
김종서는 술잔은 본 체도 않고 걱정부터 했다.
"제가 이곳에 온 것은 이번이 처음입니다."
"경원 회령에서 천 리 길도 넘는데 왜 여기까지 왔단 말이냐?"
"저희는 주로 공험진 부근에 근거지를 두고 있었습니다만, 이번에 여기까지 오게 된 것은 그럴 사정이 있어서입니다."
"그래, 그 사정 이야기나 좀 들어보자."
그때였다. 건장한 청년 하나가 불쑥 들어왔다.
"아저씨!"
청년이 김종서한테 큰절을 했다.
"네가 석이구나."
"예. 아저씨 제가 사다노의 또오리 홍석이입니다. 아저씨, 용서해 주세요."
석이도 어깨를 들썩이며 흐느꼈다.
"너희들이 이렇게 잘 자란 것을 보니 대견스럽다. 그런데 어찌다가 도적과 관군이 되어 이렇게 만났단 말이냐? 아저씨는 참으로 가슴이 아프다. 비명에 가신 너희들 어머니 아버지가 아시면 무엇이라고 하겠느냐?"

남매를 바라보는 김종서의 눈에 잠시 이슬이 맺혔다.
　"용서하세요. 비록 산적이 되기는 했으나 아저씨의 은공은 항상 가슴에 새기고 있습니다. 아저씨의 가르침을 따라 글도 배우고 올곧게 살려고 노력도 했지만 세상 일이 뜻대로 되지 않았습니다."
　홍득희와 홍석이도 눈물을 삼켰다.
　"그래. 어째서 이렇게 우리가 만나야 했는지 그 사유부터 들어 보자."
　김종서가 감정을 추스르며 말했다.
　"이런 방법을 쓰지 않고는 아저씨를 만날 방법이 없기 때문에 이렇게 하였습니다."
　홍득희도 울음을 그치고 말했다.
　"명색이 왕명을 받들고 나온 토적 대장인데 산적에게 납치되었으니 이제 나는 죽은 목숨이나 마찬가지다. 너희들이 나를 살려 보낸다고 하더라도 살 수가 없구나."
　김종서가 한숨을 쉬었다.
　"아저씨가 이곳에 오신 것은 아무도 모릅니다. 이대로 돌아가시면 밤에 아저씨한테 무슨 일이 있었는지 병영에서는 아무도 모를 것입니다."
　"너희들이 병영의 군졸들을 다 죽이지 않은 이상 그렇게 조용할 수가 없는데 무슨 소리냐?"
　김종서가 눈을 둥그렇게 떴다.
　"초병들은 쥐도 새도 모르게 결박해서 병영 뒤 숲 속 나무에 묶어두었습니다. 물론 입에 재갈을 물려서 아무 소리도 낼 수 없고, 눈을 가려서 아무것도 볼 수 없었을 것입니다."

"그럼 나머지 군졸들은 어떻게 되었단 말이냐?"

"모두 아저씨가 내린 고기와 술을 먹고 깊이 잠들었기 때문에 무슨 일이 있었는지 모릅니다."

김종서는 홍득희의 말을 들으며 어젯밤에 큰 실수를 했다고 생각했다. 그리고 군사들이 그렇게 허무하게 당했다는 것이 믿기지 않았다. 평소 군사 훈련이 제대로 되어 있지 않다고 주장하던 장영실 상호군과 최산해의 이야기가 건성이 아니었음을 실감했다.

"그런데 너희들이 공험진이나 사다노에서 여기까지 와서 도적질을 할 때는 나를 만나는 일 외에도 다른 이유가 있을 것 아니냐? 어디 말해보아라."

"그 말씀을 드리기 전에 꼭 여쭐 말씀이 있습니다. 저희들은 비록 비적질을 할지언정 아저씨의 옛날 은공은 결코 잊지 않을 것이라는 말씀입니다."

"어쨌든, 여기까지 온 이유부터 말해보아라."

"이게 모두 송가 놈 때문입니다."

홍석이가 갑자기 흥분한 목소리로 말했다.

"송가 놈이라니?"

김종서가 의아한 표정으로 홍석이를 돌아보았다.

"송희미란 자 말입니다. 옛날 사다노 상호군으로 있을 때 아저씨를 죽이라고 자객들을 보낸 그놈 말입니다."

김종서는 홍석이가 왜 흥분하는지 짐작이 갔다.

"그럼 너희들이 그때의 내 원수를 갚기 위해 도적 떼를 이끌고 천 리 길을 왔단 말이냐?"

김종서가 어이없다는 표정으로 물었다.

"그놈은 우리 손으로 죽여야 합니다."

홍석이가 다시 주먹을 불끈 쥐었다.

그때 사다노에서 어머니가 조선 관군에게 수모를 당하고 아버지와 함께 죽은 것은 조선 군사가 저지른 일이었으니 홍득희 남매에게는 불구대천의 원수라고 생각할 수도 있었다. 또한 잔혹한 일을 저지른 병사들은 모두 송희미의 수하들이었으니 책임을 질 사람은 송희미 상호군일 수도 있었다.

"송희미는 그 뒤 승승장구하여 해주 목사에까지 이르렀습니다. 조선 땅에서 정의는 땅에 떨어졌지요. 그러니 저희가 응징할 수밖에 없습니다."

홍석이의 말을 받아 홍득희가 이야기를 계속했다.

"송희미는 그 뒤에도 경원군에서 백성들의 피를 빨아먹는 가렴주구를 계속했습니다. 처녀나 유부녀 가릴 것 없이 반반하게 생긴 여자는 모두 관기로 데리고 가서 욕을 보였습니다. 정절을 잃고 스스로 목숨을 끊은 규수나 안방 어머니가 한둘이 아닙니다. 아저씨도 잘 아시는 송오마지의 누이동생도 스스로 목숨을 끊었습니다. 오마지는 반드시 자기 손으로 송가 놈을 처단하겠다고 벼르고 있습니다."

"그럼 너희들이 해주 목사 송희미를 처단하기 위해 여기까지 왔단 말이냐?"

김종서는 남매를 애틋한 눈으로 바라보았다.

"송희미는 인간도 아닙니다. 여진족 족장들에게 조선 땅을 팔아먹기도 했습니다. 영남과 호남에서 온 보충병들의 식량도 여진의 이만주에게 팔아넘겨 많은 병사들이 굶주림으로 목숨을 잃기도 했습니다. 한성에서 사정을 조사하러 온 조정의 관리들에게는 여자와 뇌물을 안겨 입을 막아 보냈기 때문에 조정에 보고될 리가 없었습니다."

홍석이가 분통을 터뜨렸다. 김종서는 송희미가 옛날 자기에게 관기를 안겨 사태를 무마하려고 했던 생각이 났다.

"꼭 그것만을 위해서 온 것은 아닙니다. 아저씨가 여기 토적대장으로 올 줄은 모르고 한성으로 숨어들어 아저씨를 만나고 싶었습니다."

홍득희가 웃으며 말했다.

"또 다른 이유가 있느냐?"

"예. 이번에 명나라로 가는 봉물에는 금덩이와 비단 외에 처녀 오십 명도 포함되어 있다는 소문을 들었습니다. 그래서 전국 각지에서 끌려온 불쌍한 조선 처녀들을 구해서 고향으로 돌려보낼 계획이었습니다. 그런데 잡혀가는 처녀는 없었습니다."

"그런 소문은 잘못 들은 것 같구나. 처녀 오십 명을 명나라 황실로 보내라는 재촉은 받았지만 아직 선발하지는 못했다."

"그럼 언제 이곳을 통과하나요?"

홍득희가 물었다.

"그건 나도 모른다. 그리고 안다고 하더라도 산적한테 알려줄 수는 없는 것 아니겠느냐."

김종서는 입가에 씁쓸한 웃음을 흘렸다.

"우리가 다시 알아내서 구출하겠습니다."

"구출? 그건 역적 행위와 같은 짓이다."

김종서가 점잖게 나무랐다.

"저희가 알아서 하겠습니다."

"득희 너를 홍패, 또는 홍적이라고 하던데 무리가 도대체 몇 명이나 되느냐?"

김종서가 궁금하던 말을 마침내 꺼냈다.

"지금 황해도에 와 있는 동지는 팔십 명 정도입니다. 사다노와 공험진에 백오십 명 정도가 더 있습니다."

"팔십 명이라고?"

김종서는 조금 놀랐으나 내색은 하지 않았다.

"팔십 명이라고 하지만 훈련받은 군사들이 아니니까 관군을 이기지는 못할 것이다."

김종서의 말은 오히려 걱정스러워 보였다.

"그렇지 않습니다. 관군은 우리 동지와는 상대가 안 됩니다. 무기도 그렇고 훈련도 그렇고…… 그야말로 오합지졸이라는 것을 저희들은 잘 압니다."

"아무려면 산적보다야 못하려고?"

김종서가 혼잣말처럼 나직하게 말했다.

"저희는 비록 산적이지만 무기가 보통이 아닙니다. 북쪽 변경 조선 부대 지휘관들에게 곰 가죽, 호랑이 가죽 같은 뇌물을 주고 화약까지 바꿔서 장만했습니다. 여진족 우두머리들이 명나라에서 사온 화포도 여러 문 가지고 있습니다. 전투마도 열여섯 마리나 있습니다. 말을 타고 장창을 가진 저희 동지들에게 관군은 상대가 되지 않습니다."

홍득희의 설명을 들으며 김종서는 걱정이 많아졌다. 산적들은 관군이 가지지 않은 무기를 갖고 있을 뿐 아니라, 이들의 사기 또한 관군이 당하기 어려울 것이라는 생각이 들었다.

"나를 어떻게 할 생각이냐?"

김종서는 이 미로에서 어떻게 빠져 나가야 할지 난감했다. 홍득희에게 운명을 맡기는 처지에 놓여 있다고 생각하니 한심스러웠다.

"아저씨가 빨리 본진영으로 돌아가실 수 있도록 서두르겠습니다. 그전에 한 가지 보여 드릴 것이 있습니다."

홍득희가 말을 마치고 석이를 돌아보았다.

"오마지 아저씨와 그것을 가지고 오겠습니다."

석이가 밖으로 나갔다가 송오마지와 함께 들어왔다. 송오마지는 김종서에게 절을 넙죽하고는 들고 온 상자를 앞에 내놓았다.

"오마지 자네도 이젠 나이가 들었구나. 벌써 흰 머리카락이 보이네."

김종서가 오마지의 손을 잡으며 말했다.

"새치입니다. 아직 제 나이는 나이라고 할 만하지 않습니다."

송오마지는 커다란 손으로 뒷덜미를 긁으며 겸연쩍어했다.

"열어보시지요."

홍득희의 말이 떨어지자 송오마지가 상자 뚜껑을 열었다. 상자 안에는 두루마리 문서 같은 것이 잔뜩 들어 있었다.

"이것이 다 무엇이냐? 산적들이 웬 문서를 갖고 있느냐?"

김종서가 상자 안을 들여다보면서 물었다.

"아저씨를 돕기 위해 석이와 오마지 아저씨가 열심히 수집한 탁본과 고서들입니다."

"탁본?"

"아저씨가 이전에 사다노에 오신 이유는 임금님의 새 문자 창조를 돕기 위한 자료를 수집하기 위해서 아닙니까? 그중에서도 여진족 문자에 관련된 자료를 모으시지 않았습니까? 그래서 아저씨 생각을 하며 평소 눈에 띄는 대로 모아보았습니다."

김종서가 상자 속의 문서를 꺼내보았다. 비석에서 떠온 탁본과 낡은 고문서 여러 점이 있었다.

"이 탁본은 여진 문자가 아니냐?"

"그렇습니다. 여진족의 족장들이 차지한 지역에 경계 표시로 비석을 더러 세웠는데 그런 것을 발견할 때마다 탁본을 했습니다."

송오마지가 설명했다.

"여진 비석 외에도 고려 때 세운 것으로 보이는 절과 국경지대의 한문 비석도 탁본을 했습니다. 아마도 아저씨가 말씀하시던 윤관 장군과 관련된 국경 경계 비석일지도 모릅니다."

홍득희의 설명을 들으며 김종서는 한문으로 된 비석 탁본을 살펴보았다. 탁본 기술이 조악하고 비석이 낡아 글자를 알아보기 힘든 것이 대부분이었다. 그러나 아주 중요한 자료임이 틀림없었다. 특히 여진족 문자는 세종 임금이 특별히 관심을 가지는 물건이라 더욱 소중하게 생각했다.

"너희들이 큰일을 했구나. 나를 그렇게까지 생각해 주고 도우려고 했다니 정말 고맙기 그지없다."

"쓸모가 있었으면 오죽 좋겠습니까만, 저희들은 그저 장님이 장어 잡듯이 모아두었을 뿐입니다."

석이가 머리를 긁적이며 말했다.

탁본과 문서를 들어내자 상자 바닥에 가죽띠 두 개가 남아 있었다.

"이건 무엇이냐?"

김종서가 낯익은 가죽띠를 가리키며 물었다.

"이건……."

홍득희가 가죽띠 두 개를 끄집어내서 펼쳐 보였다.

"이건 아버지가 남긴 노루 가죽띠인데, 여기 아저씨가 저희 이름을……."

홍득희는 갑자기 울음이 복받쳐 말을 흐렸다.

가죽띠에는 한자로 홍득희(洪得希)와 홍석(洪石)이란 글씨가 쓰여 있었다. 김종서는 남매의 이름을 지어줄 때 써주었던 기억이 생생하게 살아났다.

"아니, 이게 언제 일인데 아직 간직하고 있단 말이냐?"

김종서가 가죽띠를 만져 보면서 감격스러워했다.

"수많은 싸움터를 쫓아다니면서도 이 보물만은 짊어지고 다녔습니다. 언젠가 아저씨를 만나면 보여 드리고 싶어서요."

석이의 말을 오마지가 되받았다.

"득희 남매는 양식은 버리고 가도 이 상자는 생명처럼 가지고 다녔습니다."

"이 노루 가죽띠를 볼 적마다 저희는 아저씨를 생각했어요. 그리고 아저씨를 생각할 때마다 저희가 조선 사람이라는 것을 잊지 않으려 애썼습니다."

홍득희의 말을 석이가 이었다.

"어머니 아버지 일을 생각하면 저희가 조선 사람이라는 것이 저주스러웠습니다. 더구나 송희미를 생각할 때면 조선 사람이라는 것이 얼마나 창피했는지 모릅니다. 그러나 이 가죽띠에 쓰인 아저씨 글씨가 저희의 약한 생각을 나무라는 것 같았습니다."

"고맙다. 그렇게 생각했다니."

김종서는 대견하다는 눈길로 홍득희 남매를 번갈아 바라보았다.

"아저씨, 날이 새기 전에 본영으로 돌아가셔야 합니다."

홍득희가 갑자기 서둘렀다.

"아저씨, 좀 불편하시더라도 참으셔요. 이 절과 산채를 빠져나갈 때까지만 아무것도 못 보신 것으로 해야 합니다."

홍득희의 말이 떨어지자 송오마지가 검은 띠를 가져와 김종서의 눈을 가렸다.

"아저씨, 죄송해요. 저희는 목적만 이룬 뒤에 공험진으로 돌아갈 것입니다."

홍득희가 김종서의 팔을 잡고 걸어나오며 말했다.

"아직도 늦지 않았으니 이런 짓을 그만두고 나와 함께 한성으로 갈 수는 없겠느냐? 그동안 지은 죄는 내가 임금님께 간청을 드려 어떻게 해보마."

김종서는 마지막 설득을 해보았다. 그러나 홍득희는 아무 대답도 하지 않았다.

"자, 이제 말에 오르시지요."

송오마지가 김종서를 마상으로 이끌었다.

"아저씨, 꼭 다시 만나요."

"아저씨."

홍득희와 홍석이의 울먹한 목소리를 뒤로하고 김종서를 태운 말은 산채를 떠났다.

산길을 얼마나 왔을까. 갑자기 김종서의 말이 섰다.

"나으리, 이제 다 왔습니다."

누군가가 김종서의 눈가리개를 풀어주었다. 김종서는 사방을 둘러보았다. 아직 날이 밝지 않아 어딘지 짐작을 할 수 없었다. 말을 타고 온 시간으로 보아 이삼십 리는 온 것 같았다. 김종서의 말을 인도해 온 두 사람 역시 어두워 얼굴을 똑똑히 볼 수가 없었다. 송오마지는 아니었다.

"나으리, 이 길로 곧장 가시면 백천에 다다릅니다. 날이 다 밝기 전에 돌아가실 수 있을 것입니다."
 산적 두 사람은 김종서의 앞뒤에서 말을 몰아온 것 같았다.
 "자네들 이름은 무엇인가?"
 김종서가 두 사람의 얼굴을 기억이라도 할 듯이 번갈아 보며 물었다. 그러나 얼굴은 윤곽만 보일 뿐 뚜렷하게 구분할 수가 없었다.
 "홍 두목의 부하일 따름입니다. 이름이 뭐 중요하겠습니까?"
 "저는 여진 사람입니다. 홍 두목이 조선군에 잡혀갔을 때 구해 주었습니다."
 "왜 잡혀갔나?"
 "농사지은 것을 제대로 안 바치고 숨겨두었다는 죄목이었습니다. 그러나 그들이 달라는 대로 주고 나면 모두 굶어 죽습니다."
 "회령에서 살았느냐?"
 "예. 나으리, 안녕히 가십시오."
 산적들은 어둠 속으로 바람처럼 사라졌다.
 혼자 남은 김종서는 참담한 심정으로 산길을 달리기 시작했다.
 김종서가 백천 본영에 도착했을 때 날은 거의 밝아 사방의 숲이 또렷하게 보였다.
 김종서는 초병들을 나무에 묶어두었다는 홍득희의 말이 기억나 야영장 서쪽의 우거진 숲 사이로 가보았다. 그들이 사람을 숨겨둘 만한 곳은 그곳뿐이었다.
 숲 속의 커다란 소나무 네 군데에 초병 넷이 정말 묶여 있었다.

팔을 뒤로 돌려 묶고 발도 나무 둥치에 묶어놓았다. 입에 재갈을 물리고 눈을 가린 것도 홍득희의 말과 같았다. 김종서는 말에서 내려 그들을 풀어주었다.

5 패전의 상처

 본영으로 돌아온 김종서는 마음이 착잡했다. 간밤에 일어난 일을 누구에게 발설할 수도 없었다. 악몽을 꾼 것만 같았다. 그러나 사다노를 떠나온 후 늘 마음속에 남아 있던 홍득희 남매를 만나니 짐 하나를 벗은 것 같기도 했다.
 '산적이 하필이면 득희라니.'
 김종서는 착잡한 마음을 가라앉히려고 왔던 길을 천천히 되돌아가 보았다. 분명히 멸악산 쪽이었다. 그렇다면 국수봉과 장수산에 진을 치고 있는 좌군과 우군은 엉뚱한 곳을 지키고 있는 꼴이 되었다.
 김종서는 유자광과 양정에게 파발마를 보내 급히 백천 본영으로 돌아오라는 전갈을 보냈다.
 김종서는 간밤에 쥐도 새도 모르게 잡혀가 나무에 묶여 밤을 샌 초병들을 불러 일단 경위를 문초했다.
"뒤에서 인기척이 나는 것 같아 돌아보았는데 그냥 눈에 불이 번쩍 나고는 정신을 잃었습니다. 누가 무슨 짓을 했는지는 전혀 모릅니다. 눈을 떠보니 소나무에 묶여 있고 입엔 재갈을 물리고 눈은 띠로 가려져 있었습니다. 소리를 질러도 소용없고 발버둥을 쳐도 어찌할 도리가 없었습니다."

병영의 뒤쪽을 지키던 초병의 말이었다.
"너는 내가 자고 있는 천막의 정면을 지키고 있었는데, 너도 귀신한테 홀리기라도 했느냐?"

김종서가 부들부들 떨고 있는 초병을 보고 물었다.
"실제로 그렇습니다. 귀신한테 홀렸습니다. 귀신이 바로 눈앞에서 파란 불을 반짝거리며 울음소리 같은 것을 가냘프게 내기에 온몸이 오싹했습니다. 머리카락이 쭈뼛 서고 오금이 저려 주저앉았습니다. 귀신의 흐느낌 같은 소리가 가늘게 들렸습니다. 정신을 차려 귀신을 쫓으려고 다시 일어서는데 귀신이 던진 몽둥이가 머리를 치는 바람에 비명도 못 지르고 쓰러졌습니다. 저도 정신을 차리고 보니까……."

김종서는 기가 막혀 말이 나오지 않았다. 저런 병사들을 데리고 날고 기는 화적들을 어떻게 잡는다는 말인가.

김종서는 자기도 당한 판이라 병사들만 나무랄 수도 없었다.
"다른 사람들은 보았거나 들은 것이 아무것도 없느냐?"
김종서가 모두를 둘러보고 물었으나 아무도 대답이 없었다.
"캄캄한 밤이었고, 모두 오랜만에 술로 목을 축인지라……."

한 병사가 혼잣말처럼 중얼거렸다.

"상대는 우리 관군보다 훨씬 무술이 뛰어난 자들이다. 모두 정신 똑바로 차리고 제자리를 잘 지켜주기 바란다."

김종서는 더 이상 군졸들을 나무라지 않았다.

점심때쯤 되어서 행주 목사 송희미가 김종서의 막사로 찾아왔다.

"산적 몇 놈 잡는데 조정에서 너무 많은 군사가 내려온 것 아닐까요?"

송희미는 김종서가 머물고 있는 중군 막사를 둘러본 뒤 말했다.

"홍패를 만만히 보아서는 안 됩니다. 비록 산적이지만 군기가 엄하고 무술이 뛰어난 자들이 많아요. 더구나 말을 타고 덤비는 여진족 기마산적도 만만치 않습니다."

"제깐 놈들이 힘써 보았자 산적이지요. 아예 우리 병영 군사를 데리고 올까요? 토적대가 그렇게 겁을 먹는다면……."

송희미는 염소수염을 쓰다듬으며 거드름을 피웠다.

"해주목에서 산적 떼를 잡지 못해서 주상께서 보낸 군사들입니다."

김종서는 배알이 상해서 한마디 쏘아주었다.

"그야 해주목 군사라고 할 수가 없지요. 봉물짐 호위야 도당에서 하는 일 아닙니까?"

도당이란 의정부, 즉 조정을 일컫는 말이었다.

"해주목에는 군사가 얼마나 있습니까?"

김종서가 물었다.

"한 백 명은 있습니다. 수군도 있고요."

"그러면 해주목 군사는 우리 토적대와 해주 중간에서 우리를 지원해 주시오. 우리가 도적 떼를 유인해서 몰고 오면 후방에서 기다리다가 일망타진하면 좋을 것 같습니다."

"우대언께서 꼭 공을 세우고 싶다면 그렇게 지원하겠습니다. 어느 길목을 지키고 있을까요?"

송희미는 김종서의 제의를 기꺼이 받아들였다. 산적 홍패가 보통 버거운 상대가 아니란 것을 눈치 챈 송희미는 부딪칠 생각이 없었다. 원래 천성이 비루한지라 싸움터에 나서기를 꺼렸다.

"홍패가 멸악산 속에 산채를 두고 있는 것 같습니다. 그러니 멸악산과 해주 가운데인 한천에서 포진하고 있으면 될 것입니다."

"한천이라……. 동네 입구에 협곡이 있는데 산적 떼를 거기까지 유인해 온다면 독안에 든 쥐가 되지요."

송희미는 선선히 동의했다.

"그리고 목사 영감께 청이 하나 있습니다."

"말씀하시지요."

송희미는 또 염소수염을 쓰다듬으며 오만한 턱을 쑥 내밀었다.

"해주는 서해를 끼고 있으니 수군이나 어선들을 거느리고 있지요?"

"그렇습니다만……."

"저인망 같은 어망이 좀 필요한데 구해주실 수 있습니까?"

"예? 어망이라니요? 그물 말씀입니까?"

"그렇소."

"산적 소굴은 멸악산에 있다고 하지 않았습니까? 그런데 어망으로 산에 있는 도둑을 잡으려는 것입니까?"

송희미가 고개를 갸웃하면서 되물었다.

"그렇습니다. 도적을 잡는데 긴히 쓸 물건입니다. 촉고가 아니라도 괜찮습니다. 폭이 오십 보 정도 되는 것 하나면 됩니다."

"그야 어렵지 않습니다. 언제까지 필요합니까?"

"내일 쓸 것이니 오늘 밤까지는 여기에 도착해야 하겠습니다."

"그렇다면 그렇게 하지요. 하지만 무슨 아이들 장난도 아니고……."

송희미는 몹시 궁금해하면서도 더 이상 묻지 않았다.

그날 밤. 김종서는 좌군의 유자광과 우군의 양정을 불러 작전 지시를 내렸다.

"내일 새벽에 적을 토벌하러 멸악산으로 간다. 내가 직접 인솔하는 중군이 앞장서서 적의 정면으로 들어간다. 좌군은 솔채 고개에서 매복하고 있다가 중군을 뒤쫓아오는 적을 모두 생포한다. 우군은 솔채 고개보다 오백 보쯤 앞에 나가 매복하고 있다가 중군과 좌군이 뒤돌아서서 적을 칠 때 퇴로를 막아야 한다."

"적의 숫자가 팔십여 명이라면 한꺼번에 유인에 걸려 따라올까요?"

유자광이 물었다.

"나도 그걸 고려해 보았다. 아마도 모두 오지는 않고 말을 탄 도적 떼가 앞장서서 따라올 것이다. 중군에는 기마병이 일곱이나 있으니 이 기마병이 유인작전을 펼 것이다. 기마병을 추격해 오자면 적들도 기마 병력을 쓸 것이다. 말을 탄 산적은 모두 열대여섯 명이다. 이 말 탄 도적들만 생포하면 적의 조직은 무너진다."

"중군의 기마가 일곱 기인데 열대여섯 기의 산적 기마병을 어떻게 제압합니까? 우리 병사들은 기마병과는 상대가 안 됩니다."

양정이 겁부터 먹었다. 그는 한 발 더 나갔다.

"더구나 화포도 가지고 있다는데, 추격을 해서 따라오더라도 후방에서 화포를 쏘아 우리를 곤경에 빠트리면 어쩝니까?"

"싸워보지도 않고 겁부터 먹으면 필패다. 팔십 명의 산적을 관군 백 명이 잡지 못한다면 누가 믿겠는가? 산적이 아무리 용맹스럽고 무술이 뛰어나도 산적은 산적일 뿐이다."

김종서가 양정을 나무랐다.

"해주 병영서 군사가 온다는 것은 사실입니까?"

유자광이 물었다.

"해주 병영에서 지원군이 와도 여기까지 오지 않는다. 만약 우리가 산적들을 막지 못하면 후방에서 저지하겠다는 것이다."

김종서는 유자광의 질문에 기대하지 말라는 투로 대답했다.

"해주에서 그물을 가지고 왔습니다."

중군 소속의 병사가 김종서에게 보고했다.

"그물이라고요? 아니, 산적 잡는데 그물이 무슨 소용입니까?"

함께 있던 우군 패두 양정이 비웃었다.

그러나 김종서는 아무 말도 하지 않고 해주서 보낸 그물을 살펴보았다. 어부들이 쓰는 코가 성긴 어망이었다.

"중군 소속 병사들은 이 그물과 곡괭이, 괭이를 가지고 솔채 고개로 간다. 유자광과 양정 패두도 따라오너라."

김종서는 군사를 이끌고 멸악산 길목의 솔채로 올라갔다. 솔채는 양쪽에 산비탈이 있어서 폭 오십여 보 되는 협곡이었다. 왼쪽 비탈은 잡목이 우거져 인마가 다니기 어려웠다. 오른쪽은 완만한 비탈로 큰 나무가 별로 없었다.

"기마나 우마차가 지나간다면 이 좁은 협곡뿐일 것이다. 여기서는 열 명의 군사로 스무 명을 막을 수 있다."

김종서가 지형을 둘러보며 말했다.

"그런데 저 그물을 여기 치고 홍패를 잡자는 것입니까? 홍패가 물고기도 아니고……."

양정이 여전히 비웃으며 물었다. 김종서는 양정의 말을 듣고도 못 들은 척했다.

김종서는 협곡 바닥에 일자로 금을 그었다.

"모두 이곳을 한 줄로 파라. 깊이는 한 자 이내로 하라."

김종서의 명에 따라 병사들이 땅을 파기 시작했다. 한 자 정도 깊이의 도랑이 파였다.

"자, 이제 그물을 이곳에 한 줄로 묻는다. 그물의 한쪽 끝은 줄을 매서 오른쪽 언덕 위에 사람 키 높이만큼 움직이지 않게 묻는다. 줄 끝에 큰 돌을 매달아 묻어라."

김종서의 명령대로 하자 작업은 금세 끝났다.

"그물을 살짝 묻어놓고 위를 잘 골라 표가 나지 않도록 만들어라."

병사들은 왜 이런 짓을 해야 하는지 짐작하지 못했다.

"그물의 왼쪽 끝 줄을 길게 이어서 저 숲 속으로 가지고 간다. 밖에서 보이지 않게 줄을 잘 감추어라."

중군 소속 병사 두 사람이 왼쪽 언덕 숲 속으로 그물의 한쪽 줄을 가지고 올라갔다. 그리고 길에서 보이지 않게 숨었다.

"자, 내가 신호를 하면 그물 줄을 힘껏 잡아당겨야 한다."

김종서가 명령한 뒤 칼을 뽑아 내리치는 시늉을 해서 신호를 보냈다. 숲 속에 숨어 있던 병사가 줄을 힘껏 당기자, 묻혀 있던 그물이 흙을 헤치고 길 위로 불쑥 솟아올라 길을 막아버렸다. 감쪽같이 길을 막기는 했으나 그것이 장애물이 되기는 어림없었다.

"장군님, 저거야 칼로 베어버리면 있으나마나 아닌가요?"

양정이 또 비웃듯이 딴죽을 걸었다.

"갑자기 발 앞에 저것이 솟아오르면 기마 산적들의 말이 발이 걸려 넘어질 것이다. 앞장서 오던 말 몇 마리가 넘어지면 뒤따라 오던 말도 넘어지고……."

"참으로 묘한 함정입니다."

유자광이 고개를 끄덕이며 말을 계속했다.

"산적들이 저기 함정이 있다는 것을 전혀 눈치 채지 못하게 하는 것이 중요할 것 같습니다. 덮은 흙이 주변 흙과 색깔이나 모양이 다르면 안 되니까 잘 덮어야 하겠습니다."

홍득희의 주력을 유인해서 그물로 잡자는 김종서의 전략이 교묘하기는 했으나 성공 여부는 아무도 짐작할 수 없었다.

작업이 끝나자 모두 고개를 넘어왔다. 양정의 우군은 솔채 고개에서 오백 보쯤 앞쪽의 야트막한 산 위에 막사를 치고 잠복했다. 막사는 산 밑에서 보이지 않는 곳이어서 그곳을 지나는 사람들은 거기 복병이 숨어 있는지 전혀 눈치 챌 수 없었다.

유자광의 우군은 백천에서 남동쪽인 국수봉 아래 머물렀다. 홍패가 곧장 개경 쪽으로 향할 경우 저지하기 위한 것이었다.

김종서는 준비가 끝난 다음날 틀림없이 홍패가 멸악산을 내려올 것이라고 생각했다. 왜냐하면 한성에 왔던 명나라 황제의 사신이 그날 개경을 통과하기 때문이었다. 명나라 사신이 갈 때는 어마어마한 봉물 행렬이 따르지만 경비는 허술한 편이었다. 명나라에서 사신을 호위하고 온 병사도 몇 명 안 되지만 조선 군사가 큰 무리로 호위하기를 원치 않기 때문이었다. 조선 호위 병력이 많다면 중도에 반란을 일으켜 사신을 위해할 수 있다는 우려 때문에 많은 호위 군사를 원치 않았다.

홍득희라면 정탐꾼을 통해 이러한 사정을 훤히 알 것이라고 생각했다. 홍득희의 수하는 화천민이나 고리백정, 노비 등 천민이 많기 때문에 이들을 이용해 조선 관아 주변에 있는 관노나 백정들을 매수해서 쉽사리 중요 정보를 캐낼 수 있기 때문이었다.

홍패가 움직이기 전에 우리가 싸움 마중을 나가야 한다. 중군은 모두 나를 따라 멸악산으로 간다. 기마병 여섯 명은 나를 따라 앞장서고 나머지 병사들은 뒤로 처져서 따라온다. 만약 중도에 홍패를 만나면 뒤에 따라오던 병사들은 뒤돌아서서 도망가는 시늉을 해야 한다."

김종서가 병사들을 모아놓고 작전 지시를 했다.

"도망가는 게 제일가는 병법이거든. 우리 대장은 참으로 믿을 만해."

병사 중에서는 김종서를 불신하고 비웃는 사람도 없지 않았다.

김종서의 중군이 길을 떠난 채 반식경도 되기 전에 척후로 나가 있던 기병이 달려오며 소리쳤다.

"홍팹니다. 홍패가 와요!"

"모두 전투 준비!"

김종서가 메고 있던 활을 벗겨 잡으며 명령했다.

"발사!"

김종서의 명이 떨어지자 기마병들이 말 위에서 활을 쏘았다. 뒤따르던 보병 십여 명도 활을 쏘았다. 그러나 화살 공격은 홍패에 전혀 위협이 되지 않았다. 십여 기의 기마 산적이 앞장서 있었다. 가운데 달려오는 흰 옷에 붉은 수건을 머리에 두른 사람이 홍득희라는 것은 멀리서 보아도 알 수 있었다.

"후퇴하라!"

몇 차례 활을 쏜 김종서는 말머리를 돌리며 후퇴 명령을 내렸다.

중군은 일제히 돌아서서 오던 길로 달아나기 시작했다.

관군이 도망가는 것을 보자 홍패는 고함을 지르며 전력을 다해 질주해 왔다.

"더 빨리 달려라!"

김종서가 후퇴하는 기마병과 보병들을 재촉했다. 얼마 가지 않아 솔채 고개에 이르렀다.

이제 홍득희가 김종서의 함정에 걸릴 것은 명약관화하게 되었다.

"온다!"

중군 기마병이 그물이 묻힌 함정 지점을 통과하면서 숲 속에서 줄을 잡고 있는 병사 두 명에게 소리쳤다.

"홍패가 그물에 걸려 쓰러지거든 모든 군사는 되돌아서서 산적을 사로잡아야 한다."

김종서가 달리면서 계속 명령을 내렸다.

김종서의 말이 선두로 그물 묻힌 곳을 통과했다. 뒤이어 중군이 모두 그물 자리를 넘어섰다. 김종서는 속력을 늦추며 홍패의 추격 모습을 뒤돌아보았다.

붉은 수건을 쓴 홍득희를 선두로 산적들은 그물이 묻힌 함정을 향해 질주했다.

양정의 우군은 홍패의 후방에서 홍패를 추격하기 시작했다.

홍득희가 앞장선 기마 산적 십여 기가 그물을 통과하기 직전이었다. 김종서의 작전은 완전히 빗나가 버리고 말았다. 홍득희는 그물 묻은 지점을 통과하지 않고 나무가 듬성듬성한 오른쪽 산비탈로 올라갔다. 다른 산적들도 홍득희를 따라 산비탈로 들어섰다. 말이 달릴 수 없을 만큼 경사가 급한 비탈인데 산적들의 말은 능숙하게 비탈을 올랐다. 그곳에 함정이 있다는 것을 알고 있는 것이 분명했다.

홍패는 산비탈을 평지처럼 달려 산을 넘기 시작했다.

앞에 나가서 기다리던 김종서는 홍패가 오지 않자 솔채 언덕의 그물에 걸려 넘어졌다고 생각하고 다시 언덕 위로 달려왔다.

그때였다. 걸렸으리라 생각한 홍패는 흔적도 없고, 전방에 나가 있던 홍패의 추격군인 양정 패두의 우군이 달려왔다. 막 그물 함정을 넘으려는 순간 뜻밖의 일이 벌어졌다. 숲 속에 숨어서 줄을 잡고 있던 병사가 그들이 홍패인 줄 알고 줄을 잡아당겼다. 그 순간 양정을 비롯한 우군 기마병의 말이 그물에 걸려 거꾸러졌다.

앞장선 양정의 말이 비명을 지르며 쓰러지자 뒤따르던 말도 서로 걸려 넘어졌다. 달려오던 군사도 모두 말과 그물에 걸려 나자빠졌다. 산적을 잡으려던 그물에 관군이 잡힌 꼴이 되었다.

솔채 그물 함정까지 되돌아온 김종서는 관군의 모습을 보며 참담한 심정이 되었다.

'내 꾀에 내가 넘어가다니!'

탄식이 절로 나왔다.

김종서가 군사를 수습해서 정렬을 가다듬을 즈음 홍패는 이미 멀리 사라지고 없었다.

"산적들은 아마 지금쯤 한천에서 복병 송희미 군사와 마주쳤을 것입니다. 어쩌면 일망타진되었을지 모릅니다."

유자광이 실의에 빠진 김종서를 위로했다. 김종서는 송희미의 공로로 모든 일이 끝난다고 생각하니 자신이 너무나 한심했다.

"홍득희를 만만하게 본 것이 실수입니다. 그런데 줄을 잡고 있던 중군 군사는 아군도 적군도 분별하지 못했단 말입니까?"

양정이 불평을 늘어놓았다.

"부상한 병사는 없느냐?"

김종서가 양정에게 물었다.

"기마병 두 명이 팔이 부러지고 말 한 필이 절룩거립니다. 그만한 게 다행 아닙니까?"

"그물 작전이 묘하긴 묘한 거야. 아군을 잡아서 그렇지."

병사들 사이에는 김종서를 비웃는 소리가 나왔다.

산등성이를 넘어간 홍득희의 행방은 찾을 수가 없었다.

"아마 금천 쪽으로 갔을 것입니다. 개경서 평양으로 가자면 금천이 가장 가까운 길이거든요. 명나라 사신이 다니는 길이기도 하고요."

유자광의 추측이었다.

"빨리 척후병을 보내 홍패의 자취를 찾아라. 내 생각에는 해주로 가기 위해 한촌으로 향했을 것 같다. 그렇다면 송희미의 복병과 마주치게 될 것이다."

김종서는 상상하기 싫은 말을 했다. 만약 송희미의 복병이 홍패를 잡는다면 김종서의 체면은 말이 아니게 되는 셈이었다.

유자광은 즉시 척후병을 내보내 홍패의 흔적을 추적했다. 그러나 산악길이 익숙한 산적을 찾아내기란 쉽지 않은 일이었다.

한편, 솔채의 함정을 피해 나간 홍득희는 곧장 산을 넘어 염탐으로 향했다. 그곳은 유자광이 추측한 금천, 개경 길도 아니었고, 김종서가 추측한 한촌, 해주 쪽도 아니었다.

염탐은 해주의 서북쪽으로 동쪽에 있는 한촌과는 상당한 거리가 있는 곳이었다.

홍득희는 계속 달려 오후 늦게 해주성에 도달했다.

해주는 텅 비어 있었다. 송희미가 모든 군사를 이끌고 김종서를 돕는다는 명목으로 한촌에 갔기 때문이다.

홍득희와 산적 떼는 마치 개선군처럼 텅 빈 해주 성내로 들어갔다. 영문을 몰라 구경나온 백성들을 아랑곳 않고 홍득희는 목사의 집무실인 동헌으로 들어갔다.

"아전들을 모두 모으시오!"

홍득희는 동헌 마루에 올라서며 명령했다. 산적들이 기마를 앞세우고 들이닥치자 동헌에 남아 있던 아전들은 몸을 숨기기에 바빴다.

"육방 관속을 모두 찾아내라."

송오마지가 수하들을 독려했다.

얼마가지 않아 아전들이 모두 잡혀왔다.

산적들을 만난 목사 관아는 아수라장이 되었다. 육방 관속들은 도망가기 바쁘고 관노와 관기들은 비명을 지르며 우왕좌왕했다.

그러나 혼란도 잠시, 육방 관속 대부분이 산적들에게 잡혀 동헌 앞에 꿇어앉는 신세가 되었다.

동헌 마루 위에 앉은 홍득희는 마치 점령군의 장군이나 변복한 암행어사처럼 보였다.

"이방이 누구냐?"

홍득희가 카랑카랑한 목소리로 마당에 꿇어앉은 관속들을 보고 호령했다. 옷을 제대로 여미지 못한 사람도 있었고 신발을 제대로 신지 못하고 잡혀온 관속도 있었다. 모두 입을 다문 채 벌벌 떨고만 있었다.

"이방은 빨리 고신하라."

송오마지가 소리를 질렀다.

"예, 쇤네가 이방입니다."

관속 한 사람이 벌벌 기어서 앞으로 나오며 말했다.

"이름이 무엇이냐?"

"해주목 이방 송조명입니다."

"송가라고? 송희미와 친척이냐?"

"예. 먼 친척입니다."

"원래 이 관아에 있었느냐?"

홍득희가 물었다.

"아닙니다요. 사또, 아니, 아저씨가 부임할 때 고향에서 농사 짓다가 왔습니다."

"뭐야? 제 피붙이 데려다 감투를 씌웠구먼."

석이가 거들었다.

"호방은 누구냐?"

"예. 저 호방 박정구 고신입니다요."

호방이 벌벌 기어서 앞으로 나와 이방 옆에 꿇어앉았다.
"비장들은 모두 어디 있느냐?"
홍득희가 다시 호령했다.
"비장들은 사또와 함께 군사를 이끌고 한촌으로 갔습니다."
이방이 떨리는 목소리로 말했다. 그사이 이 희한한 모습을 구경하려고 고을 백성들이 슬금슬금 모이기 시작했다.
홍득희는 시간을 오래 끌면 송희미의 군사들이 돌아올지도 모른다고 생각했다. 송희미가 출정한 사이 송희미의 근거지를 쑥밭으로 만들겠다는 작심이 순조롭게 진행되고 있었다.
"석이는 빨리 이방을 데리고 목사의 창고에 가서 백성들한테서 거둔 것들을 모두 마당에 가지고 나오너라!"
홍득희는 이어 다른 부하들에게도 명령을 내렸다.
"호방을 앞세우고 가서 창고 문을 열고 쌓아둔 곡식들을 마당으로 날라라!"
부하들이 재빠르게 움직여 곡간의 쌀가마니를 마당으로 옮겼다. 목사의 집무실에서는 비단과 꿀통, 엽전 꾸러미, 놋그릇 등이 무더기로 쏟아져 나왔다.
"저게 다 무어야? 백성들을 등쳐다가 모두 제 방에 쌓아놓았구먼. 세상에……."
"나쁜 사또다."
"죽일 놈이지."
어느새 마당 가득 들어온 구경꾼들이 한마디씩 했다.
"백성 여러분!"

홍득희가 벌떡 일어서서 마당을 둘러보며 말했다.

"여기 있는 쌀과 비단은 모두 송가가 뺏은 물건들입니다. 백성들의 재물입니다. 모두 도로 가져가십시오. 엽전만은 우리가 쓸 일이 있어서 가지고 갑니다."

홍득희의 말이 떨어지자 백성들은 벌 떼처럼 달려들어 물건을 메고 갔다. 그 모습을 바라보는 육방 관속들의 얼굴이 하얗게 질렸다.

"우리는 서둘러 산채로 돌아간다."

홍득희가 동헌을 내려서며 말했다.

황해도 산적 토벌 대장으로 간 김종서는 완전히 패장이 되고 말았다. 김종서보다 더 처참한 신세가 된 사람은 해주 목사 송희미였다. 산적을 잡으러 나간 사이 동헌이 기습당해 쑥대밭이 되어버린 것이다. 그뿐 아니라 백성들의 원성을 들어가며 긁어모은 재산이 한나절 사이에 모두 사라져 버렸으니 얼마나 속이 끓었겠는가.

김종서는 닷새 동안 백천에 주둔하면서 병력의 절반을 풀어 산적을 탐후했다. 그러나 홍패는 흔적도 없었다. 홍패가 북방 변경으로 돌아갔다는 소문도 있었다. 해주 동헌에서 백성들에게 창고 물품을 나누어 준 뒤로는 아무도 그들의 행방을 알지 못했다.

"이거, 귀신이 곡할 노릇 아닙니까? 아무리 홍패라고 해도 팔십여 명이 움직이자면 본 사람이 없을 수 없는데……."

유자광이 시름에 잠긴 김종서를 흘끔흘끔 보면서 말했다.

"홍패는 산 타기에 능한 도적이라, 길로는 가지 않고 산등성이만 타고 다니니 사람들의 눈에 띄기가 쉽지 않은 것이다."
 김종서가 수심에 가득 찬 목소리로 말했다.
 닷새가 지난 뒤 토적군은 한성으로 돌아왔다. 김종서는 토적에 실패한 경위를 세종 임금과 병조에 자세히 보고했다. 그와 함께 산적 체포의 실패를 책임지고 관직에서 물러나겠다고 임금에게 사직서를 올렸으나 반려되었다.

 김종서가 황해도에서 돌아오고 며칠 지나서였다. 김종서는 돈의문 밖에 있는 사저에서 대궐로 출퇴근했다. 서대문 사저에는 큰 아들 승규와 근수 노비만이 있었다. 부인 윤 씨는 공주 의당의 본가에 주로 머물렀다.
 김종서는 궁궐에서 일하고 퇴청하면 보통 사랑방에서 밤을 보냈다. 그러나 며칠 전 부인 윤 씨가 고향으로 내려간 뒤라 안채에서 잠을 잤다.
 늦게까지 여진족 탁본을 뒤적이고 있던 김종서가 등잔불을 끄고 막 잠들려고 하는 순간이었다. 달빛이 비치는 창문에 그림자가 얼씬하는 것 같은 느낌이 들었다. 김종서는 벌떡 일어났다. 그리고 머리맡에 두고 자는 전통에서 화살 하나를 급히 뽑아 들었다. 창으로 달빛이 어렴풋이 들어오기는 했으나 방 안은 어두워 사물이 잘 보이지 않았다. 그러나 이미 방 안에 사람이 들어온 듯한 기척이 느껴졌다.
 "누구냐?"

김종서는 화살을 꼭 쥐고 방어 태세를 취하며 소리를 질렀다.
"아저씨, 저예요."
여자의 목소리가 들렸다. 역시나 누군가가 이미 방 안에 들어와 있었다.
"저라니?"
"득희여요. 홍득희."
"뭐라고? 득희라고?"
김종서는 반갑고 놀라웠다. 황해도에서 북쪽 변경으로 돌아간 줄 알았던 홍득희가 밤중에 집으로 찾아올 줄은 꿈에도 생각하지 못했다.
"아저씨, 죄송해요. 사랑채로 내려갔으면 좋겠어요."
어둠 속에서도 창문으로 들어오는 희미한 달빛이 홍득희의 윤곽을 짐작하게 해주었다.
"알았다. 사랑채로 가자. 먼저 가 있거라."
김종서가 조용조용 말했다. 옆방에서 자고 있는 승규나 다른 노비들이 깨지 않도록 주의를 한 것이었다.
홍득희가 나간 뒤 김종서는 주섬주섬 옷을 챙겨 입고 탕건을 쓴 다음 사랑방으로 내려갔다.
사랑방에는 등잔에 불이 켜져 있고 몇 사람이 와 있었다. 김종서가 들어서자 모두 자리에서 일어섰다.
"석이와 한성의 동지들입니다."
홍득희는 건장하게 생긴 평복 차림의 젊은 남자 둘을 소개했다.

"이 사람은 천시관이고 저 사람은 백규일이라고 합니다."

홍득희가 소개한 두 젊은이는 엎드려 큰절을 했다.

"취현방에 사는 천시관이라고 합니다."

키가 크고 주먹만 한 코가 인상적인 사람이었다.

"저는 백규일이라고 합니다. 박호문 나으리의 사저에 매여 있습니다."

백규일은 얼굴이 여자처럼 곱고 목이 길었다. 허약한 인상이었다.

"박호문의 집에 있다고?"

김종서가 백규일을 다시 보았다. 박호문은 심보가 고약한 무관으로 김종서를 여러 차례 모함한 상호군이었다.

"예. 박호문 상호군 나으리의 고약한 성미는 세상이 다 아는 일입니다."

백규일은 김종서가 되묻는 이유가 무엇인지 이미 알고 있는 듯했다.

"아저씨, 정말 죄송합니다. 밤중에 산적이 집까지 찾아와 단잠을 깨운 것을 용서하십시오. 그러나 꼭 드릴 말씀이 있고 해서……."

그때였다. 밖에서 인기척이 났다.

"아버님, 승규입니다. 무슨 일이 있으신지요."

"별일 없으니 올라가서 자거라. 다른 식구도 깨울 필요 없다."

김종서의 말이 떨어지자 바깥이 조용해졌다. 승규가 안채로 들어간 것 같았다.

"득희야, 반갑기는 하다만은 이 무슨 괴이한 일이냐? 산적 두목이 관군의 대장 집에 찾아오다니. 그래 일행은 모두 어디 있느냐?"

"모두 송오마지가 인솔하여 사다노로 돌아갔습니다. 저와 석이만 한양으로 들어왔습니다."

홍득희는 남자 복장에 흰 무명 수건을 머리에 질끈 동여매고 있어서 얼핏 보아서는 여자로 보이지 않았다.

"이 사람들은 관노와 화척의 신분입니다. 모두 천민이지요. 천시관 아저씨는 아버지 대에 회령에서 한성으로 왔습니다. 원래 화척으로 소를 잡는 백정이었습니다. 아버지 대를 이어 도성 안에서 백정 일을 하고 있습니다."

천시관이 다시 고개를 숙여 인사를 했다.

"백규일 아저씨는 원래 관노가 아닙니다. 할아버지가 고려 때 벼슬살이를 했으나 역적으로 몰려 재산이 몰수되고 일가가 모두 노비로 전락했습니다."

"그런데 이 사람들을 나한테 데리고 온 이유는 무엇인가?"

"이 사람들은 제가 사다노로 돌아가더라도 언제나 저와 연락이 됩니다. 평소에 한성의 정보를 이 사람들을 통해 알고 있었습니다. 한성에는 조정에서 모르는 비밀 조직이 많이 있습니다. 그 중에서도 화척의 조직이 제일 큽니다. 한성 근방에 있는 화척들이 비상시에는 큰 군사력으로 움직일 수도 있습니다."

김종서로서는 처음 듣는 놀라운 일이었다.

"아저씨는 이 나라를 지키시는 나라의 기둥입니다. 사직을 보호하고 왕권을 굳건히 하시자면 언제나 움직일 수 있는 무력이 필요할 것입니다. 만약 아저씨가 그런 경우를 당해 관군을 뜻대로 움직일 수 없을 때는 이 사람들을 활용하시라고 데리고 왔습니다."

홍득희의 말을 듣고 있는 김종서는 마음이 착잡해졌다. 아무리 위급하다고 하더라도 도적이나 천민을 움직인다는 것은 정당한 일이라고 보기 어렵기 때문이었다.

"네 뜻은 알겠다만 이 나라에 그렇게 위급한 일은 생기지 않을 것이다."

김종서의 말에 홍득희가 대답했다.

"아저씨를 위해 그렇기를 저도 바랍니다. 그러나 이 나라는 역성혁명을 일으켜 나라를 세운 지 수십 년에 불과한데 그동안 왕권을 둘러싸고 피비린내 나는 일이 얼마나 많았습니까? 선대왕의 방석 세자 살해 사건을 비롯해 세종 임금의 국부 되시는 심온 정승 일가의 도륙이 그것을 잘 말해줍니다. 앞으로도 사직에는 피바람이 불 조짐이 많다고 들었습니다. 양녕대군의 어지러운 행태도 그렇지만 지금 세자는 문약해서 왕권을 제대로 지키지 못할지 모릅니다. 그럴 때 이 나라의 기둥이신 아저씨를 도와드릴 세력이 반드시 필요합니다."

김종서는 홍득희가 일개 산적의 두목만이 아니라는 생각이 들었다.

"아저씨, 저희들은 물러가겠습니다. 저와 석이는 다시 사다노로 돌아갑니다."

홍득희와 홍석이는 일어서서 큰절을 하고는 휑하니 사랑방을 나갔다. 두 사나이도 따라나갔다.
  김종서는 도깨비에 홀린 것만 같았다. 빈 방에 한참 동안 멍하니 앉아 있었다.

6 왕의 남자를 노리는 승냥이

고집 센 김종서는 세종 임금의 비위를 여러 번 거슬렸다. 양녕대군을 척결하라는 상소를 여러 번 올리고 임금의 간곡한 사정도 아랑곳하지 않았다. 원칙을 굽히지 않았다. 인사가 있을 때마다 정실과 부당성을 지적하는 상소를 올려 임금의 심기를 불편하게 했다.

그러나 세종 임금은 중요한 일이 있을 때마다 김종서를 찾았고 뒤처리를 맡겼다. 그래서 김종서는 승정원에서 우대언, 좌대언과 우승지 좌승지로 칠 년을 임금과 지근에 있게 되었다.

이렇게 되자 김종서는 임금의 최측근으로 찍혀 조정 사람들의 질시를 받기 시작했다. 사방에서 모함의 글이 쉼 없이 올라왔다.

승정원이란 왕명의 출납을 맡은 부서로 나쁜 마음을 먹으면 엄청난 일을 저지를 수도 있는 자리였다. 자리가 자리인 만큼 대소

신료들에게 항상 두려움과 선망의 대상이기도 했다.

수년 전에는 김종서가 양녕대군의 탄핵을 멈추지 않자 임금이 김종서를 가두기까지 한 적이 있었다.

김종서가 도승지와 품계가 같은 당상관인 우승지로 있을 때의 일이었다. 느닷없이 사헌부의 탄핵을 받아 의금부에 하옥되는 신세가 되었다. 죄목은 부당 인사 개입이었다. 김종서의 비리 행적을 워낙 구체적으로 올렸기 때문에 세종 임금은 일단 김종서를 가두고 시비를 가렸다.

비리의 내용은 함께 의금부에 갇힌 병조판서 최사강과 짜고 병조 참의 박안신과 전사의 박용, 이간 등을 근장(近杖)에 임명했다는 것이었다.

근장이란 궁궐을 경호하는 직책으로 임금의 안위와 관계되는 중요한 자리였다. 신임이 두터운 병조 관원만이 갈 수 있는 자리로 다음에 승진이 약속된 직위이기도 했다. 이렇게 중요한 자리이다 보니 경합이 심하고, 자리를 노리다가 차지하지 못한 무신들의 모함을 받기 좋은 자리였다.

나중에는 병조참판 박 서생까지 잡혀와 의금부에 하옥되었다.

닷새 동안 엄중한 추국이 계속이 계속되었으나 의금부는 김종서의 죄상을 입증하지 못했다. 사헌부의 상소는 모두가 거짓 투서였다.

김종서가 무혐의로 풀려나자 세종 임금이 불러 위로했다.

"그간 고생이 많았소. 과인은 경이 그런 비리에 연루되지 않았다는 것을 확신하고 있었지만, 이러한 방법으로 경을 구하지 않으면 다시 임금의 측근이라 감싼다는 비난을 받았을 것이오. 병조 못난이들이 경을 시기해서 얽어 넣은 것이오. 사건이 있던 날 경이 기생집에서 주색에 곯아 있었다고 과인에게 고자질한 사람들이 있는데 누군지 짐작이 가시오?"

세종 임금이 빙긋이 웃으며 물었다.

"설마 그런 모함이야 있었겠습니까?"

"승정원 승지들이 과인에게 그렇게 말했다네. 하지만 그날 밤 경은 집에서 자다가 의금부에 잡혀가서 병조판서와 한 방에서 옥살이를 했다는 것을 과인이 알고 있었소."

김종서는 기가 막혔다. 같은 승정원에 근무하는 동료들까지 자신을 모함하고 있었다는 것이 큰 충격이었다.

김종서를 못마땅하게 생각하는 신료는 무신들 가운데 많았다. 김종서가 문신 출신이면서 무관이 맡아야 할 자리를 여러 번 차지했기 때문이었다. 그러나 그것만이 이유는 아니었다. 강직한 성격이 타협을 모를 뿐 아니라 임금의 신임이 너무 두터운 것도 눈엣가시였다.

무신 중에서는 송희미와 가까운 최윤덕, 박호문 등이 김종서를 특히 경계했다. 무신 외에도 양녕대군을 둘러싸고 있는 문무 관리 및 왕실의 종친 중에서도 김종서를 못마땅하게 생각하는 사람이 많았다.

김종서는 항상 승정원에서 가장 늦게 퇴청했다. 세종 임금이 제조상궁과 함께 침궁으로 간 뒤에야 궐문을 나오기 때문이었다.

어떤 날은 사대문의 파루가 있은 후에 가느라 돈의문 파수꾼과 승강이를 벌이기도 했다.

그날도 김종서는 파루 북이 울리기 직전에 돈의문을 나왔다. 돈의문을 나오면 백 보가 채 안 되는 곳에 집이 있었다.

김종서는 졸음이 쏟아져 마상에서 꾸벅꾸벅 졸았다. 그때 갑자기 말 한 필이 다가왔다. 이어 말 위의 남자가 긴 갈고리를 내밀어 김종서의 관복 흉배를 낚아챘다. 괴한이 갈고리에 걸린 옷을 잡아당기는 바람에 김종서는 말에서 떨어져 땅에 곤두박질을 쳤다. 마상에서 졸다가 갑자기 당한 일이었다.

김종서는 정신을 차리고 일어서려고 하였으나 뜻대로 되지 않았다. 갈고리에 걸린 채 질질 끌려 이삼십 보를 갔다. 그제야 괴한은 말을 멈추고 김종서를 내려다보았다. 김종서는 땅바닥에 질질 끌려오는 바람에 엉덩이와 팔꿈치에 찰과상을 입었다. 김종서는 정신을 차리고 벌떡 일어서서 흉배에 걸린 갈고리 자루를 두 손으로 잡고 소리쳤다.

"웬 놈이냐!"

"저승에서 왔다."

"누가 시킨 짓이냐?"

"염라대왕께서 네놈 버릇 좀 고쳐서 데려오라고 했다."

김종서는 자신이 매사에 타협을 모르는 외곬이라 적이 많다는 것을 알고 있었다. 그러나 퇴청 길에 이런 봉변을 두 번씩이나 당하자 참기 어려웠다.

"저승사자인지 야차인지 모르지만 왜 이러느냐? 누가 시킨 짓인지 바른 대로 일러라!"

김종서는 마상의 괴한을 쳐다보았다. 어두워서 얼굴을 분간할 수가 없었다. 갓을 쓰고 두루마기를 입은 것으로 보아 시중 부랑배는 아닌 것 같았다.

괴한이 말에서 성큼 내려서며 발길질로 김종서의 가슴을 내질러 쓰러트렸다. 가슴을 맞은 김종서는 숨이 막혀 일어설 수가 없었다.

"네놈이 다시는 상감마마 앞에서 주둥이를 놀리지 못하게 내가 오늘 혀를 뽑아버릴 것이다."

괴한이 품속에서 단도를 꺼내며 쓰러져 있는 김종서 위로 덮쳤다. 그러나 몸이 재빠른 김종서는 한 바퀴 굴러 벌떡 일어섰다.

"어디 덤벼보아라!"

김종서가 두 주먹을 불끈 쥐고 싸울 태세를 갖추었다.

"이놈이 제법 덤비네. 오냐, 좋다."

괴한이 단도를 높이 들고 김종서의 가슴을 찌르려고 덤볐다. 그러나 어찌 된 영문인지 괴한이 갑자기 땅바닥에 철퍼덕 엎어졌다. 누군가가 괴한의 뒤에서 발을 걸어버린 것이었다.

어둠 속에서 갑자기 나타난 사람은 복면을 하고 있었다. 괴한의 목을 발로 누르고 있었다. 눈 깜짝할 사이에 일어난 일이었다. 새로 나타난 복면에게 목을 눌린 단도 괴한은 숨이 막혀 발버둥을 쳤다.

"나으리, 어디 다친 데는 없습니까?"

나중에 나타난 복면이 물었다.

"크게 다친 데는 없습니다만……. 댁은 뉘시오?"

김종서가 아직도 얼얼한 가슴을 만지며 물었다. 그러면서 땅바닥에 떨어진 활과 화살통부터 챙겼다.

복면은 김종서의 말에 대답하지 않고 발밑에서 숨이 막혀 발버둥치는 괴한을 꿇어앉혔다.

"네놈은 누구길래 감히 좌승지 대감을 해치려 하느냐?"

괴한은 입을 꾹 다물고 말을 하려 하지 않았다.

"오냐, 죽어도 입을 열지 못하겠다는 말이지. 그럼 단칼에 죽여주마."

복면이 허리에 찬 칼을 빼 들었다. 그리고 꿇어앉은 괴한의 목에 칼끝을 바싹 가져다 댔다. 곧 칼끝이 목을 파고 들어갈 것 같았다.

"감순 나으리의 지시로…… 죽을죄를 지었습니다."

괴한은 금세 실토했다.

"감순의 지시라고?"

김종서는 깜짝 놀랐다. 감순이란 사대문의 경계 태세를 책임지고 순찰하는 순찰 대장을 이르는 것이었다. 지금의 감순은 이조참판의 친척이며 왕실 종친이 신임하는 사람이었다.

"이름이 무엇이냐?"

"구중회입니다."

구중회라고 하자 김종서는 머리에 떠오르는 사람이 있었다.

"구중수를 아느냐?"

구중수란 양녕대군을 방탕의 길로 끌어들이다가 참형을 당한 광대였다.

"종형입니다."

사태를 짐작한 김종서는 그를 놓아주라고 했다. 그리고 자신을 구해준 복면에게 물었다.

"내 목숨을 구해준 은혜를 잊지 않겠소. 그런데 그대는 누구시오?"

그제야 복면이 넙죽 절을 하고 대답했다.

"전날 홍득희 두목과 함께 밤중에 찾아뵈었던 백정 천시관입니다. 저희들은 멀리서 나으리를 항상 지키라는 홍 두목님의 명을 따르고 있습니다. 그럼 이만……."

천시관은 말을 마치자 다시 그림자처럼 어둠 속으로 사라졌다.

"득희가, 득희가……."

김종서는 몇 번이나 홍득희의 이름을 되뇌었다.

# 산적이 관군을 살리다

한양에는 김종서의 적이 곳곳에 있었다. 양녕대군을 따르는 궁중 내외의 여러 계층 사람들은 모두 김종서를 제일의 공적으로 삼았다.

양녕대군의 측근뿐 아니라 조정의 여러 힘 있는 부서의 관원 중에서도 김종서를 눈엣가시로 생각하는 사람들이 많았다. 특히 임금의 신임을 받아 막강한 자리만 옮겨 다니는 황희가 김종서를 싫어했다. 사석이건 공석이건 김종서만 눈에 띄면 괜히 야단을 치거나 트집을 잡았다.

김종서는 궁중 생활이 가시방석 같다는 탄식이 여러 번 나왔다.

그 무렵, 김종서가 한성을 탈출하여 훌훌 떠나는 계기가 생겼다.

세종 임금이 김종서를 함길도 병마도절제사로 임명했다. 세종 임금은 항상 잃어버린 북변의 옛 고려 땅을 되찾아야 한다는 것을 일종의 사명으로 생각하고 있었다. 특히 윤관 장군이 개척한 공험진과 송화강 일대의 광범한 땅을 여진족과 명나라로부터 되찾아야 한다고 생각하고 있었다. 이 뜻을 실현시키기 위해 북쪽 변경에 가장 신임하는 두 사람을 보내기로 결심했다.

두만강 유역의 함길도에는 김종서, 파저강(압록강) 유역인 서쪽에는 최윤덕을 군사 책임자로 임명했다. 최윤덕은 일찍이 호랑이를 맨손으로 때려잡은 무용담이 널리 알려진 장수였다. 특히 세종 임금 초기 대마도를 정벌하는데 큰 공을 세우기도 했다. 임금은 최윤덕의 종사관으로 전략이 뛰어난 대호군 이세형을 임명했다.

세종 임금은 김종서를 함길도로 보내는 날 털모자와 털신을 하사했다. 때마침 섣달이라 북변 추위가 매섭기 이를 데 없는 시기였다.

"변경의 혹한을 이 보잘것없는 모자와 신발이 감당이나 하겠소만은 과인의 뜻이 담긴 것이니 항상 쓰고 신으시오. 그리고 내가 준 활도 잊지 마시오."

임금의 따뜻한 마음이 김종서의 가슴을 적셨다.

"황공하옵니다. 제 신명을 바쳐 고려 땅을 회복하고 돌아오겠습니다."

"공험진과 송화강이 모두 풀밭이 되어 되놈의 군사가 유린하고 있다는 것을 생각만 해도 가슴이 아프오. 경이 오랑캐를 몰아낼 기회를 가지게 된 것이오. 빨리 군진을 갖추고 우리 백성을 이주시켜 군사들이 멀리 전라도, 경상도에서 수자리 살러 오지 않게 되기를 바라오. 그곳 여진족과 천민들을 수습하여 양민으로 삼고, 양민에게는 지방 관직을 주어 병사들이 안심하고 모여 살게 해야 할 것이오."

김종서는 임금의 말을 들으며 홍득희와 여진족 산적들을 머리에 떠올렸다. 그들을 수습하여 양민으로 만들어야겠다는 생각이 들었다.

"명심하여 분부 거행하겠습니다."

"그렇게 해야지요. 지금이 혹한기라 때가 나쁘다고 생각지 마시오. 경은 한성에서 못된 신료들의 눈총을 받고 있다는 것을 잘 알고 있다. 잠시 궁궐을 떠나 있는 것도 도움이 될 것이다."

김종서는 임금의 깊은 배려에 눈시울이 젖었다.

김종서가 함길도로 부임하던 날 일행이 광화문을 출발해 돈의문을 지날 때였다. 문만 나서면 김종서의 사가가 보이는 곳이었다. 김종서 도절제사를 마중하는 행렬이 길을 메우고 있었다. 그 속에는 김종서의 정처 윤 씨 부인과 큰아들 승규도 보였다. 연도 환송객을 내다보던 김종서는 낯익은 두 사람과 눈이 마주쳤다. 환송객 속에서 눈으로 인사를 보내는 두 사람은 천시관과 백규일이었다.

김종서는 얼마 전 목숨을 구해준 은공도 있고 해서 말을 잠시 멈추고 천시관을 손짓으로 불렀다.

"내가 함길도로 간다는 것을 홍 두령도 알았으면 좋겠네. 자네들은 계속 여기 남을 생각인가?"

김종서가 옆 사람들이 듣지 못하게 나직한 목소리로 말했다.

"저희들은 홍 두목의 명을 따르겠습니다. 홍 두령은 장군님이 함길도로 간다는 것을 이미 알고 있습니다."

천시관도 속삭이듯 말했다.

"그럼, 나는 가네."

김종서가 간단한 인사말을 남기고 말을 재촉했다.

한편, 김종서가 함길도로 가고 있는 동안 북방 변경에서는 끊임없이 문제가 일어났다. 이징옥이 판부사로 있는 회령에는 큰 문제가 없었으나, 송희미가 절제사로 있는 경원성 주변에서는 여진족의 발호가 빈번했다. 송희미는 해주에서 홍득희에게 본영을 짓밟힌 죄과로 잠시 물러나 있다가 강등되어 경원 절제사로 가 있었다. 따라서 김종서 도절제사의 휘하가 되었다.

북방의 여진족은 여러 갈래로 갈라져 그야말로 춘추전국시대를 이루고 있었다. 그러나 크게는 이만주와 홀라온의 두 세력이 다투고 있었다. 그러나 최근에 홀라온과 이만주가 손을 잡고 조선 영토를 침범하려는 계책을 세우고 있다는 말이 떠돌았다.

김종서가 함흥에 도착하던 섣달 그믐날이었다. 송희미는 경원성에서 잊지 못할 치욕의 날을 맞고 있었다. 송희미는 그믐날이라는 핑계로 경원에 있는 관기 여섯 명을 몽땅 불러 질펀한 음주

가무 판을 벌였다. 자정이 넘도록 비장들과 술을 마신 송희미는 관기 둘을 양팔에 끼고 침방으로 들어갔다.

이튿날 아침 해가 중천에 솟을 무렵 송희미는 갈증이 나서 물그릇을 찾았다. 냉수를 벌컥벌컥 들이켜는 송희미에게 곁에 앉은 관기 춘산이 아양을 떨었다.

"나으리, 어젯밤에는 정말 힘이 장사였어요. 역발산 항우가 따로 없었어요. 쇤네는 정말 숨이 넘어가는 줄 알았어요."

"그랬어? 그럼 다시 한 번……."

송희미가 게걸스런 웃음을 흘렸다.

"아이, 나으리도. 빨리 병영에 나가셔야지요. 요즘 시절이 너무 수상해서요."

"시절이 수상하다고? 어제오늘 같은 호시절이 있겠냐?"

"쇤네가 새벽에 잠깐 꿈을 꾸었는데, 나으리가 다리를 잘리는 꿈이었습니다. 오늘은 특히 조심해야 하겠어요."

"어? 뭐야? 내 다리가 잘린다고? 어느 다리야?"

겁이 많은 송희미는 자신의 사타구니부터 만져 보았다.

"내가 오늘은 꼼짝 않고 성안에 앉아 있을 테니 염려 말아라."

송희미의 얼굴에 공포와 수심의 그림자가 짙게 드리워졌.

그때였다.

"절제사 나으리! 큰일 났습니다."

판사 이백경이 허겁지겁 송희미 앞에 달려와 엎어지면서 말했다.

"무슨 일이냐?"

"오랑캐 수백 명이 경원성을 향해 달려오고 있습니다."
"뭐야? 오랑캐가? 어느 쪽 군사냐?"
"깃발로 보아 이만주의 여진족 군사 같습니다."
"뭐 이만주?"
송희미는 평소 이만주라는 말만 들어도 덜덜 떨었다.
"성문을 꼭 잠그고 모두 지켜라."
송희미는 뜻밖의 명령을 내렸다.
"예? 나가서 싸우지 않고요?"
"병법에는 수성이 최고라고 했다."
이백경이 나가 싸우자고 몇 번 더 간청을 했으나 송희미는 끄떡도 하지 않았다. 절제사가 방 안에 들어앉아 미동도 않자 다른 장수들도 성문 밖을 나가지 않았다.

오랑캐 군사들은 무방비의 경원성 주변에서 하루 종일 노략질을 했다. 이만주의 군사들은 민가의 닭과 소를 모두 끌어다가 잡아먹으며 분탕질을 하고 여염집 부녀자를 데려다가 마음대로 강간했다. 순순히 말을 듣지 않는 여자들은 그 자리서 목을 베어 죽이기도 했다.

처참한 광경은 밤이 되어도 계속되었다.

여진족 무리들이 밤새 행패를 부리고 있는 동안 성안의 송희미는 눈과 귀를 막고 있었다. 성 밖에서 백성들이 비명을 지르며 죽어가고, 부녀자가 무참히 짓밟히고 피를 흘리며 당하고 있는데 아무도 말리지 않았다.

새벽녘이 되어도 만행은 그치지 않았다. 밤새 치를 떨고 있던

산적이 관군을 살리다 133

이백경이 송희미 앞에 가서 호소했다.

"장군! 백성들이 저렇게 짓밟히고 목숨을 잃어가고 있는데 나라의 녹을 먹는 우리가 성문을 닫고 구경만 하고 있어서야 되겠습니까. 한시바삐 성문을 열고 나가 백성을 구합시다."

그러나 송희미는 묵묵부답이었다. 간밤 관기가 꾸었다는 흉몽이 그를 꼼짝 못하게 했다.

"장군! 성문을 열어주십시오. 소장 혼자라도 나가서 싸우겠습니다."

이백경은 아우성을 쳤다. 다른 비장들도 달려와 싸우기를 간청했다. 그러나 송희미는 끝까지 들은 척도 하지 않았다.

"날이 밝으면 여진족 놈들이 물러갈 것이다. 지금 나가서 섣불리 싸우다간 몰살하는 수가 있어."

송희미가 미동도 하지 않는 사이 날이 거의 밝았다.

밤새 살아서 도망간 조선 백성들이 가까운 여진족 진지로 들어갔다. 그들이 들어간 이웃 마을은 여진족 중에도 홀라온의 산하에 있는 마을 진지였다.

"홀라온 장군에게 연락 좀 해주세요. 이만주 군사가 경원성을 작살내고 있습니다. 제발 좀 살려주십시오."

도망 온 조선족은 숨 가쁘게 구원 요청을 했다. 홀라온 산하의 여진족 두목 첩목아는 상황을 자세히 물은 뒤 즉각 홀라온에게 연락을 취했다.

급보를 받은 홀라온 진영에서는 가까이 있는 홍득희에게 구원을 요청했다. 홍득희는 사다노 인근에 있었기 때문에 홀라온의 본영보다는 경원성이 훨씬 가까웠다.

홍득희의 홍패는 처음에 이만주와 우디거의 보호 아래 있었으나, 이만주가 조선의 부패한 관리들과 거래하는 것을 보고 홀라온의 세력 밑으로 들어갔다.

여진족 사이의 급보를 알리는 통신 수단은 불화살이었다. 서로 멀리 떨어져 있을 때 불화살을 쏘아 올려 위급을 알렸다. 조선에서는 봉화를 올려 급보를 전했지만, 봉화는 산꼭대기로 올라가야 하고, 불을 피우고 연기를 내는 시간이 오래 걸리기 때문에 연락이 신속하지 않았다. 그러나 불화살은 아무 곳에서나 하늘 높이 쏘아 올려 멀리서 볼 수 있기 때문에 통신 수단으로 제격이었다.

홀라온으로부터 경원성이 유린당해 조선 백성들이 죽어 간다는 급보를 받은 홍득희는 즉시 삼십여 명의 부하를 이끌고 경원성으로 달려갔다.

날이 밝아 해가 뜨기 직전에야 홍득희 군사들이 경원성 정문에 이르렀다. 그때까지 여진족의 행패는 계속되고 있었다. 여기저기 조선 백성의 시체가 피범벅이 되어 쓰러져 있었다. 목이 없는 부녀자의 시체도 나체가 된 채 뒹굴었다. 술에 취한 여진족 병사들은 그때까지 조선 여자들을 집단으로 괴롭히고 있었다. 울다가 목이 쉰 어린아이들은 땅바닥에 엎어져 기진해 있었다. 눈뜨고는 차마 볼 수 없는 처참한 광경이 성문 앞에서 펼쳐지고 있었다.

"아니, 이만주 패거리가 저렇게 살육 판을 벌이고 있는데 조선 군사는 왜 싸우지 않고 성문을 닫고 있느냐?"

홍득희는 마상에서 칼을 뽑아 들고 앞으로 달려나갔다.

"빨리 가서 물리쳐라."

앞장선 홍득희는 벌써 여러 명을 칼로 베었다. 기습을 당한 이 만주의 여진족은 제대로 대응도 못하고 혼비백산했다. 밤새 술과 고기와 여자로 진탕 놀아나다가 기습을 당해 막을 엄두도 못 냈다.

여진족 중에는 처음에는 정신을 못 차렸으나 다시 전열을 가다듬어 홍패에 덤비는 무리도 있었다.

"성문을 부숴라."

홍득희가 성문에 불화살을 쏘면서 명령했다. 성문은 곧 불이 붙어 타오르기 시작했다. 홍득희는 성이 이미 함락되어 여진족이 안에 있는 줄로 알았다. 조선 군사가 패해서 모두 도망갔다고 생각했다.

홍득희가 여진족을 상대하는 동안 잡혀 있던 조선 백성들이 도망가기 시작했다. 일부 여진족은 싸우지 않고 조선 백성을 따라 도망하기도 했다. 수백 명의 여진족 군사가 삼십여 명의 홍패를 당하지 못해 삽시간에 무너졌다.

불타던 성문이 홍패의 도끼질에 금세 부서졌다. 성문이 열리기 직전이었다.

"누나, 저기 관군이 옵니다."

동생 석이가 소리쳤다. 정말 조선군의 깃발을 든 기병들이 달려오고 있었다.

이미 여진족은 거의 전의를 잃고 도망가기 시작한 때였다. 사태를 알아차린 조선군의 대장이 앞으로 나왔다.

"나는 종성에 있는 조선군 진영에서 나왔소. 댁은 뉘시오?"

조선군 대장은 홍득희를 보고 의아한 눈초리로 물었다. 민간인 복장으로 여진 군사와 싸우는 것을 보면 분명 조선 백성인데, 행색이 이상하게 보인 것 같았다.

"우리는 사다노에 사는 조선 백성들입니다. 이만주의 군대가 경원성을 짓밟는다는 소식을 듣고 조선 백성을 도우러 온 것입니다."

"그렇습니까. 나는 조석강이라고 합니다."

조석강이 고개를 숙여 인사를 했다.

그때 성문이 열리고 조선 군사들이 쏟아져 나왔다. 송희미가 앞장서서 당당하게 걸어나왔다.

홍득희는 성안에서 조선군 장수가 나오는 것을 보고 깜짝 놀랐다. 백성들이 이렇게 처참하게 목숨을 잃고 있는데 조선군 장수가 성문을 닫고 대적하지 않았다는 것이 도무지 이해가 되지 않았다.

"조석강 교위 아닌가?"

송희미가 나서며 아는 척했다. 조석강은 무과에 급제하여 정육품 진용교위의 벼슬에 있으면서 종성에 주둔하고 있었다.

"장군님 큰일 날 뻔했습니다."

송희미는 조석강의 말은 들은 척도 않고 딴소리를 했다.

"어떻게 알고 왔는가?"

"북변을 순시하러 나온 김종서 도절제사께서 저에게 급보를 주셨습니다. 빨리 가서 경원을 구하라고 하셨습니다."

"뭐야? 김종서가?"

송희미는 노골적으로 불쾌한 얼굴이 되었다.

듣고 있던 홍득희도 놀랐다. 김종서 장군이 벌써 회령까지 왔다는 것도 반가운 일이지만 이 사태를 어떻게 그렇게 빨리 알 수가 있었단 말인가?

"김종서, 아니, 김 도절제사는 어떻게 알았단 말인가?"

송희미의 얼굴은 어느새 흙빛이 되어 있었다. 김종서가 이 사태를 모두 알게 되었으니 이제 자신은 죽은 목숨이라는 생각이 든 것 같았다. 깐깐한 김종서가 왜 이때에 도절제사가 되었는지 원망스러웠다.

"도절제사님은 여진족 우디거 진영으로부터 연락을 받은 것 같습니다."

조석강이 설명했다. 홍득희는 옛날 김종서가 사다노에 와서 여진 문자를 수집할 때 우디거와 친하게 지냈다는 것을 알고 있었다.

"여진족을 추격해서 잡혀간 조선 백성을 구하라."

조석강이 군사를 향해 명령했다.

"섣불리 추격하지 마라! 포로를 죽이는 수도 있다."

송희미가 조석강의 명령을 중지시켰다.

"장군! 추격해서 모조리 죽여야 합니다."

조석강이 완강하게 말했다.

"경원성의 지휘관은 이 송희미다. 군령을 어기면 가만두지 않겠다."

송희미가 낯을 붉히며 소리쳤다. 그 바람에 조석강은 주춤했다.

곁에서 보고 있던 홍득희는 기가 찼다. 저런 사람이 조선의 장수라고 변방에 나와 있다는 것이 너무나 한심했다.

"여진족을 추격해서 조선 백성을 구하라!"

홍득희가 소리치며 홍패를 이끌고 추격을 시작했다.

"저놈들을 막아라!"

홍득희가 말을 달려 여진족을 쫓아가자 송희미가 소리를 질렀다. 그러나 아무도 막으려고 하지 않았다. 홍패들은 즉시 두목 홍득희를 뒤따라 달려나갔다.

이백경은 이러지도 저러지도 못하고 있었으나 조석강은 달랐다.

"추격해서 여진족을 모조리 죽여라!"

조석강의 명령이 떨어지자 송희미가 다시 소리를 질렀다.

"이곳 절제사는 나다. 네깐 놈이 함부로 어디다 대고 명을 내리느냐! 하극상을 일으키면 군율로 다스릴 것이다."

그 말에 조석강도 주춤하지 않을 수 없었다. 적 앞에서는 꼼짝도 못하던 송희미가 우군 앞에서는 기가 펄펄 살아났다.

관군이 뒤를 쫓든 말든 홍득희는 맹렬히 여진족을 추격했다. 얼마 가지 않아 가장 늦게 도망가던 여진족의 후미를 잡았다.

"너희들 목숨은 살려줄 터이니 조선 백성을 모두 풀어주어라."

홍득희가 소리치자 여진족 이십여 명은 칼과 창을 버리고 꿇어

산적이 관군을 살리다

앉았다. 끌려가던 조선 백성들은 눈물을 흘리며 홍패의 뒤로 숨었다. 대부분이 아녀자였다. 여진족은 끌고 가던 가축도 모두 조선 백성들에게 돌려주었다.

"당신들은 누구의 부하요?"

홍득희가 가장 나이 들어 보이는 여진족 병사를 보고 여진 말로 물었다.

"우리는 이만주의 보호를 받는 합로하 부족입니다."

"이만주를 아시오?"

"한 번도 본 일은 없습니다."

홍득희는 그들을 모두 일으켜 세운 뒤 말했다.

"당신들이 이만주의 무리에서 떠난다면 살려줄 것이고 계속 이만주를 위해 싸우겠다면 모조리 베어버릴 것이다."

홍득희가 칼을 빼 들자 여진 병사들은 모두 다시 엎드렸다.

"홍 장군, 살려주십시오. 절대로 이만주 부대로는 도망가지 않겠습니다."

여진 병사들은 벌벌 떨었다.

잠시 생각하던 홍득희가 다시 말했다.

"그러면 먼저 간 여진족이 숨은 곳을 대주겠소? 앞장서서 여진군이 간 곳을 안내할 수 있겠소?"

"먼저 간 나목아첩의 부대가 어디로 갔는지 알고 있습니다."

나이 많은 여진 병사가 말했다.

"당신 이름이 무엇이오?"

"이적합입니다."

"그러면 당신 혼자만 남고 모두 고향으로 돌아가라고 하시오. 그리고 다시는 이만주의 수하로 가서는 안 됩니다."

홍득희가 추격하고 있는 동안 먼저 경원성을 탈출한 나목아첩 무리는 두만강 둑에 이르렀다. 조선 백성 일백여 명과 약탈한 소 십여 마리, 닭 이십여 마리를 달구지에 싣고 끌고 갔다.

"두목! 홍패가 우리를 쫓아오고 있습니다."

나목아첩의 부하가 급히 달려와서 보고했다.

"뭐야? 홍패가?"

홍패는 여진족에게도 두려움의 대상이었다.

"예. 이적합의 군사들은 모두 잡혀갔다고 합니다."

나목아첩은 난처한 표정이 되었다. 줄줄이 묶여 있는 조선 백성은 대부분이 아녀자였다. 뺏어온 소들은 모두 등가죽에 기름이 자르르 흐르는 탐나는 재산이었다.

나목아첩은 한참 전리품을 둘러보다가 명령을 내렸다.

"고향에 가고 싶은 조선 연놈들은 모두 저 강둑에 올라서서 강을 바라보고 서 있으라고 하라."

나목아첩의 명에 따라 조선 포로들이 모두 강둑에 올라서자마자 난데없는 명령이 떨어졌다.

"모조리 목을 베어라."

나목아첩은 뜻밖의 명령을 내렸다. 살려준다는 말에 부지런히 강둑으로 올라간 조선 백성들에게는 청천벽력이었다.

여진 병사 수십 명이 칼과 창을 들고 조선 백성들에게 달려들었다.

조선 백성들의 앞에는 칼과 창, 등 뒤에는 시퍼런 두만강이 흐르고 있었다. 그야말로 죽음의 배수진을 친 셈이 되었다.

"으악!"

"살려주세요!"

"어머니."

조선 아녀자들은 모두 비명과 통곡 속에 피를 뿜으며 쓰러졌다. 순식간에 백여 명이 쓰러지고 두만강으로 핏물이 흘러갔다. 너무나 처참한 광경이었다.

나목아첩의 병사들이 미친 것처럼 살육을 끝낼 무렵이었다.

"홍패다!"

여진 병사가 소리쳤다. 홍득희가 화살을 날리면서 나목아첩을 향해 달려왔다. 뒤따라서 삼십여 명의 홍패가 활을 쏘면서 달려왔다.

여진 병사는 연달아 홍패의 화살에 쓰러졌다.

"빨리 도망쳐라!"

나목아첩이 고함을 지르면서 강둑을 내려갔다.

피유웅—.

그러나 홍득희가 마상에서 쏜 화살이 나목아첩의 목 뒷덜미를 정확하게 맞추었다. 나목아첩은 그대로 땅위에 고꾸라졌다.

나목아첩이 죽자 여진 병사들은 무기를 버리고 혼비백산되어 도망가려고 했다. 그러나 홍패의 화살에 거의 모두가 쓰러졌다.

싸움은 금세 끝이 났다. 그러나 목숨을 뺏긴 조선 백성은 백 명에 가까웠다. 여진족도 거의 죽고 몇 명만이 간신히 목숨을 건져 도망쳤다. 그래도 살아남은 조선인이 십여 명 있었다.

"빨리 고향으로 돌아가세요."

살아남은 백성들은 홍득희의 말고삐를 잡고 눈물을 흘렸다.

"장군이 우리를 살렸습니다. 이 은혜를 어찌 갚아야 할지."

홍득희는 장군이라는 말이 마음에 걸렸다. 산적이 장군은 무슨 장군인가.

"빨리 고향으로 가셔야 합니다."

홍득희가 재촉했으나 그들은 다른 말을 했다.

"저기 비명에 간 가족들을 묻어주어야 합니다. 저대로 두고 갈 수는 없습니다."

홍득희는 강둑에 처참하게 누워 있는 시체들을 바라보았다. 정말 그대로 두고 떠날 수는 없었다.

"모두 저 시신을 묻어주고 떠납시다."

홍득희의 말에 석이가 나섰다.

"여기서 그렇게 지체했다가는 여진족의 기습을 받을지 모릅니다. 경원에서 도망간 여진족이 이만주의 군사를 끌고 복수하러 올 것입니다. 여기는 배수진을 쳐야 하기 때문에 싸움에 아주 불리한 곳입니다. 빨리 저 언덕 위로 올라가서 사방을 살펴야 합니다."

홍득희는 석이의 말이 옳다고 생각했다. 그러나 동족을 저 모양으로 버리고 간다는 것은 사람의 도리가 아니라는 생각에 발걸음을 떼지 못했다. 옛날 사다노에서 어머니와 아버지의 시신을 정성스럽게 묻어주던 김종서의 모습이 자꾸 떠올랐다.

"빨리 저 시신들을 고이 묻어라."

홍득희가 말에서 내려 강둑으로 가면서 말했다. 홍패들은 모두 말에서 내려 시체를 묻을 준비를 했다. 살아남은 백성들도 힘을 합쳤다.

그때였다. 파수를 서고 있던 홍패 한 사람이 언덕 위에서 소리쳤다.

"저기 여진족 병사들이 옵니다. 엄청나게 많아요."

괭이로 땅을 파던 홍득희가 황급히 말을 타고 언덕으로 올라갔다. 상황을 살펴보려는 것이었다.

맞은편 계곡에서 백여 명의 여진 병사가 먼지를 일으키며 달려오고 있었다.

"석아, 빨리 대여섯 명을 데리고 나를 따라오너라."

홍득희가 여진 병사가 오고 있는 계곡을 향해 마주 달려가기 시작했다. 석이와 다른 산적 여섯 명이 홍득희의 뒤를 따랐다.

"모두 나를 따르라!"

달려오는 여진족의 기마병을 향해 마주 달리던 홍득희가 갑자기 오른쪽으로 말머리를 돌리며 뒤따르던 산적들에게 소리를 쳤다. 죽을 각오로 여진 기마병을 향하던 홍득희 부하들은 그를 따라 오른쪽으로 급히 말머리를 돌렸다.

오른쪽은 가파른 바위산이었다. 산 밑으로는 두만강이 시퍼렇게 출렁거렸다. 바위산과 강 사이 가파른 곳에 사람 하나가 겨우 지나갈 만한 길이 있었다.

 홍득희는 그 좁은 길로 말을 몰았다. 말은 주춤거리지도 않고 좁은 길로 들어섰다. 석이와 다른 부하들도 일렬로 서서 뒤를 따랐다. 자칫 헛발을 디디면 두만강으로 굴러떨어질 판이었다.

 홍득희가 그 길로 들어서자 여진족들은 잠깐 망설이다가 뒤따라오기 시작했다. 한 줄로 서서 올 수밖에 없는 길이었다.

 홍득희는 홀라온 휘하에 있을 때 조선군 이징옥 부대에 쫓기면서 이 길로 가본 일이 있었다. 물론 홀라온이 가르쳐 준 길이었다. 아무리 많은 병력이 추격하더라도 일대일로 싸울 수 있는 요새였다.

 상당히 깊숙한 곳까지 여진군을 유인한 홍득희는 말에서 펄쩍 뛰어 바위 위로 올라갔다. 그곳은 입구와는 달리 바위산이 낮아 말에서 뛰어 올라갈 수 있었다.

 석이와 다른 산적 여섯 명도 바위산으로 뛰어 올라갔다. 갑자기 주인을 잃은 말들은 쩔쩔매고 있었다. 길이 좁아 뒤로 돌아설 수가 없는 곳이었다.

 홍득희는 바위산 위로 재빨리 기어 올라갔다. 놀랍도록 날쌘 솜씨였다. 바위산 위에 올라서자 한 줄로 서서 바위 길로 들어오는 여진군을 한눈에 볼 수 있었다.

 홍득희는 화살을 뽑아 들었다. 가장 앞에서 달려오는 기수를 향해 화살을 날렸다.

 여진군 기수가 목에 화살을 맞고 쓰러졌다. 뒤따르던 말이 놀라 앞발을 쳐들고 비명을 질렀다. 말 위의 여진 병사는 말을 돌리려고 하다가 낙마했다. 병사는 두만강 푸른 물로 떨어졌다.
 홍득희는 잇달아 화살을 쏘았다. 여진군은 앞으로 갈 수도 뒤로 돌아갈 수도 없는 최악의 사태를 맞았다. 말을 돌리려고 발버둥 치다가 말을 탄 채 강물로 빠지는 병사도 있었다.
 석이와 다른 산적들도 여진군 사냥을 계속했다. 홍득희의 남은 부하들이 외길 함정에 빠진 여진군을 뒤에서 공격하기 시작했다. 한 명밖에 대항할 수없는 여진군은 얼마가지 않아 앞뒤 산적의 협공을 받고 모두 섬멸당했다.
 홍득희는 이적합을 앞세우고 다른 여진군 진지를 계속 공격해서 볼모가 된 조선인 아녀자들을 구해냈다.
 잡혀갔다가 온 사람이 일천여 명, 다시 빼앗아온 소가 이십여 두, 돼지와 닭 등 가축도 수백 마리에 이르렀다.
 홍득희는 구출된 조선 사람들을 경원성 입구에서 모두 집으로 돌아가게 했다. 그리고 거기서 발길을 돌려 사다노로 향했다. 경원성에 들어가 송희미를 만날 생각이 전혀 없었기 때문에 입구에서 돌아선 것이었다.
 "아저씨."
 돌아가는 길에 홍득희가 송오마지를 불렀다.
 "경원성을 떠날 때 조석강 장군한테서 들은 이야기인데 김종서 아저씨가 회령에 와 있다고 했어요."
 "나도 들었다."
 "아저씨는 이 길로 회령으로 가서 경원성의 일을 사실대로 알려주십시오. 송희미는 틀림없이 자기가 모든 공을 세웠다고 거짓 장계를 올릴 것입니다."

"알겠다. 다녀오겠다."

송오마지가 말머리를 돌려 경원성 쪽으로 향했다.

송오마지는 경원성은 들르지 않고 지름길로 해서 회령에 도착했다.

회령의 이징옥 절제사 본영에 김종서 도절제사가 머물고 있었다. 김종서는 송오마지를 보자 반가워 손을 덥석 잡았다.

"이게 누구인가? 송오마지 아닌가. 여기서 만나다니."

김종서는 송오마지의 손을 한참 동안 놓지 않았다.

"홍 두령은 잘 있는가?"

"예. 지금 사다노로 돌아가고 있습니다."

"어디에 있다가 고향으로 돌아가는가?"

"경원성에 나아가 여진족을 물리치고 돌아가면서 저한테 도절제사님께 보고를 하고 오라고 했습니다."

"아니, 홍득희가 경원성에? 그래서 어떻게 되었는가?"

김종서는 눈을 크게 뜨면서 놀라워했다.

"홀라온 두목의 급보를 받고 급히 경원성으로 갔습니다."

"조석강을 내가 보냈는데……."

"우리가 만났습니다."

송오마지는 그간의 경위를 자세히 설명했다. 이야기를 다 듣고 난 김종서는 기가 막혀 입만 딱 벌렸다.

"송희미가 이젠 미쳤구먼."

"그자가 또 무슨 거짓 장계를 임금님께 올릴지 모르니 진상을 장군님께 알리라고 했습니다."

"그렇고말고. 송희미라면 틀림없이 거꾸로 보고를 할 거야. 정말 잘 와주었네. 내가 자세한 장계를 임금님께 올릴 테니 염려 말게."

일월 초사흗날 아침 이만주의 졸개들이 경원성을 기습하였습니다. 오랑캐가 하루 종일 성 밖을 쑥대밭으로 만들고, 백성들을 파리 죽이듯 마음대로 죽이고, 부녀자를 마구잡이로 강간하여 처참한 광경이 눈 뜨고 볼 수 없는 지경에 이르렀다고 합니다.

그러나 군사 책임자인 송희미는 성문을 굳게 잠그고 싸우려 하지 않았다고 합니다. 비장들이 성문을 열고 나가 백성을 구하자고 하였으나 꿈쩍도 하지 않았다고 합니다.

백성을 돌봐야 하는 자목(字牧)으로서 어찌 이보다 더한 죄가 있겠습니까?

이날 죽은 백성이 무려 이천육백 명이 넘습니다. 끌려갔다가 홍득희가 구출해 온 백성도 일천여 명이라고 합니다.

도망쳐 온 백성들의 증언은 더욱 처참합니다.

여진족이 우리 백성들을 두만강 둑에 일렬로 세우고 사냥질하듯 창과 칼로 베어 죽였다고 합니다.

김종서의 장계를 받은 세종 임금은 분노로 손을 부들부들 떨었다.

"이런 죽일 놈을 보았나."

임금은 도당의 삼정승을 비롯해 의금부 도사, 병조 판서 등을 불러 엄명을 내렸다.

"송희미, 이백경, 조석강을 즉시 체포해서 한성으로 포송하라."

대신들은 고개를 숙이고 아무 말도 못했다.

"함길도 병마도절제사 김종서도 책임을 면하지 못할 것이나 과인이 꾸지람으로 대신할 것이오. 그러나 송희미는 참형에 처하고 이백경은 장을 친 뒤 여연으로 귀양 보내고 조석강은 장을 친 뒤 경원으로 보내 백의로 충군(充軍)토록 하시오."

"이웃에 있던 이징옥, 유사진, 박욱, 송희미의 종사관 조주 등도 벌 줌이 마땅합니다."

좌찬성 황희가 말했으나 임금은 더 이상 문책을 하지 않았다.

송희미는 임금의 명으로 경원서 압송되어 왔다. 이후 참형을 당하기 위해 수원으로 가던 중 청파 고개에서 왕년의 전우 최윤덕을 만났다. 최윤덕은 대마도 정벌 때 함께 종군했던 사람이었다. 최윤덕은 송희미의 마지막 가는 길을 위로해 주려고 길목에 있었다.

"송 장군, 너무 슬퍼마오. 장군은 의당 법에 의해 죽는 것이오. 인생이란 마침내 한번은 죽는 것이지 않소. 얼마 안 가서 나도 장군을 따를 것이오."

김종서 인생의 큰 걸림돌 하나가 제거되었다.

산적이 관군을 살리다 149

8 사모하는 마음은 삭풍을 타고

김종서는 회령에서 종성으로 떠나며 세종 임금의 명을 다시 마음속에 새겨보았다.

"윤관 장군의 국경비를 반드시 찾아 옛 국토를 회복하고 돌아오라."

윤관 장군의 국경비란 윤관이 북방에서 오랑캐를 몰아내고 고려 국토를 확정 지을 때 국경 표시로 세운 비석이다. 그것의 실체를 찾아내 국경을 다시 회복시키라는 명이었다.

윤관의 국경비는 공험진에 있고, 공험진은 회령으로부터 칠백리 북쪽에 있다고 전해져 왔다. 그러나 지금은 모두 여진족이나 몽골족에게 점령당해 조선으로서는 두만강 이남도 제대로 유지하지 못하고 있는 형편이었다.

김종서는 우선 회령, 종성, 은성, 경원, 경흥, 부령을 잇는 여섯 곳에서 여진족을 몰아내고 옛 땅을 회복하겠다는 목표를 세웠다.

김종서가 먼저 도착한 곳은 종성이었다. 김종서는 그곳을 맡고 있는 조석강의 병영으로 들어갔다. 조석강은 송희미 사건으로 죗값을 치른 뒤 다시 복직되어 종성에서 상호군으로 야성을 구축하고 있었다.

"자네가 출중한 무신이란 것을 임금님도 잘 알고 계시네. 종성은 북방 여섯 요새 중에서도 아주 중요한 곳이니 꼭 평정을 이루어놓아야 하네."

김종서는 조석강의 손을 잡고 격려했다. 조석강은 앞뒤를 가릴 줄 모르는 급한 성미도 있으나, 직선적이고 충성심이 강해 장차 장수로서 좋은 재목감이라고 김종서는 생각했다.

"장군께서 하루빨리 변경을 평정하시고 고향으로 돌아가 병환 중이신 마님을 돌볼 수 있도록 최선을 다하겠습니다."

고향에 있는 김종서의 처 윤 씨 부인이 위중하다는 말을 조석강도 들어 알고 있었다.

"오늘 저녁은 내가 준비한 특별 부식을 내릴 테니 모두 맘껏 먹도록 하게."

김종서는 그날 저녁 특별히 마련해 온 음식을 내놓았다. 모든 병졸에게 쇠다리 하나씩과 탁주 한 병씩을 주었다. 그야말로 변경에서 평생 먹어볼 수 없는 푸짐한 잔칫상이었다.

"우리 장군님이 최고야. 고향에서도 평생 먹어보지 못한 쇠다리다."

"통 크기로는 우리 장군님을 당할 사람이 없을 거야. 그러니까 키는 작아도 별호가 대호(大虎) 아닌가."

병졸들의 입이 쩍 벌어졌다. 횃불을 밝히고 권커니 잣거니 하면서 모두 흡족해했다. 두고 온 고향 생각은 까맣게 잊었다. 김종서도 병사들과 술잔을 앞에 놓고 섞여 저녁 한때를 즐겼다.

그때였다.

피유웅—.

쨍그렁.

어디선가 화살이 날아와 김종서 상 위의 술병을 깨트렸다.

"기습이다!"

비장들과 병사들이 모두 혼비백산해서 우왕좌왕했다. 상다리 밑에 숨는 자, 쇠다리를 들고 도망가는 자, 땅에 엎드려 꼼짝하지 않는 자 등 당황하는 모습도 가지각색이었다. 그러나 김종서는 눈 하나 깜빡하지 않고 자리에 앉은 채 마시던 술잔을 들이켰다.

김종서가 너무도 태연하게 앉아 있자 비장과 진무들이 민망해서 제자리에 돌아왔다.

"오랑캐가 기습해서 쫓아오고 있습니다. 장군님, 빨리……."

비장이 떨리는 목소리로 말했다.

"무인이 적을 겁내면 이미 진 것이다."

김종서는 천천히 일어서서 어깨에 메고 있던 활을 벗어 왼손에 잡았다. 그제야 비장과 진무들이 전투태세를 갖추기 시작했다.

"모두 전투 대열로 정비하라!"

조석강의 명에 따라 삽시간에 전투 대열로 바뀌었다. 적군은 이미 진영에 육박해 있었다. 말을 탄 여진군 병사 대여섯 명이 먼저 진영으로 뛰어들다가 병사들의 창에 찔려 말에서 떨어졌다.
뒤이어 여진군 보병들이 몰려들었다. 치열한 공방전이 벌어졌다.
그러나 술 마시다 기습을 당한 조선군이 유리할 수는 없었다. 부상자가 속출하고 목숨을 잃기도 했다.
힘겨운 싸움이 계속되고 있을 때였다.
"여진군이 또 옵니다."
누군가가 소리쳤다.
정말 삼각 깃발을 앞세운 여진군 복장의 기마부대 수십 명이 몰려오고 있었다.
"빨리 성 안으로 대피하라."
조석강이 소리쳤다. 그러나 김종서는 꼼짝도 않고 선 채로 새로 몰려오는 여진군 기마를 노려보고 있었다.
"도절제사 나으리, 지금은 대적할 때가 아닙니다."
비장들이 김종서를 향해 대피할 것을 권유했다. 그러나 김종서는 미동도 하지 않았다. 그렇다고 여진군을 향해 활을 쏘려는 것도 아닌 것 같았다.
그때였다. 먼저 공격을 해온 여진 병사들이 뒤돌아서기 시작했다. 자기들끼리 여진 말로 무엇이라고 소리소리 질렀다. 조선 비장이나 병사들은 그들의 말을 알아듣지 못했다.
더욱 이상한 것은 먼저 공격하던 여진군이 뒤로 돌아서서 새로 달려오는 여진군을 맞아 싸울 태세를 갖추는 것이었다.

"조 진무, 잠시 공격을 멈추라고 하라."

김종서가 조석강을 보고 명령했다.

"싸움을 멈추어라."

조석강의 말에 따라 조선군은 일제히 공격을 멈추었다.

"새로 온 여진군은 먼저 온 여진군과 싸우려는 것이다. 먼저 온 여진군이 뒤에 적이 있다고 외치는 소리를 들었다."

김종서는 세종 임금의 명으로 십여 년 전 사다노에서 여진 말을 수집하던 경험이 있어 여진 말을 조금은 알아들을 수 있었다.

김종서의 추측이 맞았다. 새로 온 여진군은 먼저 온 여진군을 공격하기 시작했다. 여진족끼리 싸움이 붙은 것이다.

조선군 진영 앞에서 자기들끼리 싸우던 여진족 중 먼저 온 여진족이 달아나기 시작했다.

뒤에 온 여진족은 더욱 기세를 올리며 추격을 시작했다. 원수끼리 만난 것 같았다.

조선군과의 싸움은 싱겁게 끝나고, 어둠이 내리기 시작한 조선군 진영에는 다시 우둥불이 타오르기 시작했다.

"조선 병사의 피해는 얼마나 되느냐?"

김종서가 비장을 보고 물었다.

"전사 두 명에 부상자가 여섯 명입니다."

"여진군 병사 중에 부상당해 돌아가지 못한 병사가 몇 명이나 되느냐?"

김종서가 조석강에게 다시 물었다.

"두 명이 죽고 한 명이 부상으로 포로가 되었습니다."

"전사한 조선군 병사는 장례를 잘 치러주어라. 그리고 죽은 여진군 병사들도 잘 묻어주고 부상한 여진군 병사가 중상이 아니라면 이리로 데리고 오너라."

김종서의 명에 따라 여진군 병사 한 명이 다리를 절룩거리며 김종서 앞에 끌려왔다.

"너희 추장은 누구냐?"

김종서가 여진 말로 물었다.

"범찰 추장입니다."

"너희들을 쫓아온 여진 병사는 홀라온의 군대냐?"

김종서가 다시 여진 말로 물었다.

"그렇습니다. 우리 두목은 여기가 홀라온의 막사인 줄 잘못 알고 공격했던 것입니다."

"음, 그렇게 되었구나."

김종서는 혼자 고개를 끄덕였다.

김종서는 종성에 머물면서 육진 개척을 계속 구상했다. 인근에 있는 진무들을 모두 불러 모아 여진족 두목들의 동태에 대해서도 논의했다. 여진족 두목 중에서도 홀라온이나 우디거는 조선에 대해 겉으로는 복종하는 것 같았다. 그러나 이만주나 범찰 같은 추장은 그 속을 알 수가 없었다.

"일단은 파저강과 두만강을 국경으로 삼고 송화강 너머 공험진을 다음 목표로 삼아야 합니다."

상호군 조석강의 주장이었다.

"무조건 무력만을 앞세우면 면종복배하는 무리가 생길 것이오. 그러니 진심으로 조선 백성이 되기를 원하도록 해야 할 거요. 그렇게 하자면 여진 추장들에게 공물을 강요해서는 안 되오. 군사들이 힘들겠지만 둔전에 힘써서 자급자족의 힘을 길러야 하오. 조정에서 보내는 식량에만 목을 빼고 앉아 있어서는 안 되오."

김종서가 백성을 대하는 태도는 군림하는 목민과는 근본적으로 달랐다. 오랑캐를 너그럽게 대하고 먹고살 수 있는 길을 터주는 것이 변방에 나와 있는 벼슬아치들의 가장 중요한 역할이라는 것을 몸소 보여주었다.

경성에서 전략을 치밀하게 세운 김종서가 회령으로 떠나기 며칠 전날 밤이었다.

"장군님, 손님이 오셨습니다."

막사를 지키고 있던 패두가 막 잠들려는 김종서에게 알렸다.

"이 밤에 누가 오셨단 말이냐?"

손님이라는 바람에 김종서가 거처인 임시 막사 밖으로 나갔다. 거기는 쓰게 치마를 쓴 여인과 짐승 가죽 옷을 입은 남자 둘이 서 있었다.

"뉘시오? 이 밤중에……."

김종서는 적이 놀라며 물었다. 전쟁터나 다름없는 이 변방의 밤에 찾아온 여인을 보고 놀라지 않을 수 없었다.

"아저씨, 접니다. 득희입니다."

홍득희였다. 홍득희는 쓰개치마를 조금 걷어 올리며 코끝을 내밀었다.

"아니, 득희가, 득희가 이 밤중에 웬일이냐. 너는 석이 아니냐, 그리고 오마지도……."

"저는 오마지의 동생인 송오서지입니다."

가죽 옷을 입은 남자가 말했다.

"아저씨, 안녕하셨어요."

홍석이가 고개를 숙여 인사를 했다.

"이슬 맞겠다. 이리 들어오너라."

김종서가 세 사람을 막사 안으로 들어오라고 했다.

"저희는 다른 막사에서 기다리겠습니다. 홍 두령이 장군님께 긴히 여쭐 말이 있다고 합니다."

송오서지가 말했다.

"그래? 득희라도 들어가서 이야기하자."

김종서는 홍득희와 함께 막사 안으로 들어갔다. 장작으로 화로에 불을 피우고 있어 매캐한 냄새가 방 안을 가득 채웠다. 그러나 야영 생활에 익숙한 홍득희는 견디기 쉬웠다.

홍득희는 방 안에 들어서자 쓰개치마를 벗고 김종서에게 큰절을 했다. 흰 저고리에 긴 쪽빛 고름이 돋보였다. 붉은 치마는 홍득희를 더욱 여자로 보이게 했다. 화로와 등잔불을 겸한 장작 불빛에 비친 홍득희의 얼굴은 발그레 물들었다. 둥그스름한 어깨며 옷 위로도 느껴지는 가는 허리, 그리고 둥그런 엉덩이가 홍득희를 영락없이 과년한 여자로 보이게 했다.

수줍은 듯한 눈망울과 야물게 다문 도톰한 입술은 여자로서의 아름다움이 넘쳤다. 백마를 타고 긴 칼을 휘두르며 적진을 뚫고 달려나가는 여장부의 모습은 전혀 찾아볼 수가 없었다.

김종서는 자기도 모르게 홍득희 모습을 찬찬히 살펴보는 자신을 발견하고 부끄러워졌다.

'득희가 여자로 보이다니…….'

김종서는 괜히 헛기침을 몇 번 하고 입을 열었다.

"지금 사다노에서 오는 길이냐?"

"아닙니다. 회령 쪽으로 가다가 아저씨가 여기 계신다는 말을 듣고 들르게 되었습니다."

"회령에는 무슨 일로?"

"아저씨를 만나려고요. 뵌 지도 오래 되었고…… 이곳 사정도 알려 드려 북방 변경 개척에 도움을 드리고 싶어서요."

"그랬구나. 그동안은 어떻게 지냈느냐? 오래전 일이다만 나는 한성에서 득희가 소개해 준 천시관과 백규일한테 큰 신세를 졌구나."

"이야기를 들어서 알고 있습니다. 지금 사다노에 와 있습니다. 아저씨가 한성으로 돌아갈 때까지 아저씨가 계신 곳 부근에 항상 머물 것입니다."

"그렇게까지 안 해도 좋은데…… 하여튼 참으로 고마운 일이다. 그런데 그동안 너는 어떻게 지냈느냐?"

김종서가 다시 물었다.

"사다노에서 여진족과 섞여 살던 조선 사람들을 모아 함께 살고 있습니다. 농사짓는 일을 주업으로 삼고 싶지만 일이 여의치 않습니다. 그래서 지금은 사냥과 갖바치 일을 주로 하고 있습니다. 서울에서는 소를 도살하지 못하게 하기 때문에 천시관처럼 백정 일로 살던 사람들이 먹고살 길이 없어 이곳 변경으로 더러 왔습니다."

"소를 잡지 말고 환자들 외에는 쇠고기도 먹지 말라고 임금님이 엄명을 내린 일이 있지. 그래, 사다노에는 조선 백성이 몇 명이나 살고 있느냐?"

"사다노에는 천 명 정도가 살고 있는데 조선 백성은 오백 명쯤 됩니다."

"홍패 산적들은 아직도 뭉쳐 있느냐?"

김종서는 자기표현이 좀 이상하다고 생각하고 빙긋이 웃었다. 홍득희도 말뜻을 알아듣고 미소를 지으며 대답했다.

"산적질을 하느냐고 물으시는 것이지요? 일이 있으면 뭉칩니다만 지금은 모두 자기 일에 바쁩니다. 여기서는 산적이 털 만한 봉짐도 없고요."

"하하하. 봉짐이 없다고?"

"명나라 사신이 두만강을 건너는 일은 없으니까요."

"그럼 어떤 일이 있을 때 뭉치느냐?"

"조선 병사들이 재산을 뺏거나 부녀자를 납치해서 욕보일 때는 뭉쳐서 구출합니다. 그 외에도 여진족들이 조선 백성 마을을 약탈하러 쳐들어갈 때가 있습니다. 그럴 때는 나서서 막아주어야지요."

"그런 일이 자주 있느냐?"

"요즘은 자주 일어납니다. 여진족 추장들은 크게 두 파로 갈라져 있는데 가장 큰 세력이 이만주와 홀라온입니다. 이만주는 간사해서 조선에 붙는 척하다가 조금만 약세를 보이면 가차 없이 칼을 휘두릅니다. 홀라온은 우리를 보호하는 입장에 있지만 이권이 따를 때는 어떻게 변할지 모릅니다. 요즘은 세 번째 세력인 범찰 추장이 이만주와 연합하려는 바람에 홀라온은 울라합 등 다른 세력을 끌어모으고 있습니다. 두 추장들은 틈만 있으면 조선 병영이나 조선 마을을 기습해서 전쟁 물자를 조달하는 일이 썩 잦아졌습니다."

"음, 그건 대단히 중요한 이야기구나. 은성, 종성, 부령 등 변방 육진에 나가 있는 조선 진무들은 평판이 어떠하냐?"

김종서는 제일 궁금하던 것을 물어보았다.

"진무들 중에서도 조석강과 이징옥 같은 분은 애쓰고 있는 편입니다. 그러나 회령의 박호문 절제사 같은 사람은 귀양살이한다는 생각을 버리지 않는 것 같습니다. 그냥 세월만 보내고 고향으로 가기 위해 한성에 부지런히 줄을 놓거나, 아니면 백성들을 쥐어짜서 재산을 빼앗고, 여진족을 약탈하는 일에 힘을 쓰고 있는 것 같습니다."

"박호문도? 그런 일이 있구나."

김종서는 잠시 눈을 감고 생각에 잠겼다. 박호문은 임금에게 자기가 추천한 무인이었다. 변경을 개척하는 일은 우선 조선 군사와 지휘자를 다스리는 일에 달렸다는 생각이 들었다.

"아저씨, 부탁이 있는데요."

홍득희가 어렵게 입을 열었다.
"그래, 말해보아라."
"저 오늘 밤 여기서 자고 싶어요."
홍득희의 얼굴이 갑자기 홍당무가 되었다.
홍득희가 김종서와 한 방에서 자겠다고 대담하게 말을 꺼낸 것이 즉흥적으로 불쑥 나온 것은 아닌 것 같았다. 오래 동안 가슴속에 담아두었던 말을 한 것 같았다.
홍득희는 빨개진 얼굴을 푹 숙였다. 거친 화적들을 거느리고 산채에서 두목으로 군림한 여장부가 얼굴을 붉히고 고개를 숙이다니.
"너도 이제 과년했으니 좋은 남자 만나 가정을 이루고 살아야 할 텐데……."
김종서가 홍득희의 속뜻을 짐짓 모르는 척하며 말했다.
"저는 시집가지 않고 평생 혼자 살 것입니다."
"그게 무슨 소리냐?"
"누가 산적 두목을 사랑하겠습니까? 저는……."
홍득희가 잠시 말을 멈추었다.
"무슨 말인지 해보아라."
"저어……."
홍득희가 다시 고개를 숙였다.
"……."
"저어…… 아저씨, 저 오늘 밤 아저씨를 모시고 싶어요. 저는……."

한참 뜸을 들이다가 말을 이었다.

"저는 아저씨가 아이 하나만 가지게 해주신다면 평생 혼자서 살 생각입니다. 아저씨, 저 오늘 밤 여기서 아저씨를 모시게 해주세요. 오늘 하룻밤만……."

김종서로서는 이렇게 어려운 처지에 놓인 것이 평생 처음의 일이었다. 홍득희같이 심지가 굳은 여자가 저렇게 나올 때는 하루 이틀에 결심한 것은 아닌 것으로 짐작되었다.

김종서는 고개를 푹 숙이고 있는 홍득희가 불쌍하기도 하고 귀엽기도 했다. 김종서는 손을 뻗어 천천히 홍득희의 고개를 받쳐 올렸다. 김종서의 손도 가늘게 떨렸다.

"이 방에서 자고 싶다면 그렇게 하여라."

김종서의 대답은 뜻밖이었다.

"아저씨!"

홍득희가 김종서의 품에 와락 안겼다.

홍득희의 옷고름을 푸는 김종서의 손이 더 떨리기 시작했다. 김종서는 젊을 때부터 몸이 아파 별거하다시피 지내는 아내 윤씨 부인의 얼굴이 잠시 머리를 스쳤다.

김종서는 숭고한 의식을 치르는 마음으로 홍득희를 품에 다시 안았다.

막사 밖에는 거센 삭풍이 바람 소리를 내며 지나가고 있었다. 김종서의 숨결도 북풍만큼 가빴다.

이튿날 아침 김종서가 눈을 떴을 때 홍득희는 보이지 않았다.

'아니, 내가 어젯밤에 무슨 짓을 했나?'

김종서는 아찔한 생각이 들어 벌떡 일어났다.

'득희와 내가 나이 차이가 얼만데……'

홍득희는 김종서보다 스물여덟 살이나 적었다. 그러나 나이 차이는 두 사람의 하룻밤에 아무 장애가 되지 못했다. 사다노에서 아홉 살짜리 어린 소녀였던 홍득희가 어젯밤에는 농염한 처녀가 되어 김종서를 원했다.

"나으리, 일어나셨습니까?"

밖에서 여자 말소리가 들렸다.

"들어오너라."

김종서가 급히 일어나 옷을 입었다. 김종서가 나간 뒤 머리를 땋은 애송이 처녀가 들어왔다. 관비로 와 있는 여종 경비(境婢)였다. 경비는 원래 회령 선비 효충의 막내딸인데 아버지가 죄를 지어 관비로 쫓겨와 있었다. 그래도 관기가 되지 않은 것을 다행으로 생각하고 있었다.

경비는 회령에서부터 김종서를 따라왔다. 원래 함길도 감영에 딸린 관비였는데 회령으로 배치되었다가 김종서를 수행하게 되었다.

서울 삼군부를 비롯한 군영에는 남녀 관노와 관비가 몇 명씩 딸려 있었다.

이튿날 홍득희는 일찍 일어나 몸단장을 하고 밖으로 나가려다 옆에서 아직 잠들어 있는 김종서의 얼굴을 바라보았다. 너무도

사모하는 마음은 삭풍을 타고 163

편안한 얼굴이었다. 그 얼굴이 더없이 정답게 느껴졌다.

'아저씨, 어젯밤에는 고마웠어요. 아저씨 닮은 아이를 꼭 낳겠어요.'

홍득희는 마음속으로 다짐하며 살그머니 밖으로 나왔다. 주변을 살펴볼 생각으로 막사 뒤를 돌아 강 쪽으로 갔다. 멀리 두만강 둑이 보였다.

홍득희가 어젯밤에 타고 온 말이 마구간에서 여물을 먹고 있는 것이 보였다. 홍득희는 마구간으로 가서 말을 몰고 나왔다. 안장도 얹지 않고 말에 올랐다. 복장도 치마저고리 바람이었다.

홍득희는 말을 천천히 몰아 두만강 둑으로 향했다. 모퉁이를 돌자 둑 뒤에서 급히 말을 몰아오는 김종서가 보였다.

"득희가 벌써 일어났구나."

김종서는 전복이 아닌 평상복 차림에 망건만 쓴 채 말을 타고 있었다. 그러나 활은 어깨에 메고 있었다. 잠 잘 때 외에는 항상 메고 다니면서 세종 임금의 명을 받들었다.

어젯밤의 일은 꿈속에나 있었던 일인 듯 아무 표정이 없었다.

"아저씨, 편안히 주무셨습니까? 죄송해요."

홍득희는 어젯밤 일을 생각하고 얼굴이 살짝 붉어졌다. 두 사람은 말을 탄 채 나란히 두만강 둑을 향해 걸었다. 둘 다 한참 동안 아무 말도 하지 않았다.

"고향에 계신 마님이 많이 편찮으시단 얘기를 들었습니다. 저라도 가서 병 수발 들고 싶습니다."

"전하께서 걱정을 해주신다고 하더구나. 너까지 그런 생각을 했다니 말만으로도 고맙다."

"전하께서도 아셨군요."

"전하께서 아시고 충청 감사를 시켜 생선과 육류를 집에서 떨어지지 않게 대주고 의원도 자주 보내 나 대신 병을 돌보라고 황공한 명을 내렸다고 하더구나."

"전하께서는 그렇게 자상하시군요."

"그런데 몇 달 뒤 전하가 승정원 사람을 보내 상태를 알아보았는데 충청 감사가 전하의 명을 실천하지 않았다고 하더구나."

"예? 충청 감사가 왕명을 어겨요?"

"주상의 명을 어기고, 주상을 속이는 신료들이 도처에 많더구나. 하지만 한 신하 한 사람의 향처를 돌보는 것은 나랏일이 아닌 사사로운 일이니 소홀히 할 수도 있겠지."

김종서와 홍득희는 강둑에 올라섰다. 꽁꽁 얼어붙은 두만강 너머로 광활한 평지가 멀리 아스라이 펼쳐져 있었다.

"저 너머에 공험진이 있겠지. 여기서 칠백 리라고 하니 아득한 곳이구나."

김종서가 말에서 내려서서 먼 하늘을 바라보았다. 모진 북풍이 옷자락을 차갑게 스치며 지나갔다. 홍득희 치맛자락도 북풍에 펄럭이었다.

"삭풍이 제법 차구나."

"조선 북방의 화척들은 이 모진 삭풍 속에서도 세상을 원망만 하지는 않습니다. 조선 백성으로 태어난 것을 감사하게 생각합니다."

"저 먼 하늘을 바라보니 전하의 소망을 꼭 이루어야 한다는 각오가 새롭구나. 시조 한 수가 생각난다."

"그 시조 저한테 들려주세요."

홍득희가 김종서를 바라보며 말했다. 김종서가 홍득희보다 키가 작아 슬쩍 내려다보았다.

"한번 읊어볼까."

김종서가 낭랑한 목청으로 시조를 읊었다. 몸집보다는 훨씬 우렁찬 목소리였다.

삭풍은 나무 끝에 불고
명월은 눈 속에 찬데
만리변성에 일장검 짚고 서서
긴파람 큰 한 소리에 거칠 것이 없어라.

김종서의 구성진 가락이 끝나자 홍득희가 박수를 쳤다.

"멋져요. 한데 일장검은 없잖아요. '일장검 짚고 서서'를 '큰 활 어깨에 메고'가 어떻겠어요?"

"음, 그게 멋지구나."

"아저씨, 바꾸어서 다시 한 번 읊어보아요."

홍득희가 생글생글 웃으면서 졸랐다.

"그럴까?"

김종서가 다시 시조를 읊기 시작했다.

…….

만리 강둑에 큰 활 어깨에 메고

…….

"만리변성도 그게 더 어울려요. 호호호…….."

두 사람이 두만강 둑에서 정담을 나누고 있는 동안 겨울 해가 눈부시게 황야를 뚫고 솟아올랐다.

"벌써 해가 솟는구나. 너무 늦었다. 돌아가자."

김종서가 말에 오르면서 말했다.

"아저씨, 내기해요. 누가 먼저 막사에 닿는지 달리기해요."

홍득희의 장난스러운 제의를 김종서가 선뜻 받아들였다.

"좋아. 내가 문신 출신이라고 얕보는 사람이 많은데, 말도 좀 탈 줄 알거든."

"출발!"

홍득희가 소리치며 달려나갔다. 김종서도 발로 말을 재촉했다. 그러나 내기는 상대가 되지 않았다. 홍득희가 배는 더 빠르게 달렸다.

9 배신의 세월

김종서는 홍득희를 사다노로 돌려보낸 뒤 다시 육진 개척의 기초 작업을 시작했다. 은성과 부령이 문제였다. 은성에 있던 조선군이 홀라온 추장의 기습을 받아 수십 명이 목숨을 잃는 사고가 발생하기도 했다. 부령에는 조선 백성보다 여진족이 더 많았는데, 홀라온은 이만주 산하의 여진족을 항복받겠다는 명목으로 부령에 들어와 닥치는 대로 살육을 감행했다.

은성으로 가던 도중 급보를 받은 김종서는 회령의 박호문에게 출병을 명했으나 박호문은 듣지 않았다. 그래서 원군만 믿고 싸우던 조선 병사들은 몰살을 당하고 말았다.

김종서가 발길을 돌려 종성으로 향할 때였다. 이번에는 종성에서 급보를 가진 전령이 달려왔다.

"너는 어디 소속이냐?"

김종서가 급보를 가져왔다는 전령에게 물었다.

"저는 함흥 감영에서 왔습니다."

"함흥 감영에서 종성에는 왜 갔느냐?"

"도절제사님이 북변에 와 계셔서 연락이 어려웠습니다. 그런데 평안도 병마 절제사이신 최윤덕 장군이 여연에서 이만주 추장과 싸우다가 함흥에 지원을 요청했습니다. 함흥 감영에서 도절제사님과 연락이 안 되니까 여연과 가장 가까운 회령 박호문 절제사에게 지원 요청을 했습니다. 그런데 박호문 절제사가 요청을 묵살하고 출병을 하지 않았습니다. 이 사실을 도절제사님께 보고하라는 감영의 명을 받고 왔습니다."

김종서는 기가 막혔다. 박호문이 자신의 명을 어기더니 이번에는 감영의 명까지 어긴 것이었다. 사실 박호문은 김종서가 임금에게 천거한 자였다. 그리고 현재 김종서의 예하 장수이다. 도대체 무슨 배짱으로 감사의 명까지 어기는지 알 수 없었다. 원래 배짱과 잔꾀를 함께 가진 무인이라는 평이 있었으나, 김종서는 박호문의 출중한 전략과 능력을 높이 샀었다.

"알겠다. 내가 회령으로 가서 사정을 알아보리라."

김종서는 그 길로 돌아서서 회령으로 향했다. 돌아가면서도 박호문의 행동이 이해가 되지 않았다. 그의 얼굴이 내내 머릿속을 맴돌았다.

부지런히 회령으로 돌아가고 있던 어느 날 저녁이었다.

"장군님, 한성에서 사람이 왔습니다."

김종서를 수행하던 이징옥이 막사 밖에서 알렸다. 김종서가 문을 열자 뜻밖의 인물이 서 있었다.

"쇤네 엄 가입니다. 문안 올립니다."

세종 임금의 내관 엄자치였다.

"엄 승지가 이게 웬 일이오? 추운데 어서 안으로 드십시오."

세종 임금은 김종서가 엄동설한에 북방에서 모진 고생을 하고 있다며 걱정이 많았다. 그래서 엄자치를 보내 근황을 살피고 오라고 한 것이었다. 엄자치는 임금의 걱정을 전하며 털신 두 켤레와 털토시 두 짝, 털모자 한 개를 내놓았다.

"전하께서 직접 저에게 주시면서 꼭 전해 드리라고 하셨습니다."

"전하, 황공하여이다."

남쪽을 향해 부복한 김종서는 임금의 따뜻한 마음에 눈물이 핑 돌았다.

그날 밤 김종서는 엄자치와 밤늦도록 이야기를 나누었다.

"왕세손 문제는 거론이 있었습니까?"

이런저런 이야기 끝에 종실 문제로 화제가 옮겨가자 김종서가 물었다. 김종서는 승정원에 오래 있었기 때문에 궁중 내의 여러 사정을 비교적 잘 알고 있는 편이었다.

"도절제사께서 아시다시피 세자 저하께서 문약하시어 후사를 튼튼히 해야 할 것입니다."

세자 향(珦)은 세종 임금의 장남이지만 몸이 부실해서 임금의 근심이 컸다. 세자빈을 두 번이나 맞이했으나 모두 실패하고 후궁 중에서 택한 권 씨가 세자빈이 되었다.

첫 번째 세자빈 김 씨는 투기가 심하고 빈으로서의 자질이 부족하여 폐출되었으며, 둘째 봉 씨는 궁녀들과 동성애로 말썽을 일으켜 폐빈 되었다.

그러나 두 세자빈이 폐출된 진짜 원인은 세자에게 있었다. 워낙 몸이 약해 여자를 감당할 능력이 없었다. 두 번째 빈 봉 씨가 동성애에 빠진 것도 따지고 보면 세자가 남자 구실을 제대로 하지 못했기 때문이었다.

세자가 이렇게 몸이 부실하다 보니 왕실의 어른들이나 조정에서는 세자 향의 후사를 걱정하지 않을 수 없었다.

"왕세손으로 홍위 아기씨를 거론하는 사람도 있으나 공공연하게 입 밖에 내는 사람은 아직 없습니다."

엄자치가 조심스럽게 말했다. 홍위(弘暐)란 후에 단종이 된 세손이다.

"세자 저하가 문약해서 후사 문제가 곧 닥칠 것이라고 말하는 사람도 있겠지요. 그럴 경우 왕통이 제대로 계승되겠느냐 하는 걱정도 할 것이오. 세자 저하 주변에는 야심 있는 종친들이 많으니까요."

김종서가 의미 있는 말을 했다.

"김 장군, 그런 말씀을 함부로 하시면 대역에 걸립니다."

"내가 대역을 꿈꾸는 사람으로 비치시오? 허허허."

김종서가 큰 소리로 껄껄 웃었다.

이야기는 다시 세종 임금한테 옮겨갔다.

"전하께서는 요즘 풍질이 심해서 온천을 자주 찾으십니다."
"안질은 어떠세요?"
세종 임금은 피부병과 안질을 앓고 있었다.
"안질도 완쾌되지 않으셨습니다. 지난달에는 온양에 있는 온천을 다녀오시다가 저한테 넌지시 이런 하문을 하셨습니다."
"어떤 말씀인데요?"
김종서는 직감적으로 자신에 관한 말이라고 짐작하고 귀를 세웠다.
"변방에 가서 오랫동안 혼자 있으면 여자 생각이 날 것이다, 장수가 여자를 좀 탐하기로 무슨 큰 허물인가? 관기면 어떻고 야인 여자면 어떠냐고 하셨습니다."
"나를 두고 하신 말씀이라면 누군가가 모함한 것이 틀림없구먼."
김종서는 태연하게 말했지만 마음에 걸리는 것이 있었다. 관기란 회령에서 온 관비 경비일 것이고 야인 여자란 여진족으로 오해받고 있는 홍득희를 말하는지 모른다는 생각이 들었다.
"도절제사께서는 워낙 이 나라에 세운 공이 많아 적도 많다고 보셔야죠. 너무 마음에 두지 마십시오."
엄자치가 웃으면서 말했다.
엄자치가 돌아가고 난 뒤 김종서는 임금이 하사한 털신, 털모자, 털토시를 다시 꺼내보았다. 털가죽의 품질이나 제작한 솜씨가 꼼꼼하고 야물었다. 김종서는 임금의 자상한 마음 씀씀이에 다시 한 번 감동했다.

"이 좋은 물건을 나만 쓸 것이 아니라…….."
김종서는 문득 홍득희의 얼굴이 머릿속에 떠올랐다. 사다노도 춥기로는 이름난 곳이었다. 지금쯤 홍득희도 꽁꽁 언 손발을 녹이느라 고생할 것이란 생각이 들었다.
김종서는 털토시 한 켤레를 잘 포장해서 믿을 만한 병사를 시켜 사다노의 홍득희한테로 보냈다.

김종서가 회령 입구에 다다랐을 때 초라한 장사 행렬을 만났다. 소달구지에 가마니 떼기로 시신을 싣고 가는 장례 행렬이었다. 뒤에는 젊은 여인과 다섯 살이나 됐을 어린 상주가 울면서 따라가고 있었다. 사방은 눈으로 하얗게 덮였는데 저렇게 초라한 장례를 치르는 가족이 언 땅을 어떻게 파서 시신을 매장할지 걱정이 되었다. 장례를 거들어주는 이웃도 한 명 없었다.
"저 장례에 필경 곡절이 있을 터이니 알아보아라."
김종서가 수행한 이징옥을 보고 명했다.
이징옥이 한참 있다가 돌아와서 보고했다.
"박호문 절제사의 짓이랍니다."
"박호문의 짓이라니?"
김종서가 되물었다.
"저 시신은 엄돌금이라는 사람인데 박호문이 죽였답니다."
"무슨 죄를 지었는가?"
"죄를 짓지 않았답니다."
"그 무슨 해괴한 말인가. 내가 직접 물어보지."

김종서가 죽은 사람의 아들인 듯한 대여섯 살 된 아이에게 다가가서 물었다.

"네가 망자의 아들이냐?"

김종서의 물음에 아이가 겁을 먹고 입을 열지 않았다.

"그렇습니다. 어르신은 뉘신데 그러십니까?"

상복을 입은 아이의 어머니도 겁을 잔뜩 먹은 표정으로 김종서를 경계했다.

"나는 이곳 조선 군사를 거느리고 있는 김종서입니다. 듣자 하니 박호문 절제사의 짓이라고 하는데 무슨 일이 있었습니까?"

김종서가 묻자 여인은 눈물만 흘리고 좀체 말을 하지 않았다.

"억울한 일이 있으면 상감마마께 여쭈어 풀어줄 터이니 자세하게 말해보시오."

이징옥이 거들었다. 여인은 몇 번을 망설이다가 입을 열었다.

"이 아이 아버지는 회령에서 농사를 짓고 소를 치며 사는 착한 사람이었습니다. 이름이 엄돌금이라고 합니다."

"그런데요?"

이징옥이 말을 재촉했다.

"어느 날 박호문 절제사의 첩이라고 하는 여자가 길을 가는데 우리 집 양반이 소를 몰고 지나가고 있었습니다."

"그래서요?"

"소를 빨리 비켜주지 않는다고 절제사의 첩이 아이 아버지의 뺨을 때렸답니다."

그 일로 엄돌금은 박호문 앞에 끌려갔다. 박호문이 엄돌금에게

첩한테 큰절을 올리고 사죄하라고 했으나 엄돌금은 명을 거부했다. 화가 난 박호문이 형방을 시켜 매질 잘하는 종놈 셋을 데려오라고 했다.

"너희들은 저 건방진 놈을 형틀에 묶고 셋이서 교대로 때려라. 죽을 때까지 때려라. 한 식경 내로 죽지 않으면 너희들을 형틀에 묶을 것이다."

세 노비는 엄돌금을 형틀에 묶고 사정없이 때리기 시작했다. 비명을 지르던 엄돌금은 온몸이 피투성이가 되었다. 처음에는 비명이라도 질렀으나 그것도 얼마 가지 못하고 사지가 축 늘어지고 말았다. 엄돌금이 죽은 뒤에야 노비들은 매질을 멈추었다. 그리고 엄돌금의 시신을 동구 밖에 내다 버렸다.

"이런 잔인무도한 사람이 있나."

김종서는 탄식하며 망자의 아내와 아들을 위로했다. 그리고 군사를 시켜 장례를 잘 치러주라고 명했다.

"주인이 죽었으니 이제 소는 누가 키우지요?"

이징옥이 혼잣말로 중얼거렸다.

김종서가 회령 박호문 절제사의 본영에 도착하자 박호문은 반갑게 맞아주었다.

"도절제사께서 기별도 없이 이 누추한 곳을 찾아주시다니요. 얼마나 노고가 많으십니까?"

"박 절제사야말로 그동안 수고가 많으셨더군요. 최윤덕 장군의 요청도 못 들어줄 정도로 바쁘셨더군요."

김종서가 일부러 비꼬았다.

"그럼요. 회령이 워낙 방비가 부실해서 군사들이 머물 막사도 제대로 없어서 지금 건축을 막 시작했습니다."

"막사를 새로 짓는다고요?"

김종서는 회령에 오기 전에 박호문에 대한 소문을 들어 알고 있었다. 호화 병영을 짓는다고 백성들의 재물을 강제로 징수하고 노역에 무리하게 동원해서 백성들의 원성이 자자하다는 말이었다.

"막사를 아주 튼실하게 짓는 모양이지요? 한 번 돌아보아도 되겠습니까?"

김종서는 내친 김에 현장을 확인하고 싶었다. 회령에는 오백 명 안팎의 백성이 살고 이백여 명의 군사가 주둔하고 있었다.

"원로에 피로하실 텐데, 술이나 한 잔 하시면서 목을 축이신 뒤에 보셔도 충분합니다."

박호문은 달갑지 않은 듯이 말했다.

"아니오. 변경 방위와 직접 관계된 일이니 어서 앞장서시오."

박호문은 하는 수 없이 병영을 짓고 있는 현장으로 김종서를 안내했다.

그곳의 광경을 본 김종서는 기가 막혔다. 어마어마하게 넓은 터를 닦아놓고 함흥 감영 동헌보다 더 우람한 건물을 짓고 있었다.

"아니? 저것이 병사들이 머물며 오랑캐를 방어할 막사입니까?"

김종서가 박호문을 돌아보며 물었다. 오랑캐와 맞붙어 조선 땅을 지켜야 하는 전쟁터에 이렇게 호화로운 동헌마루가 왜 필요한지 도무지 이해가 되지 않았다.

"군영이란 원래 위엄이 있어야 하지 않습니까? 오랑캐들이 우리 본영을 보면 기가 팍 죽을 것입니다."

김종서는 박호문의 변명을 들은 척도 않고 단호하게 말했다.

"저 집을 오늘 중에 모두 헐어버리고 동원된 백성들은 모두 돌려보내시오."

"예?"

박호문이 깜짝 놀라 입을 딱 벌렸다.

"만약 오늘 중으로 저 집을 모두 헐지 않으면 내일 내가 직접 헐어버리겠소."

"아니, 도절제사님……."

박호문이 김종서를 설득시키려는 듯 앞으로 다가서서 계속 말을 걸었다. 그러나 김종서는 돌아서서 천막 병영을 설치하게 하고 안으로 들어가 버렸다. 김종서와 함께 온 병사 삼십여 명은 노숙을 하도록 명령했다.

밤중에 박호문이 김종서의 막사를 찾아왔다. 술상까지 마련해서 들어왔다.

"낮의 노여움을 술 한 잔으로 푸십시오. 실은……."

"나 술 잘 안 마신다는 것은 박 절제사가 잘 알지 않소. 그만 돌아가시오."

김종서가 냉랭한 태도를 보였으나 박호문은 단념하지 않았다.

"장군께서 저를 천거해서 여기까지 오지 않았습니까? 저는 김종서 장군의 사람입니다. 어느 놈이 제 목에 칼을 대더라도 나는 김종서 장군 사람이라고 당당히 밝힐 것입니다."

김종서는 박호문이 이 정도밖에 안 되는 인물인가 하는데 화가 더 났다. 저런 사람을 임금에게 천거한 자신이 부끄러웠다.

"가서 주무시고 내일 아침 다시 봅시다. 참, 집은 모두 헐었소?"

김종서가 알면서 질문을 했다.

"집 모양이 좋지 않다면 고치겠습니다만······."

"알았으니 내일 봅시다."

김종서가 벌렁 드러누워 버리자 박호문은 별수 없이 막사 밖으로 나왔다. 박호문은 김종서의 막사를 뒤돌아보며 이를 악물었다.

이튿날 아침 김종서는 이징옥을 데리고 막사를 짓는 현장으로 가보았다. 동원된 백성들은 새벽부터 나와 열심히 집을 짓고 있었다.

"저 사람들을 모두 돌려보내고 집을 모두 헐어버려라."

김종서가 이징옥을 보고 명령했다.

"다섯 채를 다 헐어버립니까?"

이징옥이 되물었다.

"물론이다. 다시 더 짓지 못하게 재목도 모두 부수어라."

김종서의 명령이 떨어지자 병사들이 달려들어 짓던 집을 허물기 시작했다. 물론 동원된 백성들은 모두 집으로 돌려보냈다.
 김종서의 이러한 조치는 당연한 일이었지만 뒤에 큰 화를 부르게 된다.

 김종서가 경흥에서 여진족 추장 올라합의 귀순 문제를 협의하고 있을 때 뜻밖의 손님이 찾아왔다.
 병조판서 황보인이 함길도 체찰사가 되어 김종서를 찾아온 것이다.
 "대감이 어인 일로 이 먼 곳까지 오셨습니까?"
 김종서는 반가운 마음에 황보인의 손을 덥석 잡았다. 한성에서 황보인과 여러 부서에서 같이 근무를 했기 때문에 잘 알고 있었다.
 "일이 좀 어렵게 되었습니다."
 그러나 황보인은 전혀 반가운 기색이 아니었다.
 "일이 어렵게 되다니요?"
 "내가 여기까지 김 공을 찾아온 것은 전하의 엄명이 있어서입니다."
 "전하께서 저를 문책할 일이라도 있습니까?"
 김종서는 황보인의 얼어붙은 표정을 보고 심상치 않은 일이 있다는 것을 알 수 있었다.
 "그런 셈이오. 오늘은 여기서 옛날이야기나 하면서 그동안의 회포나 풀고 날이 밝으면 이야기합시다."
 황보인은 무슨 말인지 꺼내기가 쉽지 않은 모양이었다.

김종서는 그날 밤 황보인과 날을 새면서 옛날 일을 주고받으며 웃기도 하고 분노하기도 했다. 그러다가 이야기가 박호문으로 옮겨갔다.

박호문은 회령 절제사로 있으면서 온갖 못된 일을 다 저질러 놓고는 작년 가을 한성으로 훌쩍 떠났다. 의관들에게 뇌물을 주고 몸이 성치 않아 북방 국경 임무를 시행하기 어렵다는 진단을 받아내 한성 삼군부로 발령을 받아 떠났다.

"아무래도 박호문이 김 공을 함정에 빠트린 것 같습니다."

황보인이 말머리를 꺼냈다.

"박호문이라면 나를 헐뜯을 충분한 원한이 있습니다. 도대체 무슨 트집을 잡았습니까?"

"죄목이 한두 가지가 아닙니다. 자, 잠 좀 자고 내일 날이 밝으면 다시 이야기하지요."

그날 밤 황보인은 잠들었으나 김종서는 한숨도 자지 못하고 뜬 눈으로 밤을 새웠다.

이튿날 황보인이 알려준 이야기는 참으로 황당했다. 황보인은 김종서에 대한 의혹을 낱낱이 밝혀서 보고하라는 세종 임금의 엄명을 받고 이곳까지 온 것이었다.

우선 첫 번째로 세종 임금이 우려하는 것은 여자 문제였다. 박호문은 한성으로 돌아가자마자 김종서를 헐뜯기 시작하여 의금부, 사헌부, 병조, 승정원 등에 닥치는 대로 김종서의 험담을 늘어놓았다. 세종 임금에게 직접 헐뜯는 말을 아뢴 일도 여러 번 있었다.

 김종서가 박호문의 출병 거절과 엄돌금을 때려죽인 사건을 의금부와 사헌부에 알려 임금에게 보고되었으나, 북방에서 국토 개척에 공이 큰 장수를 벌 줄 수 없다며 묵살했다는 이야기도 황보인이 전해주었다.

 여자 문제란 김종서가 애첩을 둘씩이나 두고 애첩이 여진족으로부터 뇌물을 거둬들이고 있다는 것이었다.

 "애첩이 둘이라니요?"

 김종서가 기가 막혀 황보인에게 되물었다.

 "회령에서 창기로 있다가 관기가 된 여자를 애첩으로 삼아 전투할 때도 데리고 다니며 밤에 침실 심부름을 시켰다고 합니다. 그도 모자라 여진족 처녀를 두 번째 애첩으로 삼아 막사에까지 데리고 와서 잔다는 소문입니다."

 "예? 여진족 처녀라고요?"

 김종서는 홍득희를 두고 한 말일 것이란 생각이 들어 얼굴이 화끈해졌다. 회령에서 데려온 창기란 경비를 말하는 것 같았다. 경비는 창기 출신이 아닐뿐더러 군사 일을 돕는 군비 중의 하나인 여자 노비였다. 한성의 삼군부를 비롯해 군사가 있는 곳에는 식사와 의복을 돌보는 군비, 즉 남녀 노비가 있는 것은 북방뿐만이 아니었다.

 "박호문은 김 공이 그 애첩을 시켜 여진 추장뿐 아니라 여진족 중 조선으로 귀화하려는 자들한테서 뇌물을 받고 우선순위를 조작해 주었다는 것이오."

"군비는 군사를 따라 여러 곳으로 이동하며 다니는데 어디서 여진족 귀화민을 만난단 말입니까? 여진족 중에 귀화하려는 사람이 있으면 함흥 감영을 통해 한성의 의정부에 보고하고 엄격히 그 지시를 따랐을 뿐입니다. 그리고 여진족 애첩이라고 하는 것은 아마도 홍득희라는 산적 출신 조선족 여자 두목을 일컫는 모양인데, 홍득희는 여진족이 아니라 조선 백성이며 군사적으로 우리에게 큰 도움을 준 여자입니다. 애첩이라니 가당치 않은 말씀입니다."

김종서는 홍득희가 자신의 애첩이라는 것이 모함이기는 하나 크게 기분을 상하지는 않았다.

"또 다른 죄는 무엇이라고 하던가요?"

김종서가 말을 재촉했다.

"박호문은 전하에게 김종서는 무인 출신이 아니라 말도 제대로 타지 못하고 활 쏘는 솜씨도 말이 아니며, 적을 만나면 겁부터 내서 벌벌 떠니 장수로서는 적당하지 않다고 했답니다."

"음— 그건 맞는 점도 있어요. 그러나 적을 만나 벌벌 떨지는 않습니다."

"그야 내가 더 잘 알지요."

"세번째 죄는 무엇입니까?"

"힘없는 야인들이 뇌물을 바치지 않는다고 폭압했다고 합니다. 여진인들을 완전히 짐승처럼 취급하여 굶어죽은 자도 많다고 합니다. 그러면서 김 공 자신은 밤낮을 가리지 않고 사냥에 빠져 군사 훈련을 소홀히 하고 있어 야인들에게 방위선이 무너지는 것은 시간문제라고 합니다."

"야인들을 폭압한다고요? 어처구니가 없어 웃음밖에 안 나오네요. 사냥을 즐긴다고요? 사냥을 나간 일이 있습니다. 병사들이 향수병에 시달리는 것 같아 고기를 좀 먹여주려고 멧돼지를 사냥하러 나간 일이 회령에서 한 번 있었습니다. 멧돼지 세 마리를 잡아 병사들이 고기를 실컷 먹었지요. 그것 말고도 군졸을 훈련시키기 위해 가끔 사냥대회를 열었지요. 훈련을 싫어하는 군졸 단련시키는 데는 사냥이 효과가 있습니다."

"그리고……."

황보인이 한참 뜸을 들이다가 입을 열었다.

"박호문이 부임하기 전 회령에서 김 공이 폭정을 했기 때문에 백성과 병사 백오십여 명이 야인 지역으로 도망을 쳤다고 합니다."

"그건 완전히 거꾸로 된 이야기입니다. 박호문이 회령 절제사로 온 이후 백성들과 병사가 견디지 못해 도망간 사실이 있습니다. 삼남에서 회령으로 이주해 온 백성들에게 호화 병영을 짓는다고 노력 봉사를 강요하고 생업을 돌보지 못하게 했으니 남아날 백성이 얼마나 되겠습니까? 회령에 사는 조선 백성이 오백 명이고 군사가 이백 명인데 백오십 명이나 도망을 치면 병영이 유지나 되겠습니까?"

"글쎄 말이오."

황보인도 혀를 끌끌 찼다.

"다음 죄목은 무엇입니까?"

"경흥에 있는 박이녕(朴以寧) 절제사가 김 공을 방문한 일이 있습니까?"

"내가 종성에 있을 때 와서 하룻밤 자고 간 일이 있습니다. 밤새우며 경흥의 야인 방어 문제를 협의했지요."

"그런데 빨리 돌아가 임무를 보려는 박이녕을 붙잡아놓고 밤새도록 함께 주지육림에 빠져 술을 퍼마시고 애첩들과 관기를 불러 진탕 놀았다고 하더군요."

"박이녕을 빨리 돌아가라고 재촉하지 않은 것은 잘못일지 모릅니다. 그러나 주지육림에 관기들과 진탕 놀았다는 말은 터무니없습니다."

김종서는 기가 막혔다. 박호문에게 원한을 살 일이란 아무리 생각해도 호화 병영을 헐어버린 것밖에 없는데 그 일을 가지고 완전히 자신을 매장하러 들었다는 생각이 들어 소름이 끼쳤다. 오해를 살 만한 다른 일이 있다면 박호문이 한성으로 떠난 뒤 후임이 올 때까지 관물을 모두 봉인하여 아무도 손을 못 대게 한 일이 있었다. 이는 절제사가 바뀌는 혼란을 타서 비장들이나 다른 관속들이 관물을 축낼까 봐 한 조치였다. 그러나 박호문은 자기가 처리하던 관물을 봉해놓고 횡령한 것을 캐내기 위해 한 짓이라고 오해하고 비난했다.

"박이녕 절제사와 밤새운 것은 사실입니다. 하지만 나나 박이녕이 술을 할 줄 모르는데 무슨 주지육림입니까? 지금 파저강과 두만강 이북은 오랑캐 세력이 이합집산하며 세력을 키우고 있어 정세가 급박합니다. 여기에 대한 대책을 세우느라 새벽닭이 우는 줄도 몰랐습니다. 밤을 꼬박 새운 박이녕 절제사를 이튿날 일찍 제대로 먹이지도 못하고 본영으로 쫓아보내자니 가슴이 아팠습니다."

김종서는 그때 일을 생각할수록 박 절제사에게 너무 몹쓸 짓을 하지 않았나 하는 생각이 들었다.

김종서는 그때 일을 더듬어 말을 이었다.

"그날 밤, 술과 고기가 진영에 있었던 것은 맞습니다."

"술과 고기라고?"

황보인이 의아해서 물었다.

"조로 빚은 술 두 독과 연어 삼십 마리, 산 꿩 열 마리가 있었습니다."

"……"

"조로 빚은 술은 병사들이 여진족과 함께 화전을 가꾸어 거두어들인 수확 중에서 병사 몫으로 보내온 것으로 빚은 것이었습니다. 연어 삼십 마리는 동해 쪽에 이주해 온 경상도 어민들이 병영에 기부한 것입니다. 산 꿩은 병사들 훈련을 위한 사냥에서 얻은 수확이었습니다. 그날 밤 진영의 모든 병사들이 모여서 술과 고기를 나누어 먹으며 향수를 달랬습니다. 저와 박이녕 절제사는 병사들이 즐거워하는 모습을 먼빛으로 보며 흐뭇해했습니다."

"그런 일을 그렇게 왜곡시켜 모함을 했구먼. 쯧쯧쯧. 몹쓸 사람."

황보인이 몇 번이나 혀를 찼다.

"이외에도 오랑캐 추장들을 포용하지 않고 폭압으로 대해 북벌 정책이 실패할 것이라는 논리를 조정에 퍼뜨려 반신반의하는 사람들이 많습니다."

황보인이 걱정스럽게 말했다.

"전하께서도 박호문의 도끼질에 솔깃해지기 시작하셨습니다."

"예? 전하께서도요?"

김종서는 몸이 부르르 떨렸다.

한편 경복궁에서는 김종서에 대한 의혹이 안개처럼 퍼져 나갔다. 박호문의 끈질긴 모함에 세종 임금의 마음도 마침내 흔들리기 시작했다.

"박호문이 아무리 변변치 않은 사람이라도 명색이 무인인데 터무니없는 말을 저렇게 끈질기게 할 수 있을까?"

자문자답을 하던 세종 임금은 마침내 행동하기 시작했다. 세종 임금은 영의정 황희를 불러 김종서의 후임자를 은밀히 추천하라고 지시했다. 또한 전 도승지 김돈과 도승지 성염조를 불러 김종서의 죄상을 상세히 조사하고 처벌을 논의하라고 지시하기에 이르렀다.

세종 임금은 의정부의 우의정 신개, 우찬성 하연을 불러 김종서에 대한 불만을 말했다.

"함길도 절제사 김종서는 오랑캐 추장 범찰과 동창 등을 포용하지 못하고 폭압적으로 눌러서 마침내 많은 야인들이 도망가게 하였다. 그뿐 아니라 사첩(私妾)이 오랑캐들에게서 아교를 뇌물로 받는 등 해괴한 일을 많이 저질렀다는데 엄중히 처리하라."

조정의 분위기는 박호문이 바라는 대로 흘러갔다. 김종서는 이제 빠져나갈 수 없는 함정에 맞닥뜨렸다.

그러나 변방까지 달려가서 김종서를 만나고 온 황보인으로부터 상세한 보고를 들은 세종은 잠시나마 김종서를 의심한 것을 크게 후회했다.

김종서는 박호문이 제시한 비리를 조목조목 반박하는 장문의 탄원서를 세종 임금에게 올렸다.

여진족 추장으로부터 아교를 선물로 받은 것은 사실입니다. 그러나 그 아교는 활을 메는 등 병기를 수리하는데 요긴하게 썼습니다. 사첩이나 관기가 아교를 뇌물로 받아 무엇에 쓰겠습니까? 물론 소신은 사첩이나 관기를 둔 일도 없습니다.

김종서의 탄원 서신에 들어 있는 내용이다.

진상을 알게 된 세종 임금은 탄식하였다.

"박호문이 전에도 김종서를 모함하여 말썽을 일으켰는데도 내가 변방 개척의 공을 참작하여 불문에 붙였는데 이번에 또 그런 일을 저질렀으니 그냥 넘어갈 수가 없다."

세종 임금은 진노하여 의금부에 철저한 조사를 명했다.

의금부는 조사 결과를 임금에게 상계하였다.

"박호문의 죄상은 크게 세 가지입니다. 첫째 군신의 사이를 이간질하여 임금을 혼란에 빠트리게 하였습니다. 둘째, 여진족이 침입했을 때 즉각 출병하라는 상부의 명령을 무시하고 꿈적도 하지 않았습니다. 셋째 의관에게 뇌물을 주어 병이 있다고 거짓 진단서를 만들게 하여 변방에서 한성으로 돌아왔습니다. 이 세 가지 죄로 참형을 면할 수 없습니다."

의금부의 의견은 단호했다.

세종은 고민에 빠졌다. 걸핏하면 사람을 죽여야 하는 임금의 역할이 너무나 괴로웠다.

"양반을 죽일 수는 없다. 장을 쳐서 유배하라."

임금의 이러한 비답에 조정과 의금부에서는 펄쩍 뛰었다. 사간원의 박직선은 참형이 타당하다는 장문의 상소를 올렸다.

그러나 박호문은 목숨을 건졌다.

"장형 일백 대를 치고 북방 여연으로 귀양 보내라. 여연에서는 백의종군토록 하라."

세종 임금의 배려로 목숨을 건지게 된 박호문은 이 일로 더욱이를 갈고 김종서를 미워하게 되었다.

박호문의 귀양살이를 뒤에 풀어준 사람은 뜻밖에도 수양대군이었다. 수양대군은 눈에 띄지 않게 인재를 포섭하고 있었다. 수양이 유자광, 한명회 등을 통해 도움이 될 만한 인재를 은밀하게 포섭하고 있다는 것을 눈치 챈 사람은 거의 없었다. 그러나 김종서는 수양대군의 움직임을 멀리서 항상 주시하고 있었.

함정에서 벗어난 김종서에게 세종 임금은 다시 중요한 엄명을 문서로 내려 보냈다.

동북 변경의 완성은 육진으로 끝나는 것이 아니다. 고려의 윤관 장군이 개척한 고려 영토를 모두 찾는데 힘을 써야 할 것이다. 윤관 장군이 개척한 우리 영토의 북방 경계는 공험진이라는 기록이 전해온다. 일설에는 공험진이 아닌 선춘령이라고도 한다. 이 지점은 두만강에서 북쪽으로 칠백 리에 있다고 하니 꼭 구토를 찾아 우리 영토로 확실하게 해야 한다.

윤관은 고려지경(高麗之境)이라는 비석을 세웠다고 하니 그 비석을 찾아내 위치를 확인해야 할 것이다. 윤관의 비석은 그 외에도 고성에 남아 있을지 모르니 철저히 조사하기 바란다.

김종서는 임금의 친서를 받고 어깨가 더욱 무거워졌다.

10 화살 한 대에 목숨을 걸고

김종서가 종성에서 부령으로 향하고 있을 때였다. 도중에 한성으로부터 온 급보를 받았다.

평안도 파저강을 넘어 이만주와 달달족 대군이 여연을 위협하고 있다. 일만 명이 넘는 이들 대군은 여연을 휩쓸고 함길도로 향할 것이라고 하니 김 도절제사는 일각도 늦추지 말고 모든 병사를 독려, 이만주의 연합군을 막으라.

달달족이란 원나라 패망 후 흩어진 몽골족들로, 여러 갈래로 뭉쳐 세력을 이루고 있었다.

박이녕과 하한이 급보를 직접 가지고 왔다.

"전하께서 친서와 함께 부월과 새 활을 내리셨습니다."

세종 임금이 한성에 간 박이녕과 하한을 임금의 침실에 직접 불러 부월과 새 활을 주며 김종서에게 전하라 명했다는 보고였다.

"평안도 도절제사 한확은 어떻게 되었느냐?"

김종서가 물었다. 적이 강을 넘어왔는데도 나서는 관군이 없다는 것이 이상했다.

"한확 감사는 친상을 당해 낙향 중이라고 합니다."

박이녕이 대답했다.

"종성과 회령에 있는 모든 군사를 갑산으로 집결시켜라. 각 고을에 있는 잡색군도 모두 동원하라."

잡색군이란 정규군이 아닌 예비군을 말한다.

삽시간에 집결한 조선군은 삼천 명이 넘었다. 김종서는 박이녕을 중군, 조석강을 좌군, 이징옥을 우군으로 삼아 전투 진영을 갖추고 낭림산맥으로 향했다. 이만주와 달달족 연합군이 만도, 강계를 거쳐 낭림산맥을 넘어올 것으로 예상했기 때문이다.

"적이 일만 명이라고 하나, 달달족과 이만주는 근본이 다른 종족이다. 말도 다르고 습관도 다르니 숫자만 많지 전력은 겁낼 것 없다. 우리 조선군은 일사불란하게 훈련을 받았으니 모두 일당백으로 싸울 수 있다. 승리는 우리 것이다."

김종서가 세종 임금이 보낸 활을 높이 쳐들고 절제사와 비장들을 격려했다.

조선군 선발 부대는 김종서의 예상대로 낭림산과 갑산 중간 지점 좁은 평야에서 이만주 연합군의 탐후부대와 조우했다. 일백여 명의 적은 모두 말을 타고 있었다.

"적은 기마에 능숙한 달달족이다. 모두 말에서 내려 말을 산위 숲 속에 숨기고 활로 대적한다."

김종서의 명대로 조선군은 모두 말을 숨겼다. 그러는 사이 우군 이징옥의 척후 부대가 산을 타고 여진연합군의 배후로 돌아갔다.

연합군이 거침없는 공세로 평야를 가로질러 산등성이에 이르렀을 때였다. 조선군 사령이 공격 깃발을 흔들었다. 순간 숲 속에서 화살이 비 오듯 쏟아졌다. 말 위에서 갑자기 돌아설 수도 없는 연합군은 당황했다. 때맞추어 후방으로 돌아간 이징옥의 탐후병들이 창과 칼을 휘두르며 연합군을 치기 시작했다. 연합군은 제대로 대항도 해보지 못하고 모두 항복하고 말았다.

삼십여 두의 말과 달달군 이십여 명을 사로잡은 조선군은 의기양양하게 진영으로 돌아왔다. 첫 전투에서 거둔 완벽한 승리였다.

그날 밤, 포로가 된 연합군과 달달인 병사들로부터 중요한 정보를 캐낸 박이녕이 김종서의 막사를 찾아왔다.

"장군, 잠잠하던 이만주가 왜 갑자기 달달인을 앞세우고 전쟁을 일으켰는지 알았습니다."

"이만주가 원래 믿을 만한 추장은 아니지만 갑자기 돌발 행동을 한 것이 이상하긴 했소. 그래 무슨 이유요?"

김종서는 낮의 전투에서 적의 화살이 스치고 지나간 팔꿈치 상처를 돌보며 물었다.

"도절제사님이 육진 개척이 끝나고 나면 제일 먼저 이만주를 쳐서 파저강 이후의 불안을 없앨 계획을 가지고 있다는 정보를 조선군으로부터 이만주가 입수했다는 것입니다."

"뭐야? 나는 그런 계획은 전혀 없는데……."

"그런 허위 정보를 주어 함길도 북쪽을 기습해서 조선군을 재기 불능케 해야 한다고 주장한 사람이 있답니다."

"그게 도대체 누구요?"

"확실하지는 않지만 여연에 주둔한 조선 병영에서 나온 정보라고 합니다."

"여연 병영? 그럼 또 박호문의 짓이란 말인가? 전하께서 용서하고 백의종군하라고 하셨는데……."

김종서는 어이없어 입을 다물지 못했다.

"아직 확신은 없습니다."

두 사람은 한동안 아무 말이 없었다. 김종서는 그런 허위 정보 때문에 이만주가 대군을 움직였다면 싸울 것이 아니라 이해를 시키는 것이 옳다는 생각이 들었다.

"싸우지 않고 이기는 것이 최상이라고 했지."

박이녕도 김종서의 말이 무엇을 뜻하는지 알고 빙긋이 웃었다.

"날이 밝는 대로 이만주와 달달족 추장에게 특사를 보내도록 준비하시오. 특사는 누구를 보내는 것이 좋을지도 생각 좀 해놓고. 자, 잠이나 자자."

김종서가 명을 내린 뒤 참았던 하품을 크게 했다.

그러나 이튿날 아침 김종서의 본영에는 뜻밖의 급보가 또 날아들었다. 함길도 북쪽 변경에 새로운 사태가 벌어졌다는 소식이었다. 홍패의 송오마지가 밤낮 이틀을 말로 달려 알려온 소식에 김종서는 크게 놀랐다.

"범찰이 사다노를 포위하고 투항을 요구하고 있습니다."

"뭐라고? 범찰 추장이?"

"무엇 때문에 그러느냐?"

"범찰은 이만주와 동맹을 맺고 여진 땅에서 조선군을 몰아내겠다고 합니다."

김종서는 다시 새로운 사실을 알았다. 여연에서 이만주가 군사를 동원한 것은 범찰과 내통이 되어서 한 일이고, 동서에서 함께 조선을 공략하자는 약조가 있었다는 것을 말해준다.

"그래, 지금 전황은 어떠하냐?"

김종서가 송오마지의 어두운 얼굴을 보며 걱정스런 표정으로 물었다.

"인근에 있는 울라합 추장에게 구원을 요청했습니다만……."

송오마지가 말끝을 흐렸다.

"결과는 모르고 왔습니다."

"홍패는 병력이 얼마나 되나? 거기 있는 조선 병사는 몇 명이나 되느냐?"

김종서는 한꺼번에 여러 가지 질문을 했다. 마음이 조급해졌다.

"홍득희 두령은 백여 명을 거느리고 있습니다. 조선 병사는 오십여 명 있는데 정정호라는 은성 절제사 소속 패두가 지휘하고 있습니다."

"범찰의 군사는 얼마나 되느냐?"

"이천 명이 훨씬 넘습니다."

"원래 범찰의 병력은 다 모아도 천 명이 안 되는데 이천 명이 무슨 말이냐?"

"이만주나 달달족 병사가 합세한 것 같습니다."

전선이 양쪽에서 벌어지고 있어 어려움이 겹친 상황이었다. 이 난국을 수습하기 위해서는 '동투서화(東鬪西和)' 전략을 써야 한다는 생각이 들었다. 서쪽의 이만주와는 오해를 풀도록 설명하여 여진과 달달족을 제자리로 돌려보내고, 동쪽에서는 홍득희와 울라합을 도와 범찰을 물리친다는 전략이었다.

김종서는 우군 절제사 이징옥을 불러 당부했다.

"이만주를 만나야 하오. 우리가 여진족을 친구로 생각하고 있는 것은 변함이 없으니 군사를 거두라고 설득하시오. 나는 군사 천 명을 거느리고 조석강 절제사와 함께 함길도로 가겠소."

김종서는 갑산을 떠나 사다노로 가는 도중 박이녕 절제사로부터 이만주와의 협상이 순조롭게 진행된다는 연락을 받았다.

그러나 사다노 외곽 종성에 도착한 김종서는 난감한 상황에 부딪혔다.

"홍득희 두령이 완전히 패하여 범찰의 포로가 되었습니다."

홍득희 산하의 늙은 참모인 여진족 퉁두산의 말이었다.

"울적합의 군사는 어떻게 되었느냐?"

"두만강 변에 배수진을 치고 있습니다만 범찰과 달달족이 워낙 강력해 손을 쓰지 못하고 있습니다."

"홍득희와 함께 전원이 포로가 되었단 말인가?"

"아닙니다. 대부분 홍득희 두령이 구출했습니다. 홍 두령은 우리를 구하려다가 포로가 되었습니다. 홍 두령과 함께 잡혀 있는 동지는 모두 십여 명입니다."

김종서는 사태 수습이 쉽지 않음을 느꼈다. 우선 급한 일은 홍득희의 안전이었다.

"범찰의 동정을 잘 살펴서 보고하시오. 사다노 여진족을 활용해서 적진 상황을 자세히 알아내야 합니다."

김종서가 조석강에게 명령을 내렸다.

한편, 적에게 포로가 된 홍득희의 사연은 이러했다.

홍득희는 종성에 왔다가 범찰이 사다노로 쳐들어왔다는 급보를 받고 달려갔다. 사다노는 이미 범찰과 달달인 손에 들어가 있었다. 홍패의 병력 대부분은 포위되어 꼼짝하지 못하는 상태였다.

홍득희는 그냥 보고만 있을 수 없었다. 함께 간 동생 석이, 한성서 온 천시관, 백규일 등 열 명이 칼을 휘두르며 말을 달려 포위망 한쪽을 뚫고 사다노로 뛰어 들어갔다. 백마를 재촉하는 홍득희의 신기에 가까운 칼 솜씨에 포위망은 쉽게 뚫렸다.

"조선 병사들과 사다노 홍패는 빨리 탈출하시오."

홍석이가 포위망 안에서 싸우고 있는 우군을 향해 소리쳤다.

"빨리 탈출하라!"

홍득희도 소리쳤다. 조선 병사 이십여 명과 사다노 동지 팔십여 명이 탈출에 성공했다. 그러나 홍득희 자신과 홍석이 등 열한 명은 미처 포위망을 뚫지 못했다. 홍득희의 백마와 번개같이 번뜩이는 칼 솜씨를 겁낸 적들은 섣불리 홍득희에게 덤비지 못했다.

사방팔방에서 덤벼드는 적들을 막아내던 홍득희는 탈출에 성공하는 듯했다. 그러나 뜻밖의 기습을 당했다.

유목민으로 말 다루기를 업으로 하는 달달인들이 야생마 잡는 밧줄 올가미를 던져 홍득희 백마의 목을 낚아챘다. 목에 밧줄이 걸린 백마는 비명을 지르며 꿇어앉고 말았다. 홍득희는 주저앉은 마상에서 하늘로 높이 튀어 올랐다가 떨어지면서 달달인 두 명의 가슴을 동시에 발로 찼다. 보통 무사가 흉내 낼 수 없는 신기였다. 그러나 뒤이어 달달인 병사가 던진 밧줄 올가미가 이번에는 홍득희의 발목을 걸었다. 홍득희는 속수무책으로 땅바닥에 쓰러지고 말았다.

홍득희와 부하 열 명은 모두 포로가 되고 말았다. 그러나 조선 병사를 비롯한 백여 명은 살아서 탈출할 수 있었다.

홍득희는 손발이 묶인 채 범찰 추장 앞에 섰다.

"네가 홍패의 두령이구나. 여자가 산적 두목이라니 대단하긴 하구나."

"나는 조선의 백성일 뿐이오. 범찰 추장, 당신은 나의 적이 아니니 우리를 모두 풀어주시오."

홍득희의 말에 범찰은 빙긋이 웃었다.

"너는 여진 사람들이 키웠다. 그런데 조선에 붙어서 여진 사람들을 못살게 했으니 그 죄 값을 치러야 한다."

"내가 여진 사람들 손에서 자란 것은 맞습니다. 그래서 여진 사람들을 배신한 일이 한 번도 없습니다."

"조선의 김종서가 우리를 몰살시키고 이 땅을 모두 임금에게 바치려 하지만 그렇게 쉽게는 안 될 거다."

"그건 터무니없는 거짓말입니다. 김종서 장군은 여진족을 같은 조선 사람처럼 아낍니다."

범찰은 홍득희의 말을 귀담아 듣지 않았다.

"너는 산적질 하기는 아까운 여자야. 네 재주가 아까워 내 네 번째 첩으로 받아주도록 하마."

홍득희는 기가 막혔다. 그렇다고 반발만 해서는 실리가 없다는 생각이 들었다.

"나는 어떻게 되든 상관없지만 여기 동지 열 명은 보내주시오. 이들은 아무 잘못이 없습니다."

"보내주라고?"

홍득희의 요청에 콧방귀를 뀌고 난 범찰이 음흉한 눈빛으로 홍득희의 몸매를 천천히 훑더니 말했다.

"내 조건을 들어주면 부하들은 보내줄 수도 있다."

보내준다는 말에 홍득희는 귀가 번쩍 뜨였다.

"무슨 조건인지 말해보시오."

"내가 낸 시험에 통과하면 풀어주겠다. 그러나 너는 남아야 한다."

"좋소."

원래 음흉하고 장난기 많은 범찰은 홍득희를 상대로 기상천외한 유희를 시작했다.

범찰은 사람 키 높이의 말뚝 열 개를 삼 보 간격으로 나란히 세웠다. 그리고 말뚝에 석이와 천시관 등 포로 열 명을 나란히 묶어 세웠다. 마치 처형을 할 때 같은 모습이었다. 범찰은 다시 열 명의 사람들 사이에 멧돼지 한 마리씩을 묶어서 세웠다. 식용으로 끌고 다니는 멧돼지였다. 사람과 사람 사이의 한 발짝도 안 되는 거리에 멧돼지 아홉 마리를 배치한 것이다.

"네가 말을 달리면서 화살을 하나씩 쏘아 포로들 사이에 있는 멧돼지를 전부 맞히면 포로를 풀어주겠다. 그냥 서서 쏘는 것이 아니라 말을 달리면서 마상에서 쏘고 지나가야 한다. 오십 보 밖에서 달려와 이곳을 지나면서 아홉 마리를 모두 죽여야 한다. 한 번 지나갔다가 되돌아서서 다시 올 수도 있다. 그러니까 두 번의 기회를 주는 것이다."

참으로 난감한 일이었다. 화살이 조금만 빗나가면 사람이 목숨을 잃을 수도 있었다. 더구나 말을 달리면서 마상에서 정확하게 아홉 발을 쏘아 모두 명중시켜야 하는 것이었다. 한 번 지나갔다가 되돌아오는 기회를 주었으니, 한 번 지나 갈 때 다섯 마리를 쏘아 죽여야 한다. 그것은 아무리 빠른 명사수라도 불가능한 일이었다. 우선 어깨의 화살통에서 다섯 대의 화살을 뽑을 시간이 없었다.

"만약 네 화살에 네 군사가 죽어도 할 수 없다. 멧돼지가 살아남는 놈이 있다면 그 숫자만큼 네 부하의 목숨을 내놔야 한다. 그리고 말을 달리다가 멈추거나 천천히 가면서 활을 쏘면 여기 둘러선 내 부하 일천 명이 모두 너를 쏘아 고슴도치를 만들어 버릴 것이다."

홍득희는 사방을 둘러보았다. 활과 창을 든 여진 병사와 달달인들이 먹이를 노리는 맹수처럼 홍득희를 노려보고 있었다.

선택의 여지가 없었다. 홍득희는 이 난제를 어떻게 해낼까 하고 생각했다.

"내 제안을 거부하면 저 포로들은 모조리 화살받이가 될 것이다."

범찰은 흥이 나서 계속 떠들었다. 참으로 희한한 제의를 한 자신이 자랑스러운 것 같았다.

"홍 두령, 절대 응하지 마시오. 저들은 어떻게 해서든 우리를 모두 죽일 것입니다."

천시관이 소리쳤다.

"홍 두령, 안 됩니다. 우리를 그냥 죽이라고 하십시오."

백규일도 흐느끼면서 소리쳤다.

"말과 활을 주시오."

마침내 홍득희가 결심했다.

"과연 배짱이 크군. 얘들아, 홍 두령을 풀어주고 말과 활을 돌려주어라."

범찰이 상기된 얼굴로 명령을 내렸다.

홍득희의 얼굴이 무섭게 굳어졌다.

홍득희는 화살 아홉 발을 전통에서 빼 왼쪽 옆구리에 찼다. 손이 쉽게 닿을 수 있는 곳이었다. 그리고 십 년을 함께해 온 백마에 올랐다.

말을 천천히 몰아 오십 보를 갔다. 출발점에 도착한 홍득희는 말뚝에 묶여 눈물을 흘리고 있는 부하들을 바라보았다. 맨 앞에 동생 석이가, 그리고 네 번째, 다섯 번째 말뚝에 천시관과 백규일이 묶여 있었다.

범찰도 긴장한 표정이었다. 주위를 둘러싼 여진 병사와 달달족의 얼굴 역시 잔뜩 굳어 있었다.

홍득희는 한 줄로 묶여 있는 행렬에서 거리를 어느 정도 두어야 할까 생각해 보았다. 가까이로 지나가면 실수 없이 정확히 쏠 수는 있으나 너무 빨리 지나가기 때문에 한 번에 다섯 발을 쏘기가 어렵다. 너무 멀리 지나가면 표적을 향할 기회는 많지만 정확도가 떨어진다. 목표물로부터 이십 보 정도 떨어져 달려야 다섯 발을 쏠 기회가 있을 것 같았다.

"홍득희, 준비되었느냐?"

범찰이 소리쳤다.

홍득희는 활을 잡은 왼손에 화살 두 대를 함께 쥐었다. 화살과 활의 중심을 함께 쥔 것이다. 그리고 시위를 당길 오른손에도 화살 세 대를 쥐었다. 화살 한 대는 시위에 걸어서 엄지와 검지로 당길 태세이고, 나머지 화살 두 대는 무명지와 새끼손가락으로 쥐고 있었다. 화살을 연속으로 쏘기 위한 기묘한 방법이었다. 화살 한 대를 쏘고 나서 즉각 다음 화살을 연속으로 쏘기 위해 고안해 낸 방법이었다. 전투가 벌어졌을 때 화살 두 대 정도는 이런 방법으로 쏜 일이 있지만 다섯 대를 모두 이러한 방법으로 쏘아 본 일은 없었다.

"네가 아무리 재주가 좋아도 부하들을 살려내지 못할 것이다. 어때? 지금이라도 항복하고 내 첩이 되어 나를 돕지 않겠느냐?"

범찰이 마지막 제의를 했다.

"추장답지 않은 말이오. 한 번 약속한 일을 뒤집으려는 거요? 약속은 틀림없이 지켜야 합니다."

홍득희가 여진 말로 대답했다.

"좋다. 시작하라!"

무안을 당한 범찰이 소리를 질렀다. 주변을 에워싸고 있던 범찰의 부하 천여 명이 일제히 시위를 당겨 홍득희를 겨냥했다. 여차 하면 홍득희의 몸이 고슴도치가 될 판이었다.

"두령님!"

말뚝에 묶인 홍패들이 일제히 고함을 질렀다. 절체절명의 목소리일 수도 있고 기적을 부르는 소망의 절규일 수도 있었다. 홍득희의 귀에는 힘내라는 소리로 들렸다.

홍득희는 말의 목을 다정하게 두드리며 나직하게 말했다.

"백마야, 너를 믿는다."

출발을 명하는 나팔 소리가 울렸다. 홍득희의 말이 땅을 박차고 달리기 시작했다.

십 보, 이십 보. 마침내 석이 말뚝 앞에 이르렀다. 홍득희의 첫 번째 화살이 번개처럼 석이 말뚝 옆의 멧돼지 머리를 정확하게 맞혔다.

"퍽!"

멧돼지가 비명을 질렀다. 두 번째 화살도 정확하게 멧돼지를 맞혔다. 세 번째, 네 번째 화살까지 멧돼지의 정수리를 정확히 맞히자 여진군 사이에 감탄이 터져 나왔다.

"우와! 명사수다."

"여자 귀신 아닌가?"

그러나 홍득희는 지나가는 동안 멧돼지 네 마리만을 맞혔다. 멧돼지들은 화살 일격으로 모두 숨이 끊어졌다.

되돌아서서 갈 때는 다섯 마리를 맞혀야 했다. 설마하고 지켜보던 범찰은 눈이 둥그레졌다.

"신궁이다. 저럴 수가……."

범찰은 옆에서 부하가 듣는 것도 아랑곳하지 않고 감탄했다.

홍득희는 말을 돌려 다시 오던 길로 달렸다. 허리에 찬 화살 다섯 발을 모두 뽑아 쥐었다. 활을 잡는 왼손에 두 개, 시위를 당기는 오른손에 세 개를 쥐었다. 먼저처럼 화살 하나는 시위에 물려 발사 태세를 갖추고 두 개는 나머지 손가락으로 쥐었다.

홍득희가 되돌아서자 웅성거리고 고함을 지르던 여진과 달달 병사들이 물을 끼얹은 듯 조용해졌다. 모두 홍득희에게 시선을 집중했다.

"모두 시위를 당겨라!"

범찰이 잊지 않고 부하들에게 지시했다.

홍득희는 백마를 달리기 시작했다.
첫 번째 화살이 날아갔다. 명중이었다. 예비로 쥐고 있던 다른 화살을 재빨리 시위에 쟀다. 다섯 번째 멧돼지가 짤막한 비명을 질렀다. 여섯 번째도 명중이었다.
"우와! 우와!"
조용히 보고 있던 여진 병사들이 다시 소리를 지르기 시작했다.
일곱 번째 화살이 날아갔다.
"꽥!"
다시 명중했다. 여덟 번째도 어김없이 멧돼지를 맞혔다. 이제 마지막 한 발만 남았다.
범찰도 숨을 죽이고 지켜보았다. 나무에 묶인 포로들은 모두 등에 땀이 흥건히 젖었다.
피융—.
마지막 아홉 번째 화살이 날아갔다. 홍득희와 말이 목표물에서 삼십여 보쯤 지난 위치였다. 홍득희는 마상에서 몸을 뒤로 비스듬히 돌린 채 활을 쏘았다. 홍득희의 매서운 눈초리가 마지막 멧돼지의 정수리를 뚫어지게 쏘아보고 있었다.
그러나 마지막 화살은 멧돼지의 정수리를 정확하게 맞히지 못하고 목줄에 꽂혔다.
운명의 화살 아홉 대가 모두 활시위를 떠났다.
"와, 와!"
병사들이 활이며, 창을 높이 쳐들고 홍득희의 신궁에 열광했다. 나무에 묶여 손에 땀을 쥐던 홍패들도 한숨을 돌렸다.
 홍득희가 범찰 앞으로 천천히 걸어가서 말에서 내렸다.
 "멧돼지가 모두 죽었는지 확인하라!"
 범찰이 명령하자 즉각 부추장들이 멧돼지를 확인하러 달려갔다.
 "한 마리는 아직 살아 있습니다."
 홍득희가 쏜 아홉 번째 멧돼지가 목에 화살이 꽂힌 채 아직 숨을 쉬고 있었다.
 "대단한 솜씨다. 하지만 약속은 약속이니까."
 범찰이 홍득희를 칭찬한 뒤 말을 이었다.
 "한 마리는 죽이지 못했으니 포로 열 명을 다 풀어줄 수는 없다."
 "명중시켰으니 약속을 지켜주시오. 저 멧돼지도 오늘을 넘기지 못할 것입니다. 즉사를 시켜야 한다는 약속은 아니지 않습니까?"
 홍득희가 항의했다.
 "시간을 두고 죽인다면 저 멧돼지들은 화살을 맞지 않아도 세월이 흐르면 너보다는 먼저 늙어죽을 것이다."
 범찰이 억지를 부리기 시작했다.
 "그래서 어찌 하시겠다는 것입니까?"
 "일단 포로를 모두 풀어서 이리로 데리고 오너라."
 범찰의 명에 따라 열 명의 홍패가 홍득희 옆에 와서 섰다.
 "두령님, 정말 놀랐습니다."

천시관이 귓속말로 얘기했다.

"멧돼지 한 놈을 못 죽였으니 포로도 아홉 명만 풀어주겠다. 어느 놈을 남길 것인지 정해라. 홍 두령한테 맡기겠다."

범찰이 크게 인심이나 쓰듯이 말했다.

홍득희는 절망스러운 눈으로 동지들을 돌아보았다.

"제가 남겠습니다, 누님!"

홍석이가 큰 소리로 말했다.

"아닙니다. 제가 남겠습니다."

나머지 아홉 명이 모두 앞으로 나섰다. 홍득희는 열 명의 동지를 다시 둘러보았다. 죽을지도 모르는 곳을 두목 따라가겠다는 동지들, 내가 희생되고 동지를 살리겠다는 전우애에 강철 같은 여자 홍득희도 눈물이 핑 돌았다.

"누님!"

홍석이가 간절한 눈빛으로 홍득희를 바라보았다.

"너는 안 된다. 너는 빨리 나가서 아저씨를 도와야 한다."

홍득희의 굳은 결심을 알아차린 석이는 더 이상 아무 말도 하지 않았다.

"홍 두령, 빨리 정해라."

범찰이 독촉했다.

"홍 두령, 내가 남아야 합니다. 다른 사람은 나가게 하십시오."

천시관이 비장한 표정으로 다시 말했다.

"좋소. 천 동지가 남으시오."

범찰은 약속대로 아홉 명의 포로를 풀어주었다. 홍패들은 뒤를 돌아보고, 또 돌아보면서 영영 이별이 될지도 모르는 홍 두령을 잊지 못했다.

"자, 이제 약속대로 홍 두령은 나의 네 번째 부인이 되는 것이다. 딴소리하지는 않겠지?"

범찰이 음흉한 웃음을 흘리며 말했다.

"결심을 해야 할 시간을 주시오. 나도 여자인데 팔자를 바꾸는 일에 대해 생각을 좀 해봐야 하지 않겠소?"

"허허허. 딴은 그렇기도 하겠다. 첩이 되는데도 절차가 있어야 하니 준비하는 동안 삼 일의 여유를 주겠다. 사흘 뒤에는 내 식구가 되는 것이다. 그동안은 따로 있을 곳을 마련해 줄 터이니 딴마음 먹지 말고 고분고분해야 한다."

풀려나온 홍석이로부터 범찰 영내의 사정을 들은 김종서는 길게 한숨을 쉬었다. 김종서는 일천 명의 군사를 거느리고 종성에 와 있었다.

"범찰의 군사가 천 명이라고?"

한참 생각하던 김종서가 홍석이한테 물었다.

"사다노에서 우리를 포위하고 있던 군사가 천 명쯤 되어 보였는데 배후에 달달족 병사가 천 명 정도는 더 대기하고 있는 것으로 보입니다."

"홍득희 두령을 첩으로 삼는다고 했는데 홍 두령이 그걸 받아들인 셈이군."

김종서가 힘없이 말했다.

"누님은 절대 받아들이지 않을 것입니다. 자결이라도 할 것입니다."

홍석이가 입술을 질끈 깨물면서 말했다.

"우리가 가서 구해내야 합니다."

듣고 있던 송오마지가 말했다.

"범찰은 여진 추장 중에서도 머리에 먹물이 든 자입니다. 이만주한테 속아서 출병을 한 것이 분명합니다. 싸우기 전에 우선 만나서 설득해 보는 것이 좋을 것입니다."

조석강 절제사가 의견을 내놓았다.

"우리 쪽에서 협상할 사람을 선정해서 우선 범찰 추장과 접촉을 해보는 것이 좋겠습니다."

송오마지가 다시 의견을 내놓았다. 한참 생각에 잠겨 있던 김종서가 입을 열었다.

"조석강 절제사는 범찰 군사를 물리칠 전략을 짜라. 달달족이 합세해서 쉬운 싸움이 되지는 않을 것이다. 송오마지는 우리 측 협상단의 우두머리를 맡아 범찰을 설득시킬 준비를 하시오. 범찰이 이만주에게 속고 있다는 것을 알려야 할 것이오. 나는 여진족을 조선 백성과 차별해서 대한 적이 한 번도 없소. 내 뜻을 잘 전하면 마음이 움직일지도 모르는 일이오."

김종서의 지시에 따라 송오마지는 홍패 두 명과 조선 병사 세 명 등 다섯 명을 거느리고 범찰을 만나러 여진 진영으로 들어갔다.

그동안 김종서는 조석강 절제사와 종사관, 비장들을 모아 전략을 논의했다.

아침에 떠난 송오마지 일행은 점심때가 훨씬 지나서 돌아왔다.

"범찰 추장을 만나고 왔습니다."

그러나 송오마지의 얼굴은 그리 밝지 않았다.

"그래, 내 뜻을 잘 전달했소?"

"잘 전달했습니다. 그런데 범찰이 엉뚱한 제의를 했습니다."

"엉뚱한? 하기야 범찰이 장난기가 심한 인물이기는 하지만……."

"장군님을 직접 만나 담판을 하자고 합니다."

뜻밖의 말에 모두 긴장했다.

"나와 직접 담판을 하자고? 무슨 담판을 하자는 말이오?"

"엉뚱한 짓을 잘하는 자라 무슨 소리를 할지 모릅니다."

"좋다. 내가 직접 만나서 얘기할 테니 종성 성안으로 들어오라고 하시오."

김종서의 말에 송오마지는 고개를 저었다.

"절대로 성안으로 들어오지는 않을 것입니다."

"그럼 내가 여진 진영으로 갈 수밖에 없겠군."

김종서는 결연한 눈빛으로 말했다.

"그건 안 됩니다. 장군님이 여진 진영에 들어가면 홍 두령처럼 포로가 되고 맙니다."

이야기를 듣고 있던 홍석이가 의견을 냈다.

"성 밖에서 양쪽 군사가 지켜보는 가운데 중간점에서 두 사람이 만나는 것이 어떻습니까?"

"음, 삼국지 흉내를 내자는 말이군."

김종서가 미소를 띠면서 말했다.

"범찰이 그 제의를 받아들일까요?"

조석강이 말했다. 부정적인 목소리였다.

"아마 받아들일 것입니다. 범찰도 장군님을 겁내기 때문에 싸우지 않고 해결하기를 은근히 바라고 있을 것입니다."

김종서는 위험한 일이기는 하나 싸우지 않고 홍득희를 구하는 길이 될 수도 있다고 생각했다.

"송오마지는 다시 가서 제의를 하시오. 양쪽 군사는 백 보 밖에서 기다리고 부장 한 사람씩만 데리고 나와서 담판을 하자고 하시오."

범찰은 김종서의 제의를 받아들였다. 곧이어 종성 성문 밖에 양쪽 군사 천 명씩이 백 보 거리를 두고 대치한 가운데 김종서와 범찰이 마주 앉았다. 김종서는 세종 임금이 하사한 활을 메고 가려고 했으나 무기는 안 된다고 하는 바람에 맨몸으로 송오마지를 데리고 나갔다.

"범찰 추장, 오랜만이오."

김종서는 범찰을 몇 번 만난 일이 있기 때문에 구면이었다. 오척 단구의 보잘것없는 김종서의 체구에 비해 범찰은 육 척의 거구에 허리가 회암사 절 기둥만 했다.

"도체찰사님, 정말 오랜만입니다."

서로 인사를 나눈 뒤 이런 상황이 오기까지의 경위를 김종서가 차근차근 설명했다. 결국은 이만주가 조선 병영의 잘못된 정보를 오해해서 생긴 일이란 설명이 핵심이었다. 범찰은 김종서의 말에 대해 어떻게 생각하는지 속내를 드러내지 않았다. 한참 만에 김종서가 홍득희에 관한 말을 꺼냈다.

"홍패는 조선 백성이고 군사가 아니니 포로로 잡을 수는 없소. 즉각 돌려주기를 바라오."

김종서의 말에 범찰은 빙그레 웃으며 대답했다.

"홍득희와 홍패는 우리를 공격했습니다. 나는 홍득희를 포로로 잡았고요. 사흘 뒤에 홍득희는 내 네 번째 부인이 될 것이오."

김종서는 피가 거꾸로 도는 것 같은 분노가 확 치밀어 올랐으나 애써 참았다.

"홍득희를 풀어주시오. 만약 홍득희를 그대로 잡아두면 큰 전쟁이 일어날 것이오. 나는 전쟁을 원하지는 않소."

"하하하. 홍득희가 내 마누라가 된다니까 펄쩍 뛰는군요. 두 사람이 가까운 사이라도 되나. 나와 한번 겨뤄 이기면 홍득희를 놓아주겠소."

호사가인 범찰이 엉뚱한 제의를 했다.

"무슨 내기를 하자는 거요?"

"김 도체찰사와 내가 목숨을 걸고 대장부답게 한판 겨룹시다. 내기를 해서 나한테 이기면 홍득희를 마음대로 하시오. 하지만 내가 이기면 홍득희는 내 식구가 되는 것이오. 어떻소? 한 번 해 보시겠소?"

문신 출신에다 빈약한 체구의 김종서한테 황소 같은 무골 범찰의 제의는 누가 보아도 공평하지 않았다.
"일대일로 하자는 것이지요?"
"그렇습니다."
범찰은 여전히 빙긋이 웃으며 김종서를 넘겨다보았다.
김종서는 즉석에서 대답했다.
"좋소. 일대일로 합시다."
범찰이 의외라는 듯 놀라는 표정을 지었다. 그러나 곧 회심의 미소를 띠며 입을 열었다.
"이 내기는 순전히 홍득희라는 여자를 두고 하는 것입니다."
"더 큰 것을 걸어도 좋습니다."
"더 큰 것이라니요?"
범찰은 어림도 없는 내기인데 무슨 배짱으로 더 큰 것을 걸자고 하는지 가소롭다는 표정을 지었다. 김종서가 아무리 지략이 뛰어나고, 병법에 능하다고 하나 개인 한 사람으로서는 보잘것없다고 범찰은 생각했다. 김종서가 무슨 제의를 하든 범찰은 자신이 있었다.
"만약 내가 이기면 홍득희와 천시관을 풀어주는 것은 당연하고······."
"그리고?"
"범찰 추장은 군사를 이끌고 사다노를 떠나는 것입니다. 옛날처럼 조선과 우호적인 관계로 돌아가는 것입니다."
김종서의 역제안을 듣고 있던 범찰은 그거야말로 자기가 바라던 일이란 듯이 대답했다.

"그렇게 과한 내기를 해도 괜찮겠습니까?"

"약속을 지킨다면 해볼 만한 내기입니다."

김종서는 배짱 크게 제안을 했지만 과연 범찰이 어떤 내기를 들고 나올지 몰라 심사가 편안하지는 않았다.

"호랑이 사냥으로 합시다."

"예? 호랑이 사냥이라고요?"

"호랑이가 호랑이와 대결하는 것은 볼만하지 않겠소?"

범찰은 김종서의 별명이 대호(大虎)라는 것을 두고 내기를 제안하는 것 같았다.

"두만강 변에 호랑이 두 마리를 풀어놓고 활로 쏘아 죽이는 내기가 어떻소? 김 장군은 항상 활을 어깨에 메고 다녔으니 해볼 만하지 않소?"

"호랑이 두 마리를 풀어놓고 쏘아 죽이는 내기라고요? 그게 무슨 내기가 되오?"

김종서가 얼른 납득이 가지 않아 되물었다.

"마침 달달인 부장이 백두산에서 호랑이 두 마리를 생포해서 데리고 다니고 있습니다. 이 호랑이를 한 마리씩 강변에 풀어놓고 활로 사냥을 하는 것입니다. 화살은 세 발만 주고 호랑이와 일대일로 맞서서 싸우는 것입니다. 화살 세 발을 쏘아 호랑이를 잡지 못하면 물론 어떻게 되는지는 알겠지요?"

"호랑이 밥이 되겠지요. 허나 두 사람 다 호랑이를 잡는다면 무승부가 될 것 아니오?"

김종서는 범찰의 괴팍한 취미에 자신이 말려든다는 생각이 들었다. 그렇다고 해서 꽁무니를 뺄 수는 없었다.
"하하하, 과연 그럴까요? 호랑이 사냥은 내가 먼저 하겠소. 내가 호랑이를 어떻게 사냥하는가를 보시고 그다음 차례로 하시면 됩니다."
범찰이 빙긋이 웃으면서 말했다.
"내가 먼저 하다가 호랑이한테 잡아먹히면 싱겁게 끝날까 봐 먼저 하겠다는 거로군요?"
"허허허, 뭐 꼭 그렇다기보다는……."
범찰이 거만을 떨며 웃었다.
"호랑이가 우리를 상대하지 않고 도망을 칠 수도 있지 않소?"
"물론 그럴 수도 있겠지요. 하지만 호랑이 두 마리를 며칠 굶겨놓으면 물불 안 가리고 덤벼들 것입니다. 사다노 입구의 두만 강변에 내기하기에 아주 적당한 장소가 있습니다. 두만강을 배수의 진으로 생각하고 돌아서면 앞은 가파른 바위 절벽이 가로막습니다. 강의 양쪽 옆만 군사들이 방패로 막아서면 호랑이는 갈 곳이 없습니다. 마주 선 나와 결판을 내야지요."
"추장은 오래전부터 이런 생각을 하고 있었소?"
범찰이 신이 나서 떠드는 모습을 보고 김종서가 물어보았다.
그러나 범찰은 웃음으로 답을 대신했다.
김종서는 내심으로는 범찰에게 완전히 말려들어 터무니없는 내기를 하는 것 아닌가 하는 생각도 들었다. 그리고 호랑이를 활 한 자루 들고 과연 이길 수 있을까 하는 걱정도 생겼다. 그러나 여기서 물러설 수는 없었다.

"좋소."

김종서가 승낙의 말을 던지자 얼굴이 새파랗게 질린 사람은 옆에 배석했던 송오마지였다.

"장군님!"

송오마지는 눈물이 글썽한 눈으로 김종서를 바라보았다. 이 일을 어찌 감당할 수 있느냐는 절망에 찬 표정이었다.

그러나 오 척 단구의 김종서는 당당하게 보였다. 범찰의 우람한 체구에 눌리지 않았다.

"언제가 좋겠소?"

범찰이 물었다.

"언제라도 응대하겠소."

"그럼 사흘 뒤 오(午)시로 정합시다. 그동안 호랑이를 굶겨서 준비를 시켜야 하니까요. 강변의 서쪽은 우리 군사가 봉쇄할 테니 동쪽은 조선 군사가 봉쇄하시오."

범찰은 시종 신이 나서 떠들었다.

본영으로 돌아온 김종서의 얼굴은 심각했다. 범찰 앞에서는 기죽기 싫어 내기를 승낙했지만, 걱정이 이만저만이 아니었다.

"범찰은 전쟁으로 단련된 몸입니다. 육 척이 넘는 체구에 그가 늘 지니고 다니는 만곡궁(彎曲弓)은 보통 사람이 시위를 당길 수도 없는 엄청난 활입니다. 이백사십 보나 나간다고 합니다."

송오마지가 크게 걱정했다.

"어딘가 함정이 있는 것이 틀림없습니다. 그런 실없는 내기는

화살 한 대에 목숨을 걸고 215

집어치우고 오늘 밤이라도 기습을 감행해서 범찰을 무찌릅시다."

백규일이 의견을 내놓았다.

"백 동지 말이 옳습니다. 기습할 수 있는 방법은 충분히 검토해 놓았습니다. 기습은 빠를수록 좋습니다."

조석강도 강력히 기습을 주장했다.

"그럴 수는 없다. 대장끼리의 약속이다. 만약 내가 이 약속을 지키지 않는다면 장차 여진족이나 달달인 추장들이 조선을 믿겠느냐? 야인을 상대할 때는 그들이 법을 어기더라도 우리는 지켜야 이기는 것이다."

김종서의 결심은 확실했다.

"내가 세종 임금님의 명을 받아서 이 활을 메고 다닌 지도 이십 년이 가깝다. 그동안 내가 이 활을 장식품처럼 메고만 다닌 것이 아니다. 틈틈이 살을 쏘아 명중률을 높여왔다. 아마 표적을 정확하게 맞히는 적중률은 나를 따를 사람이 별로 없을 것이다."

김종서의 설명을 들은 부장들은 조금 안심이 되는 듯했다.

"아저씨, 그런데 그 활은 정확히 맞출 수 있을지는 몰라도 힘이 약해서 호랑이를 단발에 죽이기는 무리입니다."

홍석이가 말을 이었다.

"다른 활을 쓰시는 것이 좋겠습니다."

"다른 활이라니?"

김종서의 질문에 홍석이가 길게 설명을 했다.

"조선에는 원래 맥궁(貊弓)이라는 고구려 때부터 써오던 활이 있습니다. 성능이 뛰어나 동이족의 활이라고도 합니다. 그 외에도 무소뿔로 만든 각궁이나, 활 허리를 굽혀서 손에 잡기 좋게 만든 만궁, 혹은 만곡궁이라는 활도 있습니다. 지금 아저씨가 메고 다니시는 활은 단궁(短弓)에 속합니다. 단궁은 길이가 짧아 간수하기는 편리하지만……."

"그러나 이 활은 전하가 주신 것이고 내가 이 활에 익숙해져서 활이 아니라 내 몸과 같으니라."

"그 활로 호랑이를 정확히 맞힐 수 있을지는 몰라도 단발로 죽이는 데는 무리가 있습니다."

활과 함께 살아온 홍석의 말이었다. 홍석은 어릴 적부터 아버지가 갖바치였기 때문에 짐승의 뿔이나 가죽, 뼈를 사용한 활 제조법을 많이 알고 있었다.

"임금님께서 아저씨께 주신 활은 단궁(檀弓), 즉 박달나무 활입니다. 길이가 넉자라서 마상에서 사용하기도 좋고 아저씨의 체구에도 맞습니다. 거리도 팔십 보는 충분히 나갈 것입니다. 그러나……."

"전하가 내리신 이 활로는 호랑이를 죽이는데 무리가 있다는 말이지?"

김종서는 어깨에 멘 활을 내려서 만져 보았다.

"그냥 사람을 쏘아 죽이는 데는 부족함이 없습니다만 호랑이는 좀 어렵습니다."

"전하가 나한테 이 활을 주실 때 어디에 쓰느냐고 내가 여쭈었지. 그때 전하는 미소를 지으시며 짐승을 쏘라고 하셨다. 오늘날 내가 이런 지경에 이를 것이라는 것을 아시고 하신 말씀 같았어."
 김종서가 활을 다시 쓰다듬으며 말했다.
 "앞으로 짐승 같은 사람을 꼭 쏘아야 할 일이 있을 것입니다."
 신비로운 옛일을 많이 알고 있는 송오마지가 마치 예언이라도 하듯 말을 했다.
 "아저씨가 허락하신다면 제가 아저씨 활을 손보아 드리겠습니다."
 홍석이가 제안했다.
 "네가?"
 김종서가 뜻밖이라는 표정으로 턱수염을 쓰다듬으며 되물었다. 김종서의 수염은 벌써 희끗희끗하여 오십 대의 나이를 감추지 못했다.
 "석이는 아버지로부터 활 메는 비법을 배워 사다노에서 가장 강한 활을 많이 만들었습니다."
 송오마지가 설명했다.
 "어떻게 만들 것인데?"
 김종서가 다시 물었다.
 "만드는 것이 아니고 아저씨의 활에 화살의 돌파력을 높여주는 보강을 해보려는 것입니다."
 "그러면 한 방으로 호랑이를 죽일 수 있을까?"
 "물론입니다. 만약 한 방에 호랑이를 죽이지 못하면 두 발을 쏠 여유가 없이 호랑이에게 당하고 말 것입니다. 호랑이가 멀리 있을 때 쏜다면 두 발 쏠 여유가 있겠지만 멀리 있을 때는 이 활로 호랑이를 잡을 수 없습니다. 따라서 승부는 호랑이가 가장 가깝게 왔을 때 단 한 방으로 죽여야 합니다."

홍석이의 설명을 듣고 있던 김종서가 고개를 끄덕였다.

"네 말이 옳다. 호랑이가 가장 가까이 왔을 때를 어느 정도로 보느냐?"

"삼십 보 이내로 보아야 할 것 같습니다."

"삼십 보라……."

김종서가 먼 하늘의 구름을 바라보며 생각에 잠겼다.

옛날 승정원 신참으로 있을 때 경복궁에 들른 수양대군이 김종서의 활을 보고 하던 말이 생각났다.

"아바마마가 그 활로 짐승을 쏘라고 하셨다는데, 사냥하는 활은 그런 활이 아니오. 사냥하려면 아무리 짧아도 동개활 정도는 돼야 합니다. 백팔십 보 이상은 나가야지요. 그건 기껏 팔십 보쯤 나갈 텐데. 가까이 있는 사람이나 쏠 때 쓰는 거지……."

활과 사냥을 즐기던 수양대군의 말이어서 기억에 남아 있었다.

홍석이가 김종서의 활을 보강하기로 결정했다. 결전의 날까지 사흘이 남아 있었다. 그 시간이면 활을 충분히 고칠 수 있다고 장담했다.

홍석이는 박달나무로 된 김종서의 단궁(短弓)에 무소뿔을 덧대어서 탄력이 거의 배로 늘어나게 했다. 무소뿔로 만든 각궁의 장점을 첨가한 것이다. 시위도 소의 힘줄로 바꾸어 탄력이 훨씬 강하게 만들었다. 활을 보강하기 위해서는 활대를 깎아내고 아교로 붙이는 까다로운 작업과 아교를 굳힐 시간이 필요했다. 사흘이면 충분했다. 화살을 짧게 만들어 속을 파내고 납을 넣어서 더 무겁게 만들었다. 화살이 무겁고 짧으면 멀리 가지 못하지만 파괴력이 강해져 호랑이의 두개골을 충분히 뚫을 수 있게 된다.

마침내 사흘이 지나가고 결전의 날이 밝았다.

김종서는 일천 명의 조선 군사를 거느리고 지정된 두만강 변으로 갔다. 범찰은 벌써 와서 서편 모래사장에 진을 치고 있었다.

김종서는 동쪽 모래사장에 군사들로 세 겹의 방패를 만들었다. 맨 앞줄의 병사들은 방패로 앞을 가려 마치 방패 담장을 만든 것처럼 보였다. 강물에서부터 바위 절벽에 이르기까지 튼튼한 벽이 만들어졌다. 호랑이가 달려와도 뚫을 수 없었다.

김종서는 전투복이 아닌 가벼운 바지저고리를 입었다. 투구도 쓰지 않고 망건만 한 채로 활을 메고 나섰다. 어설픈 시골 농부가 맹수를 잡겠다고 나선 행색과 다를 바가 없었다.

"도체찰사 나으리, 그렇게 하시고 호랑이를 잡으러 가시려 합니까?"

조석강이 놀라서 물었다.

"걱정하지 마시오. 전투에 나갈 때는 투구와 갑옷을 입어야 하지요. 투구와 갑옷은 적의 화살이나 창을 피하기 위한 것이지요. 활 쏘는 호랑이나 창칼 휘두르는 호랑이 보았소?"

김종서가 웃으면서 말하자 모두 고개를 끄덕였다. 투구와 갑옷은 무게 때문에 사냥에 짐이 될 뿐이었다.

"하지만 호랑이가 덤벼들 경우도 있지 않습니까?"

조석강이 다시 걱정을 했다.

"그런 경우는 없을 것이오. 만약 내가 호랑이 밥이 된다면 호랑이가 갑옷 벗기는 수고는 덜게 되겠지."

김종서의 간담 서늘한 농담에 모두 입을 다물었다.

"그러면 예정대로 시작합니다. 내가 먼저 호랑이를 해치우겠으니 잘 보아두시오."

범찰이 여진족 특유의 전립과 가슴만 가리는 간단한 갑옷을 입고 나오면서 큰 소리를 쳤다. 여섯 자가 훨씬 넘는 만곡궁을 들고 나왔다. 전통에는 화살 세 발이 꽂혀 있었다.

"호랑이를 풀어라!"

범찰이 소리를 질렀다. 바위 절벽 위에서 달달족 병사들이 상자에 갇힌 호랑이를 풀어놓았다.

황소만큼 덩치가 큰 호랑이가 산이 떠나갈 듯 포효하며 바위 절벽을 타고 강 쪽으로 내려오기 시작했다. 바위 절벽은 가팔라서 사람은 도저히 오르내릴 수 없는 경사지만 호랑이는 억센 발톱으로 바위틈을 딛고 버티고 서서 모래사장 위에 서 있는 범찰을 노려보았다.

호랑이를 올려다보는 범찰의 눈도 살기로 가득 찼다. 이천여 군사가 모두 숨을 죽이고 사람과 맹수의 팽팽한 신경전을 지켜보았다.

범찰과 호랑이의 거리는 백 보가 훨씬 넘어 보였다. 팽팽한 눈

싸움은 오래가지 않았다.

피융—.

범찰의 화살이 호랑이를 향해 날아갔다. 백 보나 떨어져 있던 호랑이도 동시에 바위 절벽을 번개처럼 빠르게 타고 내려왔다.

"어흥!"

호랑이가 비명을 질렀다. 범찰의 화살이 호랑이의 가슴을 맞혔다.

"우와! 우와!"

여진군 진영에서 감탄과 함성이 하늘을 찔렀다.

"우리 추장 만세!"

껑충껑충 뛰는 병사도 있었다.

그러나 호랑이도 만만치 않았다. 가슴에 화살이 꽂힌 채 계속해서 바위 절벽을 타고 내려왔다.

핑—.

범찰의 두 번째 화살이 날아갔다. 이번에도 가슴에 명중했다. 그러나 호랑이는 쓰러지지 않고 계속해서 범찰에게로 달려왔다.

"저런, 저런."

"큰일 났다. 추장을 지켜라!"

"호랑이를 죽여라!"

여진 진영에서 비명이 터져 나왔다. 그때 범찰의 세 번째 화살이 다시 날아갔다. 동시에 여진 병사들이 쏜 화살도 수백 발이 날아가 호랑이를 고슴도치로 만들었다. 순식간에 일어난 일이었다. 거대한 호랑이는 백사장에 수백발의 화살을 맞고 피를 흘리며 쓰러졌다.
"이놈들아! 내가 죽였는데 왜 화살을 쏘느냐?"
어이없는 결과에 범찰이 크게 화를 내며 발을 동동 굴렀다.

"범찰의 활은 멀리 나가기는 했으나 위력이 떨어지니까 단발로 죽일 수가 없었습니다."
조석강이 손에 땀을 쥐고 호랑이 사냥을 지켜보고 있다가 말했다.
"화살의 위력도 문제지만 급소를 잘못 짚은 것입니다. 맹수는 미간을 정확하게 쏘지 않으면 단번에 쓰러지지 않습니다."
홍석이가 설명을 덧붙였다.
"범찰이라면 호랑이 사냥을 수없이 했을 것인데 저런 실수를 하다니……."
송오마지도 한마디 거들었다.
"범찰의 작전은 한 발이 아닌 세 발을 쏘는 것이야. 멀리 있을 때 한 발을 쏘아 호랑이의 기를 꺾고, 두발을 명중시켜 동작을 느리게 만든 뒤 마지막 한 발로 숨통을 끊으려 작정한 것인데 부하들이 잘못 알고 화살을 퍼부은 거야."
김종서가 결론을 내렸다.
그때였다. 범찰이 김종서를 향해 걸어나왔다. 김종서가 마주 걸어나갔다. 두 사람이 백사장 위에서 마주 섰다.
"축하하오. 맹호를 잡았군요."
김종서가 먼저 입을 열었다.

"내가 죽여놓은 것을 아이들이 실수를 한 거요."

범찰은 겸연쩍게 웃으며 말했다.

"어쨌든 호랑이를 잡은 것을 인정합니다."

"어째 마음이 개운하지 않습니다. 도체찰사가 호랑이를 맞히기만 하면 이긴 것으로 하겠습니다."

기가 죽은 범찰이 수정 제의를 했다.

"아니오. 나도 호랑이를 반드시 잡겠소."

"만약 도체찰사가 호랑이를 죽인다면 더욱 확실하게 나한테 이긴 것으로 하겠소."

범찰은 김종서의 말을 우습게 받아들이는 것 같았다.

"그럼 홍득희와 천시관을 돌려보내는 것이지요?"

김종서가 다짐을 했다.

"물론입니다. 홍 두령은 아까운 여자입니다. 내가 아무리 탐이 나도 식언을 하지는 않습니다. 도체찰사가 호랑이를 화살로 잡으면 물론이고, 명중만 시켜도 이긴 것으로 하고 홍 두령과 포로를 돌려보내겠소."

"좋소. 약속을 꼭 지키시오."

김종서는 다짐을 하고 건너편 여진족 진영 맨 앞에 서서 초조하게 김종서를 건너다보고 있는 홍득희를 바라보았다.

'득희야, 걱정 말아라. 이 아저씨가 반드시 너를 데려올 것이다.'

김종서는 마음속에 있는 말을 눈빛으로 홍득희한테 보내며 돌아서서 조선군 진영으로 왔다.

"김 장군, 준비되었습니까?"

여진족의 부장이 여진 말로 크게 외쳤다.

"준비되었습니다."

송오마지가 대답했다.

김종서는 동저고리에, 망건만 쓴 맨 상투 바람으로 활을 메었다. 전통도 메지 않고 홍석이가 특별히 만들어준 화살 한 대만 쥐고 걸어나갔다. 비장한 표정으로 걸어나가던 김종서가 갑자기 되돌아왔다.

그런 김종서를 보고 모두 의아해했다.

"이 가죽 전투화는 필요 없겠어. 모래 바닥은 맨발로 걷는 것이 가장 좋아. 신발을 신으면 발을 맘대로 움직일 수가 없거든."

김종서는 가죽신을 벗어버리고 맨발로 되돌아 나갔다. 누가 보아도 그런 모습으로 맹호와 겨룬다는 것이 우습게 보였다. 그러나 김종서는 당당하게 걸어나갔다.

"호랑이를 풀어라!"

범찰의 명이 떨어지자 암벽 위의 달달인 병사들이 우리에서 호랑이를 풀어놓았다. 엄청나게 큰 붉은 털의 호랑이였다. 호랑이는 하늘을 향해 크게 울부짖은 뒤 암벽 밑을 바라보았다. 보잘것없는 먹이가 있는 듯 한참 노려보다가 암벽을 타고 내려오기 시작했다.

모래사장 위의 이천여 병사들이 숨을 죽이고 바라보고 있었다. 홍득희도 두 주먹을 불끈 쥐고 호랑이와 김종서를 번갈아 보았다.

암벽을 거의 다 내려온 호랑이가 백사장으로 껑충 뛰어내렸다. 이제 김종서와의 거리는 오십 보도 채 남지 않았다.

"죽여라!"

"장군님! 쏘세요."

조선군 진영에서 절규에 가까운 고함이 쏟아졌다.

"으르렁!"

사람들의 함성에 흥분한 호랑이가 뒷발로 모래를 차내면서 김종서를 향해 무섭게 돌진했다. 남은 거리는 이십 보 남짓.

"으악!"

모두가 비명을 질렀다.

쌩—

그 순간 김종서의 화살이 호랑이의 머리를 향해 날아갔다. 화살은 자로 잰 듯이 정확하게 호랑이의 미간에 깊숙이 꽂혔다.

"어흥!"

호랑이가 하늘이 떠나갈 듯 크게 비명을 지르며 높이 뛰어올랐다. 다음 순간 호랑이는 모래 위에 떨어져 널브러졌다. 바로 김종서의 코앞에 철퍼덕 나자빠진 호랑이는 꼼짝도 하지 않았다.

"우와—"

사방에서 탄성이 터져 나왔다. 조선군 진영의 병사들은 미친 듯이 환호를 지르며 펄쩍펄쩍 뛰었다.

"호랑이가 숨이 끊어졌는지 보아라."

범찰이 사색이 되어 명령했다.

김종서는 이마에 흐른 땀을 소매로 훔친 뒤 침착하게 활을 다시 메었다. 그리고 호랑이의 고개를 손으로 들어 보였다. 두 눈을 부리부리하게 뜬 호랑이는 숨을 쉬지 않았다.

"죽은 것이 확실하오."

김종서가 범찰을 향해 소리쳤다.

싸움은 그것으로 끝이 났다.

"김 장군이 이기셨소. 정말 대단하오. 해동의 명궁임에 틀림없소."

범찰이 김종서를 추켜세웠다. 여진족 군사와 달달인들은 풀이 죽어 고개만 떨구고 아무 말도 하지 않았다.

"야만인을 무찌르자!"

조선군 병사 중의 누군가가 소리를 질렀다.

"누구냐? 조 절제사는 지금 소리 지른 놈을 찾아 엄중히 다스려라."

김종서는 불호령을 내린 뒤 범찰을 향해 사과했다.

"추장, 조선 병사가 흥분해서 한 말이니 개의치 마시오."

"나라도 그렇게 소리치겠소. 괜찮소."

범찰은 의외로 너그럽게 받아들였다.

"약속대로 홍득희 두령과 포로를 돌려보내겠소. 그리고 우리 군사도 모두 두만강 너머로 철수하겠소."

범찰은 깨끗하게 항복했다.

"약속을 지켜주어 고맙소. 우리 조선은 원래 여진을 형제의 나라로 생각합니다. 태조 성상께서 여진 군사의 도움을 받아 나라를 일으켰는데 어찌 여진을 적으로 삼겠습니까? 퉁드란(이지란)

장군의 업적을 우리는 기리고 있습니다."

김종서의 말에 범찰은 고개를 끄덕였다.

"이만주의 계략에 우리가 말려들어 낭패를 당했습니다."

얼마 후 홍득희가 백마를 타고 달려왔다. 김종서 앞에 이르자 말에서 뛰어내려 발아래 엎드렸다.

"아저씨, 아저씨!"

홍득희는 말을 잊지 못하고 울음을 터뜨렸다. 천시관도 홍석이와 오마지를 얼싸안고 기쁨의 눈물을 흘렸다.

"자. 모두 성안으로 들어가자."

김종서는 벗어 던졌던 가죽신을 다시 신고, 엎드려 있는 홍득희를 일으켜 세웠다.

11 음모의 천재들

 "아저씨, 저는 이제 다시 태어났습니다. 아저씨를 위해 남은 일생을 모두 바치겠습니다."

 풀려난 홍득희가 김종서 앞에 꿇어앉아 눈물을 펑펑 쏟으며 말했다. 자기를 위해 목숨을 내던지고 호랑이 앞에 나선 김종서에게 무엇이 아깝겠느냐는 심정이었다. 김종서가 구해주지 않았다면 야인 범찰의 첩이 되어 눈물의 일생을 보낼 뻔하지 않았는가.

 "홍득희 두령, 너무 그 일에 집착하지 말라. 내가 맨발로 나선 것은 꼭 너를 살리기 위한 것만은 아니었다. 나 혼자 싸워서 조선을 구한다면 기꺼이 나서지 않을 까닭이 어디 있겠느냐? 너도 조선의 백성이다. 당연히 내가 구할 수 있다면 해야 했을 것이다. 홍득희이기 때문에 나선 것은 아니니 너무 부담스러워하지 말고 힘이 닿는 대로 조선의 백성으로서 도와다오."

김종서는 홍득희의 어깨를 두드리면서 말했다. 그러나 속으로는 홍득희가 아니라면 정말 그렇게 목숨 걸고 선뜻 나섰겠느냐 하는 생각이 들어 혼자 씁쓸한 웃음을 지었다. 홍득희는 김종서의 권유로 사다노로 일단 돌아갔다.

싸우지 않고 두만강 너머로 여진군을 몰아내고 육진을 지킨 김종서는 임금의 소망이던 공험진으로 알려진 윤관의 옛 땅을 찾기 위해 분주한 나날을 보냈다.

"나으리, 고향에서 사람이 왔습니다."

김종서가 북진 공략 계획에 몰두해 있을 때 군비인 경비가 진영으로 찾아왔다.

"고향에서?"

김종서가 하던 일을 멈추고 문 쪽을 보았다.

"아버님, 저 승규입니다."

뜻밖에도 큰아들 승규가 동생 승벽과 함께 서 있었다. 마흔이 넘은 장남 승규는 아버지와는 달리 키가 크고 기골이 장대했다. 둘째 승벽은 아직 어린 티가 났지만 아버지보다는 훤칠하게 보였다. 승규는 서울 서대문 밖 아버지의 본가에서 살며 사복시(司僕寺)의 말단 관원으로 근무하고 있었다.

"네가 이곳까지 웬일이냐?"

김종서는 두 아들의 큰절을 받으며 적이 놀랐다.

"공주 어머니 소식은 듣느냐?"

김종서의 아내는 공주 향가에 내려가 있으면서 신병을 치료하고 있었다.

"자주 찾아뵙지 못하지만 신양은 별 차도가 없습니다."

세 부자는 그동안 나누지 못한 회포를 풀면서 밤이 이슥하도록 이야기꽃을 피웠다. 잠자리에 들 시간이 가까워서야 승규가 먼 곳까지 온 이유를 설명했다.

"아버님, 실은 한성의 궁정 기류가 수상하게 돌아가고 있습니다."

"수상하다니?"

김종서가 등잔불 심지를 돋우며 물었다.

"전하께서 힘이 많이 빠지시고 정사를 보는 혜안이 점점 흐려져 갑니다."

"아무리 주상이라도 연륜이야 속일 수 있겠느냐? 그런데 수상한 기운이란……."

"전하가 만약에 붕어라도 하신다면 세자가 무사히 등극을 하실 수 있을지 의심스러운 증좌가 나타나고 있습니다."

"세자 저하가 비록 문약하기는 하나 적자 장자이신데 천도를 방해할 세력이 어디 있겠는가?"

김종서가 수염을 쓰다듬으면서 말했다. 그러나 얼굴에는 어두운 그림자가 드리워졌다.

"야심을 품은 대군들이 있지 않습니까?"

승규가 이야기의 핵심으로 들어갔다.

"대군이라면 수양대군과 안평대군을 이르는 것 같은데, 수양은 천성이 곧고 괄괄해서 뒤에서 음모를 꾸밀 사람은 아니지. 그리고 안평대군은 권력 같은 것은 뜬구름으로 보고 무릉계곡에서 구름과 시를 주고받으며 산수와 더불어 일생을 보낼 사람이지."

김종서가 신경 쓰지 않아도 된다는 듯이 말했다.

"아버님, 그러나 요즘 징조가 그렇지는 아니합니다. 안평대군이 멋에 묻혀 권력에 초연한 척하지만 숨은 야망을 키우고 있다는 소문이 있습니다. 안평대군이 거처하는 백악산 뒤의 초야처럼 보이는 무릉계는 용상을 꿈꾸는 은신처라고 합니다."

"무슨 소리야?"

"안평대군의 책사라고 불리는 이현로라는 자가 있는데, 그자의 말이……."

승규는 이현로가 퍼뜨렸다는 정룡(正龍)과 방룡(傍龍)설을 이야기했다. 조선의 왕은 세종대로서 4대를 이어왔는데 장자가 왕이 된 일이 없었다. 장자가 왕위를 잇는 것을 정룡의 계승이라고 보고 방계, 즉 다른 형제나 조카가 잇는 경우를 방룡이라고 했다.

제2대 왕위도 계비 소생 8자인 방석이 세자로 내정되었다가 이루지 못하고 같은 방세인 정종에 이어 방원이 왕위를 이었고, 4대도 정룡인 양녕대군이 세자로 책봉되었다가 방룡인 충령 대군이 왕위를 이어 세종 임금이 되었다.

풍수에 재주가 있다는 이현로의 방룡설은 왕조가 정룡으로 전통을 잇지 못하는 것은 정궁인 경복궁의 위치 때문이라고 했다. 정궁을 백악산 뒤로 옮기지 않는 한 백악산 후방을 먼저 차지한 사람이 왕통을 잇는다는 풍수설을 내놓았다.

"안평대군이 방룡이라는 뜻인가?"

김종서가 승규한테 물었다.

"그렇습니다. 그런데 이 백악산 방룡설에 발끈한 사람이 수양 대군입니다."

"수양대군이야 당연히 그렇겠지. 장자 왕통 계승을 주창한 전하의 명을 지켜줄 사람 아닌가?"

김종서의 말에 승규가 고개를 저었다.

"아버님, 그게 그러하지가 않습니다. 수양대군이 발끈한 것은 안평이 왕이 되어서는 안 된다는 뜻이 아니고 자기가 왕이 되어야 한다는 뜻을 가지고 있습니다."

"뭐라고? 수양은 절대로 그럴 사람이 아니다."

김종서가 화를 벌컥 냈다.

승규는 더 이상 이야기를 하지 않고 아버지를 침실로 모시고 갔다.

이튿날 아침 문안을 드리러 찾아온 두 아들을 보고 김종서가 어젯밤 이야기를 다시 꺼냈다.

"나도 곰곰이 생각해 보았는데 수양대군이 성격이 괄괄하면서 야망도 넘치는 인물이야. 하니까 무슨 빗나간 생각을 잠깐 할 수도 있겠지."

승규는 아버지의 생각이 기울어졌다는 감을 잡고 이야기를 다시 시작했다.

"수양대군이 요즘 은밀하게 사병을 기르고 인재를 모으고 있습니다."

"사병을 두어서는 안 된다는 전하의 엄명이 있었는데……."

"사병이라기보다는 힘깨나 쓰는 건달들과 삼군부에 있는 야심에 찬 젊은이들을 은밀히 만나고 있습니다."

"어떤 젊은이들인가?"

"경덕궁 궁직 한명회라든가, 권람, 홍윤성, 이흥상, 유지광, 홍달손, 양정 같은 자들입니다."

"한명회는 양녕대군의 심복 노릇을 하더니 수양대군을 따른다고? 그리고 양정은 송희미의 휘하에 있던 패두 말이냐?"

"예. 북방 변경에 와서 송희미와 박호문 밑에서 군역을 한 일이 있지요."

"그렇지. 박호문이 가까이 하기도 했지."

"박호문도 요즘 수양대군과 은밀히 술자리를 자주 한다고 들었습니다."

"박호문이?"

김종서는 박호문이라는 말에 신경이 쓰였다.

"그러나 누가 음모를 꾸민다고 사직이 쉽사리 바뀌는 것이 아니다. 너희들은 그런 일에 너무 신경 쓰지 말고 말단에 있더라도 전하와 나라를 위하는 길이 무엇인가만 생각하며 살아야 한다. 자, 아침 먹고 사냥이나 한번 나가자."

김종서는 두 아들을 데리고 방문을 나섰다. 모처럼 만난 두 아들이 대견스러웠다. 그러나 앞으로 닥칠 피비린내 나는 자신의 운명은 전혀 예견하지 못했다.

"전하께서 병환이 심상치 않다니 걱정이다. 거기다가 세자 저하마저 문약한데, 만약 큰일이라도 생긴다면 사직이 위태롭게 된다. 왕실 안의 종친들 움직임도 심상치 않은데 내가 이곳 외방에 나와 있어 모든 일이 걱정되는구나. 내가 북방으로 떠나기 전 전하께서는 나를 침실로 은밀히 불러 세자와 세손을 지켜줄 것을 당부하면서 내 손을 잡고 눈물이 글썽해지셨다. 강인하고 대범한 전하의 약한 모습을 보고 차마 한성을 떠날 수 없었으나, 국가적 중대사라 떠나오지 않을 수 없었다. 너희들은 항상 전하와 세자 저하를 지킨다는 각오로 목숨을 아끼지 말아야 한다. 만약 왕실 종친들이 수상한 움직임을 보이면 즉각 나한테 알려라."

김종서는 승규와 승벽 두 아들을 다시 한양으로 보내면서 당부했다.

"명심하겠습니다."

"특히 안평대군과 수양대군의 측근들을 잘 살펴야 한다. 두 분은 형제이지만 생각하는 바가 서로 정반대이기 때문에 가늠하기 쉽지 않다. 극과 극은 한곳으로 통할 수도 있다."

두 형제는 아버지의 마지막 말이 무슨 뜻인지 잘 알지 못하면서 함길도 병영을 떠났다.

김종서는 군사 오백을 조석강에게 인솔하게 하여 공험진으로 갔다. 거기서 윤관 장군의 국경비를 찾으려는 것이었다. 그곳은 아직 여진군과 몽골군이 섞여 점령하고 있기 때문에 전쟁의 위험도 배제할 수 없었다.

"사다노에 가서 홍 두령에게 우리가 가는 방향을 알리시오. 위급할 때는 후방에서 도와야 한다고 전하고 공험진으로 오시오."

김종서는 사다노로 돌아가지 않고 김종서를 따르고 있는 송오마지에게 명령했다.

두만강을 건너 북쪽 칠백 리에 있다는 공험진으로 행군이 시작되었다. 여진족의 저항은 의외로 전혀 없었다.

김종서는 닷새에 수빈강 상류에 도착했다. 수빈강은 백두산에서 동북쪽으로 백이십 리를 흘러 공험진과 선춘령에 이른다. 강은 다시 동쪽으로 흘러 동해로 들어간다.

김종서는 강가에 진을 치고 병사들에게 휴식을 주었다. 그곳에는 조선 백성들이 여진족 사이에 흩어져 간간이 거주하고 있었다.

"이곳 조선 백성을 찾아 사정을 알아보고 관아를 맡을 만한 사람을 찾으시오."

김종서가 비장들에게 명을 내렸다. 그러나 이곳을 조선 땅으로 관리할 만한 인물은 찾아내지 못했다.

이틀을 머문 뒤 김종서는 북쪽으로 행군을 시작했다. 하루 만에 다시 수빈강에서 가장 강폭이 넓은 데에 도달했다.

"저쪽 왼쪽에 보이는 산이 공험진이라고 합니다. 옛날에는 광주라고도 했답니다."

조석강이 탐후대가 얻어온 내용을 보고했다.

"얼마 남지 않았군. 오늘 저녁은 저 산 밑에서 야영을 한다."

공험진의 복호봉이라는 산 아래에 도착했을 때 거기에는 뜻밖에도 홍득희가 부하 오십여 명을 거느리고 와 있었다. 허물어진 옛 성터인지, 풀밭 여기저기에 기왓장과 돌기둥이 흩어져 있었다.

"아니, 어찌 이렇게 빨리 도착했느냐? 사다노에서 여기까지는 칠백 리는 족히 될 터인데."

김종서는 홍득희를 보자 반갑기 그지없었다. 경성성에서 헤어진 지 달포도 되지 않았는데 꼭 몇 년 만에 보는 것 같았다.

"우리는 식량도 많이 가지고 다니지 않고 게다가 모두 산길에서 자란 기마 산적 아닙니까?"

홍득희도 반가움으로 얼굴에 홍조까지 띄우며 웃었다. 대담무쌍한 산적 두목이지만 세월은 비껴갈 수 없는지 눈가에 주름이 조금 잡혔다.

"여기는 옛날 경원 도호부 소속 어라손참 산성이었습니다. 고려 때 윤관 장군이 개척한 9성 중의 하나에 속하지요."

"오다가 여진 군사는 만나지 않았나?"

김종서가 홍득희와 나란히 앉으면서 물었다. 홍득희는 붉은 머리띠 대신에 머리를 길게 땋고 남자 바지저고리를 입고 있었다. 전혀 산적 두목 같아 보이지 않았다.

"오다가 몽골인들을 만났습니다. 처음엔 싸울 태세로 나왔지만 곧 서로를 알아보아 전투는 하지 않았습니다."

"서로를 알아보다니?"

김종서가 의아해하자 홍득희가 설명했다.

"공험진 일대는 원래 고려 땅이었는데 원나라의 후예를 자처하는 한길보지(汗吉寶只)라는 몽골족 장군이 점령하고 있었습니다. 그러다가 태종 대왕 때 이곳을 조선으로 환속하고 여진족 맹가첩목아를 만호로 임명하고 다스려 왔습니다. 그러나 맹가첩목아가 부하에게 피살되고 이 땅은 다시 주인 없는 땅이 되었습니다. 그런데 우리가 만난 몽골족 군사는 한길보지 장군의 손자로 남은 세력을 규합해서 떠돌아다니고 있었던 무리였습니다. 저와 여러 번 만난 적이 있었지요."

"그런데 득희 자네는 산적인데 어찌 그런 역사를 자세히 알고 있는가?"

김종서가 신기해서 물어보았다. 물론 김종서 자신도 북방 일대의 지리나 역사에 대해서는 박식했다.

"그게 모두 아저씨 덕택입니다. 옛날 아저씨가 임금님 명으로 여진 문자를 수집하러 와서 저보고 고성이나 버려진 비석이 어디 있는지 아느냐고 하지 않았습니까?"

"음― 그래서 고 비석 탁본을 많이 해왔지."

"맞습니다. 그래서 공부를 좀 했습니다. 국토에 대한 관심도 더 갖게 되고요."

홍득희의 말에 김종서는 고개를 끄덕였다.

"지금 아저씨가 찾고 계신 윤관 장군의 국경비는 아마 여기가 아니고 선춘령에 있을 것입니다."

"선춘령은 여기서 얼마나 되느냐?"

"제가 여러 번 가보았는데 한 이십여 리 됩니다."

"어째서 거기에 비석이 있을 것이라고 생각하느냐?"

"선춘령의 원래 지명은 선춘령, 선춘현, 또는 선춘점이라고 하는데 '점' 혹은 '참'이라고 하는 곳은 역참이나 역마가 있는 역으로 국경을 관할하는 곳이기도 합니다."

"네 말이 그럴 듯하다."

김종서는 홍득희한테서 뜻밖의 모습을 보았다.

김종서는 병사들이 임시로 주둔할 막사를 만든 뒤 말을 타고 혼자서 주변을 돌아보러 나섰다.

"아저씨, 저도 가요."

언제 왔는지 홍득희가 백마를 타고 따라왔다.

김종서는 반가웠으나 내색은 하지 않았다.

"어디 가는 줄 알고 나섰느냐?"

"빨리 선춘령에 가보고 싶으신 것 아닙니까?"

김종서는 그곳에 갈 생각은 하지 않았다. 그러나 홍득희의 말을 듣고 나서 문득 생각이 바뀌었다.

"기왕 나섰으니 가보자."

두 사람은 말을 재촉했다. 둘이서 말을 달려본 것은 이번이 처음은 아니었다. 경성에서 하룻밤을 함께 지내고 다음날 새벽 두만강변도 함께 달린 기억이 떠올랐다. 벌써 십여 년이 지난 일이었다.

두 사람의 말은 경쾌하게 산길을 달렸다. 길을 잘 아는 홍득희가 앞장서고 김종서가 뒤를 따랐다.

얼마 가지 않아 다시 개천이 가로 막았다. 얕아서 그냥 건널 수가 있었다.

"속평강으로 흘러가는 개천입니다."

홍득희가 설명하면서 단숨에 건넜다. 개천을 건너자 평지가 나타났다. 갈대와 잡초가 무성한 평야였다. 오른쪽으로는 얕은 언덕이 길게 꼬리를 물고 있었다.

평지 가운데 높다란 돌기둥 두 개가 서 있었다.

김종서가 다가가서 자세히 보았다. 이끼가 잔뜩 낀 돌기둥이었다. 원래는 건물의 일부로 쓰인 것 같았다.

"이것이 무엇이냐?"

"이것은 종각의 기둥이라고 합니다. 경성 도호부 시절 이곳 관아에서 세운 종각인데 엄청나게 컸다고 합니다. 이곳 관아가 야인들의 습격으로 망하고 난 뒤 종을 부숴서 쇳조각을 말에 싣고 갔는데, 말 아홉 필이 싣고 갔다는 말이 전해지고 있습니다."

김종서는 돌기둥 주변을 살펴보았다. 무너진 건물의 초석 같은 네모진 돌이 여기저기 잡초 속에 버려져 있었다. 그중에 김종서의 눈이 번쩍 뜨이는 것이 있었다.

"득희야, 이것 좀 보아라."

홍득희는 김종서가 가리키는 곳으로 다가갔다. 무성한 풀 속에 네모진 돌의 한쪽 귀퉁이가 보였다. 깎은 흔적이 있는 것으로 보아 그냥 버려진 돌은 아닌 것 같았다. 홍득희가 칼을 뽑아 풀을 베어내고 돌의 모습을 자세히 보았다. 땅에 묻혀 있는 돌의 한 부분이 모습을 드러내고 있었다.

"아무래도 비석 같은데요."

홍득희가 조심스럽게 말했다.

"그렇지, 비석이 아니면 무덤의 상석 같은 석물일 거야."

이것이 혹시 임금이 말하던 윤관 대원수의 국경비일지도 모른다는 생각이 김종서의 머리를 스쳤다. 갑자기 가슴이 뛰기 시작했다.

"한번 파보지요."

홍득희가 풀을 벤 다음 돌이 묻힌 흙을 파내기 시작했다. 김종서도 칼을 뽑아 함께 흙을 걷어내기 시작했다. 두 사람은 한 식경 이상 땀을 뻘뻘 흘리며 땅을 팠다. 흙을 파내려 가자 돌 모양이 네모난 비석처럼 보였다.

"이게 비석이 틀림없습니다."

마침내 비석이 완전히 드러났다. 홍득희가 흙투성이의 비석면에서 손으로 흙을 털어냈다.

"아저씨, 이것 보세요. 글씨가 모두 뭉개졌어요."

홍득희의 말대로 비석에 새겨졌던 글씨는 모두 뭉개져서 읽을 수가 없었다.

"옆으로 뒤집어보자."

홍득희는 말고삐를 비석에 감았다. 그리고 말의 힘을 빌어 비석을 흙구덩이에서 밖으로 끄집어냈다. 두 사람은 비석을 뒤집어 보았다. 그러나 사면 모두 글자가 뭉개지고 없었다.

"누군가가 일부러 글자를 깎아낸 거야. 아마도 야인들이 후대 사람들이 알아보지 못하게 지웠을 것이다."

김종서는 여기에 중요한 기록이 있었을 것이라고 생각했다. 안타깝기 그지없어 혀만 찼다.
"아저씨, 이것 보세요."
홍득희가 비석 이곳저곳을 살펴보다가 무엇인가를 찾아냈다. 비석의 밑바닥에서 글씨 넉 자를 발견한 것이다.
"여기 글자가 있어요. 비석 바닥은 미처 지우지 못했군요."
김종서는 손바닥으로 비석 바닥을 쓸고 글씨를 뚫어지게 들여다보았다.

고려지경(高麗之境)

네 글자는 분명하게 국경을 표시하는 글자였다. 김종서는 가슴이 벅찼다. 마침내 윤관 장군의 국경비를 찾아낸 것이었다.
"찾았다. 고려의 국경을 찾았다."
흥분한 김종서가 고함을 질렀다.
"아저씨, 우리가 찾았어요!"
홍득희도 흥분해서 김종서의 가슴을 와락 껴안았다. 키가 삭은 김종서와 키가 큰 홍득희의 얼굴이 맞부딪쳤다. 민망해진 김종서가 슬그머니 홍득희를 밀어냈다.
"고려의 옛 땅을 찾았으니 이제 조선의 국경을 여기까지 넓혀야 한다. 사다노서 칠백 리니까 함흥에서부터는 일천사백 리가 넘는구나."
김종서는 감격에 겨워 풀밭에 주저앉아 흙투성이 비석을 몇 번이나 쓰다듬었다.

김종서와 홍득희가 비석에 정신이 팔려 있는 동안 짤막한 북쪽 땅의 해가 지고 땅거미가 지기 시작했다.
 "여기를 잘 기억해 두고 공험진 본영으로 돌아가서 날이 밝으면 군사를 데리고 다시 와야겠습니다."
 홍득희가 돌아갈 차비를 했다.
 "임금님께 상주하고, 국경을 확정해서 도호부를 설치해야겠구나."
 김종서는 말에 올라타면서 비석을 몇 번이나 다시 돌아보았다. 벌써 사방이 어두워졌다. 반달이 떠서 사물의 윤곽은 분간할 수 있었다.
 "방향을 제대로 잡아야 본영으로 돌아갈 텐데."
 김종서가 앞장선 홍득희를 보고 은근히 걱정했다.
 "북극성을 보고 방향을 알 수 있습니다. 산길이 험하니 저를 꼭 붙어서 따라오십시오. 저는 이런 산길엔 익숙합니다."
 두 사람은 캄캄한 산길을 더듬거리며 말을 재촉했다.
 "오른쪽은 강입니다. 조심해서 말을 모십시오."
 앞장선 홍득희가 김종서에게 주의를 주었다. 그러나 금세 일이 벌어지고 말았다.
 철버덩!
 "아이쿠!"
 뒤따라오던 김종서의 말이 미끄러져 강으로 떨어졌다. 김종서도 말과 함께 강 밑으로 굴렀다.
 "아저씨!"

앞장섰던 홍득희가 재빨리 말에서 뛰어내려 강 밑으로 구르다시피 뛰어내려 갔다.

"히히힝—"

강 밑에 떨어진 김종서의 말이 비명을 질렀다.

"아저씨, 아저씨!"

홍득희가 목청껏 소리를 지르며 강으로 뛰어들었다.

"푸, 푸—."

갈대가 우거져 아무것도 보이지 않는 강 가장자리에서 김종서의 신음 소리가 들렸다.

홍득희는 갈대숲 속에서 간신히 김종서를 찾아냈다. 갈대 바닥은 거의 가슴에 찰 정도로 물이 차 있는 뻘 밭이었다.

홍득희는 뻘에 빠져 허덕이는 김종서를 간신히 찾아내 김종서의 옷자락을 잡았다.

"아저씨, 저를 따라오세요."

홍득희는 김종서를 뻘에서 끌어내기 위해 안간힘을 썼다. 그러나 김종서가 메고 있는 활이 갈대숲에 걸려 더욱 힘이 들었다.

"아저씨, 활을 버리세요. 갈대에 걸려요."

"안 된다. 이건 전하의 활이다. 차라리 내 목숨을 내놓더라도……."

김종서는 헉헉거리면서도 활을 포기하지 않았다.

홍득희는 필사적인 노력으로 마침내 김종서를 강둑으로 끌어올렸다. 그러나 온몸이 진흙 뻘에 젖어 몰골이 말이 아니었다. 밤이라서 보이지 않은 게 다행이었다.

"말은 어떻게 되었느냐?"

김종서가 가까스로 숨을 돌리며 물었다.

"뻘에서 나오지 못했습니다. 아마 죽었을 것입니다."

"다친 데는 없느냐?"

김종서는 자신의 몸은 돌보지 않고 홍득희를 걱정했다.

"저는 괜찮습니다. 아저씨, 다치신 데는 없습니까?"

"나는 괜찮다."

김종서는 어깨에 메고 있는 활을 다시 만져 보면서 말했다.

"아저씨, 제 말을 타세요. 여기서 오 리쯤 가면 허물어진 성곽 아래 화전민이 떠난 빈집이 있을 것입니다."

안장 하나에 두 사람이 타기 어려워 홍득희가 안장을 버렸다. 물에 빠진 생쥐 꼴이 된 홍득희가 먼저 말에 올랐다. 김종서는 홍득희의 뒤로 말에 올랐다. 안장이 없는 말이라 자연히 김종서는 홍득희의 허리를 껴안는 자세가 되었다.

"자, 단단히 잡으세요. 갑니다."

김종서는 여인의 허리를 껴안고 말을 타는, 평생에 없던 이상한 승마를 한다는 생각이 들자 쓴웃음이 나왔다.

두 사람은 한참 어둠을 달려 화전민의 허물어진 빈집에 닿았다.

"여기는 회질가라는 옛 성터입니다."

집 안으로 들어가서 홍득희가 부싯돌과 유황으로 불을 붙였다. 홍득희는 물에 젖지 않는 가죽 주머니에 항상 부싯돌과 유황을 가지고 다녔다. 아버지가 어릴 적 만들어준 주머니였다.

"우선 옷을 말려야겠구나."

김종서가 흠뻑 젖은 데다 뻘과 흙투성이가 된 홍득희를 보고 말했다. 김종서 자신도 벗어서 말리지 않을 수 없었다. 그러나 남녀지간에 옷을 말린다고 홀랑 벗을 수도 없는 딱한 처지였다.

"아저씨, 옷을 모두 벗어주세요. 집 뒤에 조그만 개울이 있는데 제가 가지고 가서 헹궈 올게요."

마른 나무를 모아 우선 불을 밝힌 홍득희가 김종서를 재촉했다. 그래도 김종서는 선뜻 옷을 벗지 못했다.

"젖은 옷을 그냥 입고 있으면 감기 걸릴지도 몰라요. 여긴 밤이 되면 아주 추워진답니다."

김종서는 망설이다가 옷을 벗기 시작했다. 전립을 벗고 전복도 차례로 벗었다. 흙투성이가 된 옷은 엄청나게 무거웠다.

옷을 모두 벗자 맨 상투 바람에 희끗희끗한 수염, 벌거숭이가 된 몸이 우습기 짝이 없었다. 나이를 속일 수 없는 몸이지만 그래도 단단한 편이었다. 화전민이 살던 폐가인지라 사람이 들어설 만한 방은 딱 한 칸밖에 없었다.

김종서는 뒤로 돌아앉아 벗은 옷을 내밀었다. 홍득희가 옷을 안고 집 뒤로 돌아갔다.

김종서는 임금에게 올릴 국토 경영에 관한 생각을 정리하느라 눈을 감고 누웠다.

한양에 간 두 아들은 어떻게 지내고 있는지 걱정이 되었다. 갑자기 임금이 승하하게 되면 주위의 세력이 어떤 모양으로 나올지도 걱정되었다.

가장 큰 근심은 안평대군의 추종자들과 수양대군의 사병들이었다. 특히 방룡설을 퍼뜨리고 있는 안평대군의 책사 이현로가 걱정스러웠다. 조선 건국 이후 4대인 지금의 임금까지 장남인 정룡이 왕이 된 적은 한 번도 없다. 그럼 5대왕인들 정룡이 왕이 된다는 보장이 어디 있는가? 더구나 지금의 세자는 몸이 성실하지 못한데다 세자빈이 없어 외척의 힘을 빌릴 수도 없었다. 세손은 어려서 아무 보탬도 되지 않았다. 그렇다면 가장 우려되는 것은 안평대군의 처신이었다.

'백악산 후방은 방룡의 자리입니다. 안평대군의 무릉계는 새로운 기운이 솟는 곳입니다.'

이현로가 했다는 말이 자꾸 귀에 쟁쟁거렸다.

김종서가 이 생각 저 생각에 잠겨 있는 동안 홍득희가 물에 헹궈 깨끗해진 옷을 가지고 돌아왔다.

"아저씨, 당장 옷을 입을 수가 없어요. 겉옷은 밖에 걸어 말리고 속옷은 방으로 가지고 들어가 방바닥에 깔아 말리겠어요."

홍득희가 조심스럽게 속옷을 들고 방으로 들어왔다.

"어험……."

김종서는 어색해서 어쩔 줄 몰라 일어섰다가 다시 뒤로 돌아주저앉았다.

문밖에 모닥불을 피웠기 때문에 방 안은 그리 밝지는 않았다. 그러나 불빛에 벌겋게 반사된 김종서의 등이 홍득희의 눈에 비쳤다.

홍득희는 자신의 옷도 물에 헹구었지만 젖은 속옷은 다시 입었다. 몸에 착 달라붙은 속옷 아래로 풍만한 여인의 몸매가 드러났다.

"나는 이쪽으로 돌아누워 잘 테니 득희도 눈 좀 붙여라."

김종서가 벽을 향해 돌아누워 몸을 돌돌 감았다.

"제 걱정은 말고 아저씨나 좀 주무세요."

홍득희가 조심스럽게 들어와 문 앞에 쪼그리고 누웠다. 그러나 물에 젖은 속옷이 살갗에 달라붙어 불편하기 짝이 없었다.

김종서와 홍득희는 잠이 오지 않았다. 서로 상대가 잠들기를 기다렸다. 그러나 어느 쪽도 먼저 잠든 기색이 보이지 않았다.

한참 동안 뒤척이던 김종서가 겨우 잠이 들락 말락 할 무렵, 가느다란 인기척이 느껴졌다. 흐느끼는 것 같기도 하고 울음을 참는 것 같기도 한 숨결이었다. 김종서는 홍득희가 옆에 와서 지키고 있다는 생각에 벌떡 일어나 앉았다. 아직도 바깥에는 모닥불이 타오르고 있었다. 불빛에 홍득희의 얼굴이 얼핏 비쳤다. 뺨에 물기가 젖어 있었다.

"득희야!"

김종서가 나직하게 불렀으나 홍득희는 흐느끼기만 할뿐 대답이 없었다.

"왜 그러느냐? 잠이 오지 않느냐?"

"경성에서 있을 때 일인데요."

홍득희가 마침내 입을 열었다.

"그래서……"

"아저씨와 함께 두만강 변을 달리면서 시를 읊던 생각이 나서요."

김종서는 홍득희가 무엇을 말하고 있는지 알고 있었다. 그날 밤 두 사람이 한 몸이 되었던 것을 김종서가 어찌 잊을 수 있겠는가? 홍득희는 두 사람이 살을 맞댄 것이 오늘 밤이 처음은 아닌데 모르는 척한 김종서가 야속했던 것이다.

김종서가 아무 말도 못하고 있자 홍득희가 다시 입을 열었다.

"아저씨 부탁이 있어요."

"무엇인지 날이 밝은 뒤에 얘기하면 안 되겠느냐?"

"지금 말씀드려야 해요."

"그렇다면 말해보아라."

김종서는 벌거벗은 몸이 민망스러워 옆으로 돌아앉으며 말했다.

"아저씨, 저를 식구로 받아주세요."

"나는 너를 이미 내 식구라고 생각하고 있다."

홍득희의 말뜻을 몰라서 한 대답이 아니었다. 무슨 말인지 알면서도 뭐라고 답을 할 수가 없었다.

"저를 받아주십시오. 종년이라고 생각하시고 양반의 비첩으로 받아주세요. 저는 아저씨 곁에 있고 싶어요."

"득희야, 너는 나한테 그보다 더 중한 존재다."

"오늘 밤 이대로 넘기기는 싫어요. 아저씨 품에 안기고 싶어요."

음모의 천재들 249

홍득희가 무릎걸음으로 김종서 곁에 바싹 다가앉았다. 단신으로 삭풍이 몰아치는 북방 변경을 누비고 다니던 김종서도 사나이임에 틀림없다. 여자 품이 그리운 적이 없던 것도 아니었다.

홍득희를 처음 만난 것은 비록 아홉 살 소녀였을 때지만 처녀가 되어 다시 만난 후로는 가끔 홍득희가 여자로 보일 때가 있었다. 경성에서의 하룻밤은 홍득희를 더욱 잊지 못하게 했다. 나이를 초월한 이성으로서의 그리움, 홍득희를 향한 설명하기 쉽지 않은 이 순수하고 애틋한 감정을 홍득희도 느끼고 있다고 생각했다.

"아저씨!"

홍득희가 김종서의 품에 갑자기 안겨왔다. 김종서는 눈을 감은 채 젖은 홍득희의 몸을 뜨겁게 느꼈다.

그때였다. 문밖이 갑자기 소란스러워졌다. 말발굽 소리가 어지럽더니 집 안으로 사람들이 우르르 몰려 들어왔다.

김종서와 홍득희는 기겁하고 일어서서 본능적으로 칼을 잡았다.

"누구냐?"

김종서가 소리쳤다. 벌거벗은 맨 상투의 사나이가 등에는 활을 메고 손에 칼을 잡고 나선 모양이 가관이었다. 거기다가 물에 빠졌다 나온 사람 같은 속옷 차림의 여자가 칼을 들고 덤빌 태세니 이 또한 해괴한 장면이 아닐 수 없었다.

"우리는 조선군 갑사다. 너희들은 무슨 도깨비냐?"

횃불을 든 병사들이 안으로 몰려 들어왔다. 공험진에 있던 조선 병사들이었다. 횃불 앞에 선 해괴한 차림의 남녀를 본 조선 병사들이 웃음을 터뜨렸다.

"옳지. 늙은 놈과 젊은 년이 지금 한창 재미를 보고 있었구나. 그래 일은 끝냈느냐?"

이상한 모습의 김종서와 홍득희를 병사들이 알아볼 리가 없었다. 김종서는 부하들 앞에 이런 망신을 무엇이라고 설명해야 할지 난감했다.

"이분은 함길도체찰사 김종서 장군이시다."

홍득희가 크게 말했다.

"누가 옷 한 벌 벗어 내놓으시오."

홍득희의 말을 들은 병사들은 모두 어안이 벙벙했다.

"내가 김종서다. 본영으로 돌아가다가 말이 강에 빠지는 바람에 이 모양이 되었다."

"장군님!"

그제야 병사 한 사람이 자기 겉옷을 벗어 김종서에게 주었다.

"너희들은 어떻게 여기를 찾아왔느냐?"

김종서가 옷을 입으며 물었다.

"불화살을 발견한 홀라온의 진지에서 연락을 해왔습니다."

"불화살?"

김종서가 홍득희를 돌아보았다.

"예. 제가 긴급 신호로 여러 번 쏘아 올렸습니다. 그걸 인근의 여진족이 발견하고 조선군에 연락한 모양입니다."

김종서와 홍득희는 병사들을 앞세우고 다시 본영으로 향했다.

벌써 반달은 간데없고 동이 트기 시작했다. 새벽 행군을 하는 김종서와 홍득희는 병사들 앞에 들킨 모습이 부끄러워 얼굴을 붉히며 부지런히 말을 몰았다.

12 왕업을 어지럽힌 예언

 김종서가 공험진의 선춘령에서 윤관 장군의 국경비를 발견한 것은 조선 역사에서 매우 큰 사건이었다. 이로써 세종 임금의 옛 국토 되찾기의 소망이 상당 부분 이루어진 셈이었다.
 김종서는 동북 변경의 조선 국경을 회령, 종성, 경원, 부령, 은성, 경흥 등 육진으로 굳혔다.

 이 무렵 김종서는 조정으로부터 급보를 받았다. 파저강 일대에 본거를 둔 이만주가 변덕을 부려 몽골족과 합세하여 다시 평안도를 위협하니 빨리 평안도로 이동하라는 내용이었다. 김종서는 평안도체찰사의 임무를 띠고 다시 압록 강변으로 군사를 이동시켰다. 홍득희에게는 평양에 머물면서 긴급한 상황이 생기면 도와달라고 부탁했다.

김종서가 서북방 변경에서 국경을 지키는 동안 한성에서는 더 긴박한 사태가 암암리에 전개되고 있었다.

세종 임금의 병환이 위급해지자 권력을 둘러싼 음모가 장마 뒤의 독버섯처럼 여기저기서 번지기 시작했다.

세종 임금은 막내 왕자인 영응대군의 집으로 피접을 떠났다. 조정에서는 전국의 대천과 명산에 사람을 보내 임금님의 쾌유를 비는 큰 재를 올리는 한편 전국 사찰에 명해 기도를 올리게 했다.

그러나 임금이 승하한 이후 권력의 움직임을 자기 파당 쪽으로 끌어들이기 위한 암투와 유언비어가 난무하여 세상을 어지럽혔다.

가장 두드러진 세력은 방룡설을 퍼뜨리고 있는 안평대군을 둘러싼 무리와 삼군부의 핵심을 장악한 수양대군의 움직임이었다.

안평대군의 사저인 무계정사에는 이현로라는 당대 제일의 책사가 안평대군을 업고 있었다. 이와는 달리 수양대군은 권람, 한명회, 유지광 같은 천하의 모사들과 빅호문, 홍윤성, 양정, 홍달손 같은 무사들을 거느리고 있었다.

소헌왕후가 승하한 이후 내명부를 이끌고 있는 세종 임금의 후궁 혜빈 양 씨는 세자 향(珦)이 무사히 용상에 오르도록 혼신의 힘을 다하고 있었다. 그러나 궁정 내의 눈들은 역부족으로 보고 있었다. 혜빈 양 씨는 세자빈이 세손을 낳은 뒤 산후욕으로 세상을 떠나자, 임금의 명으로 어린 세손 홍위(弘暐)와 누이 경혜 공주 남매의 유모 역할을 했다. 따라서 세자와 세손을 잇는 장자 상속의 순탄한 왕권 승계를 지켜야 한다는 사명감에 가득 차 있었다.

혜빈 양 씨는 손수 길러낸 세손 홍위가 여덟 살의 어린 나이로 국본에 책봉되었을 때 남몰래 눈물을 흘렸다.

혜빈은 궁녀로 있다가 세종 임금의 눈에 띄어 후궁이 된 후 빈의 자리에까지 올랐다. 혜빈은 세자가 왕통을 이어 용상에 앉는 모습을 보고 죽어야 세종 임금에 대한 은혜를 반이라도 갚는다고 생각하고 있었다. 혜빈에게 강력한 동조자는 임금의 여섯째 왕자인 금성대군이었다.

안평대군 측이나 수양대군 측은 비록 장자이기는 하나 몸이 약하고 강단이 부족한 세자가 임금이 승하한 뒤 용상을 지킬 수 있느냐 하는 데 내심 의문을 품고 있었다. 여기서 불충한 음모가 싹 트기 시작한 것이다. 더구나 태조가 건국한 이래 조선은 한 번도 장자 상속이 이루어진 일이 없기 때문에 하늘의 뜻이 어디에 있느냐고 스스로 묻고 있었다.

장차 왕이 탄생할 수 있는 복지라는 백악산 뒤에 사저를 짓고 산수와 벗하며 시인 묵객들을 불러 풍류를 즐기는 안평대군의 처신에 대해 사람들은 그리 큰 관심을 가지지 않았다.

그러나 안평대군의 사저에는 책사인 이현로가 늘 함께 있었다. 그 때문에 수양대군의 눈엣가시가 되었다. 수양대군은 이현로를 '쥐새끼 같은 안평의 가노'라고 불렀다.

이현로는 문과에 급제하여 임금의 한글 창제와 동국정운 저술 등에 공을 세우기도 했다. 그 후 병조 정랑으로 있을 때 내시 최읍으로부터 뇌물을 받은 것이 들통 나서 참형을 당할 지경에 처했다. 그러나 임금이 공신의 후예라 하여 참형을 면하게 하고 순창, 사천 등지로 귀양을 보냈다.

귀양살이를 하는 동안 안평대군의 눈에 들어 한양으로 올라오게 되었다. 안평대군은 이현로의 재치와 풍수를 높이 사서 그를 책사로 삼았다.

"수양대군의 원래 봉호는 진양인데 왜 아바마마께서 수양이라고 바꾸었을까?"

안평대군이 혼잣말처럼 하는 소리를 듣고 촉새처럼 입이 빠른 이현로가 대답했다.

"머리 수(首) 자에 볕 양(陽) 자를 쓰지 않았습니까? 종사의 모든 일을 처리하는데 가장 앞장서서 태양이 빛나듯이 처리하라는 뜻 아니겠습니까?"

"그런가?"

안평대군이 고개를 끄덕였다.

"그러나 대군마마, 한 번 뒤집어보면 묘한 뜻이 있습니다."

이현로가 싱글싱글 웃으며 말했다.

"묘한 뜻이라고?"

"진양대군의 진(晉)이란 한자는 나아갈 진인데, 나아가다, 억누르다라는 뜻이 있습니다. 더구나 주역의 육십사 괘 중 스물다섯 번째 괘인 '진'은 태양이 빛나다라는 뜻을 가지고 있습니다."

풍수뿐 아니라 예언서나 주역에도 조예가 깊은 이현로의 말이라 안평대군은 귀가 솔깃했다.

"그럼 바꾼 수양은 진양이나 같은 뜻을 가진 것 아닌가?"

"그렇습니다. 전하께서 무엇 때문에 봉호를 바꾸었는지 모르지만 그 뜻은 바꾸지 못했습니다."

"내 생각에는 중국 고사인 수양산을 염두에 둔 것이 아닌가 싶네."

"백이숙제가 고사리만 캐먹으며 한 임금만 섬겼다는 충절을 의미하는 그 수양산 말씀인가요?"

"그렇지. 남에게 지기 싫어하는 수양 형님이 혹시 딴마음 갖지 못하게 한다는 뜻이셨나? 허허허……."

안평대군이 크게 웃었다.

"그러나 그 뜻은 반대가 되었지요. 수양대군의 행보를 눈여겨 보아야 합니다."

수양대군의 원래 군호는 함평대군이었다. 할아버지인 태종이 함평의 함(咸) 자는 조상의 발상지인 함길도와 함흥에 쓰이는 글자이기 때문에 피해야 한다고 생각하고 진양으로 고쳤다. 그 후 세종 십오 년에 세종 임금이 다시 수양대군으로 고쳐 군호가 세 번째서야 정착되었다.

"전하께서 수양대군의 불타는 야심을 꿰뚫어본 것이야. 문약한 세자가 보위를 이어받더라도 한 임금을 섬기는 중국의 고사를 잊지 말라는 뜻으로 수양이라는 군호를 붙인 것 같다는 말 아니겠어?"

안평대군이 자기식의 해석을 넌지시 이현로에게 던졌다.

"전하께서 평소에 세자와 세손의 장자 세습을 얼마나 강조했습니까? 그런 것을 보면 대군마마의 해석이 옳으십니다. 그러나 고친 이름이 더 확실하게 용상을 향하고 있으니 그것이 문제입니다. 신라 비기의 대가 김보명의 예언도 저와 같았습니다."

이현로가 손가락으로 점괘를 짚어보면서 말했다.

"수양대군을 제거하지 않으면 용상이 위태롭습니다. 대군마마의 어깨가 무거워진 것 같습니다."

"함부로 그런 소리를 하면 목숨이 열 개라도 남아나지 못한다. 지금 형님의 수하에는 무사들이 줄을 서 있다는데……."

"하지만 점괘가 그렇게 나옵니다. 아무리 그래도 수양의 운은 대권의 백악산을 넘지 못합니다."

"넘지 못하다니?"

"백악산을 넘지 못하면 백악산 뒤에 머물겠지요."

안평대군은 그 소리를 듣자 가슴이 철렁했다. 그렇다면 자신이 피비린내 나는 소용돌이의 가운데 서 있다는 말이 아닌가?

그때였다. 근수 노비가 아뢰었다.

"권람 나으리와 사복소윤 김승규 나으리가 오셨습니다."

권람은 우찬성을 지낸 권제의 아들로 나이 서른이 넘도록 과거에 나가지 못하고 건달로 있었다. 요즘은 수양대군의 수하에 들어가 한명회 등 장안의 다른 건달들을 모으는데 힘쓰고 있다는 소문이 자자했다. 김종서의 장남 김승규는 과거에 급제한 뒤 사복소윤으로 왕실 종친과 대신들의 출입을 관장하고 있었다.

"김 소윤이 웬일인가?"

안평대군이 김승규를 보고 반가워했다. 그러나 권람을 보자 의

아한 표정을 지었다. 명문자제 김승규가 권람 같은 건달과 어찌 동행을 했느냐 하는 의문이 생겼기 때문이었다.

 창덕궁 앞에 있는 수양대군의 사저 후원에 활쏘기 대회라는 명목으로 측근들이 모였다. 큰아버지 양녕대군이 좌장이고, 북방 변경 수비대의 보충군에서 풀려나 삼군부 진무로 있는 박호문과 권람, 홍윤성, 홍달손, 진무 양정, 한명회 등이 함께했다. 그 외에도 장안의 건달로 힘깨나 쓰는 장정 이십여 명이 자리를 같이 했다. 사대에는 수양대군과 최측근인 한명회, 권람, 박호문 등이 함께 자리했다.
 "혜빈 마마가 내명부를 차고앉아서 옥쇄까지 지키고 있다고 합니다."
 권람이 입을 열었다. 권람과 홍윤성은 안평대군 사저에도 출입하고 수양대군 사저에도 드나들며 양다리를 걸친 인물들이었다. 양측이 모두 자기 사람으로 알고 있었다.
 "후궁 주제에 아예 대비 노릇을 하려는 것인가?"
 박호문이 거들었다.
 "전하께서 승하하시는 날에는 걷잡을 수 없는 사태가 일어날 것입니다."
 홍윤성도 한마디 했다. 모두 자기대로 속셈이 있는 말이었다.
 "일전에 궁녀들에게 괴이한 예언을 했다는 무녀의 이야기를 들었는가?"
 수양대군이 한명회를 돌아보며 물었다.

"용안(龍眼)이라는 무녀 말씀이군요."

"그 무당이 사직의 앞날을 내다보는 극언도 서슴지 않는다고 들었는데……."

"그렇습니다. 하늘에서 큰 살별이 떨어지고 있다고 했다는데 전하가 이번에는 털고 일어서기 힘들 것이란 암시가 아니냐고 방정들을 떨고 있다고 합니다."

"그 무당을 누가 가서 좀 데리고 오지."

수양대군의 말에 한명회가 대답했다.

"용안이 있는 신당을 제가 알고 있습니다."

수양대군의 말이 떨어지자 한명회가 냉큼 일어섰다.

그로부터 얼마 지나지 않아 한명회가 검정색 치마저고리를 입은 젊은 여인을 말 뒤에 태우고 나타났다. 여인은 말에서 내려서자 사대 앞으로 천천히 걸어왔다. 초생달 눈썹에 붉은 입술이 미인도에 나오는 그림 같은 인상을 주었다. 용안은 싸늘하면서도 날카로운 눈으로 수양대군을 쳐다보았다.

"소첩 인사 올립니다. 용안이라고 합니다."

여인이 땅바닥에 주저앉아 큰절을 했다.

"이리 와서 앉거라."

수양대군이 앞자리를 가리켰다. 용안은 사양하지 않고 다소곳이 앉았다.

"용하게 맞춘다고 용한이라 하느냐?"

수양대군은 용안이라는 이름을 용한으로 잘못 들은 것 같았다.

"용한이 아니라 용안이라고 합니다. 용의 눈알처럼 먼 앞날을 내다본다는 뜻인 것 같습니다."

한명회가 아는 체했다. 여자는 그냥 웃기만 했다.

"그래, 지금 조선의 앞날이 어떻게 보이는가?"

수양대군이 단도직입적으로 물었다. 그러나 여자는 전혀 당황하지 않고 침착하게 대답했다.

"하늘의 별은 밤마다 떨어집니다. 그것이 괴이한 일은 아닙니다. 그러나 새로운 별이 나타나는 것은 그리 쉽게 볼 수 없습니다."

"새로운 별은 무엇을 말하느냐?"

"지금이 이월이라 아직 입춘의 계절인데 기러기가 하늘을 나는군요. 기러기 날개 사이로 새 별이 보입니다."

무당 여인은 알 듯 모를 듯한 이야기를 했다.

"그게 무슨 뜻이냐?"

수양대군이 물었으나 무당 여인은 빙그레 웃을 뿐이었다.

"기러기는 안행(雁行)을 뜻하지 않습니까. 안행, 즉 형제 중에 새 별이 뜬다는 괘로 해석하면 될 것 같습니다."

권람이 아는 체를 했다.

"형제라면 세자의 형제를 말하는 것 같은데 우리 마마와 안평대군이 있지요."

한명회의 말을 홍윤성이 반박했다.

"금성대군도 있고, 임영대군, 광평대군, 영응대군……."

"기러기도 앞서서 나는 기러기가 제일 눈에 띄지요."

권람이 다시 수양대군을 지칭하는 해석을 했다. 그래도 무당

왕업을 어지럽힌 예언

여인은 더 이상 말을 하지 않았다.

무당 용안은 그 뒤 수양대군 측근으로부터 큰 대접을 받았다. 그러나 몇 년 후 단종이 노산군으로 강등되어 영월에 머물고 있을 때 노산군이 다시 용상으로 돌아온다는 예언을 했다가 목숨을 잃는다. 이런 예언을 했다는 말을 들은 수양대군이 용안을 광화문 네거리에서 사지를 찢어 죽이는 참혹한 형벌인 거열(車裂)형을 집행케 했다. 여자를 사형시킬 때는 보통 수사(水死)라고 하여 물에 머리를 집어넣어 질식사시키거나, 사약으로 죽이거나 교수형을 한다. 사지를 네 대의 수레에 묶고 네 방향으로 수레나 말을 몰아 산 채로 사지를 찢어 죽이는 거열형은 드문 일이었다. 후에 성삼문 등 사육신 여러 명도 참혹한 차열 형을 당했다.

이날 활쏘기 모임에서 수양대군은 기분이 몹시 고양되었다. 용안의 예언도 기분을 돋웠지만 이어진 이야기가 더 의기를 북돋웠다.

"아무래도 무세정사에서 선수를 칠 것 같습니다."

한명회의 말이었다. 무계정사란 안평대군의 사저를 말한다. 모두가 심각한 얼굴로 수양대군을 바라보았다.

"그런 증좌가 보이느냐?"

수양이 눈을 지그시 감은 채 물었다. 심각하게 생각에 잠길 때 하는 버릇이었다.

"그쪽에서는 이현로란 쥐새끼의 말을 듣고 방룡설을 확신하고 있습니다."

이번에는 권람이 말했다.

"벌써 정승들 일부와 삼군부의 절제사 몇 명도 포섭을 한 것 같습니다."

"혜빈과 비밀리에 자주 회동을 하는 것 같습니다."

물고가 터지자 너나 할 것 없이 불확실한 정보를 마구 쏟아놓았다.

"무엇보다 김종서 체찰사의 행보에 주목해야 한다."

멀리서 이야기를 듣고 있던 양녕대군이 슬그머니 끼어들었다.

"김종서라고요?"

양녕대군의 말에 수양대군이 눈을 번쩍 떴다.

"절재는 대호라 하지 않는가. 조심해야 돼요."

양녕대군이 목소리를 낮추어 말했다. 절재(節齋)란 김종서의 호를 말한다. 대호는 그의 별명이었다.

"대호는 무슨…… 백두산 호랑이가 다 죽었나요? 한 주먹도 안 되는 모타리를 갖고. 아이구……."

이번에는 건달 홍달손이 끼어들었다.

"김종서가 어느 편인지는 아무도 확실히 모르기는 한데……."

수양대군이 말끝을 흐리고는 말을 이었다.

"평소 태도로 보아 안평과 한통속이 된 것은 아닐 것이오. 그를 우리 편으로 끌어들이기보다는 그냥 가운데 서 있게 놔두는 것이 전략일 수도 있지."

수양의 말에 한명회가 다른 의견을 내놓았다.

"김종서는 세자의 편에 설 가능성이 큽니다. 평소 전하께서 은근히 세자를 보호하라는 당부를 해왔거든요."

"확실한 것은 애매한 세력은 배제하는 것입니다."

박호문이 입을 열었다.

"배제하다니?"

수양대군이 되물었다.

"없애는 것이지요. 우리 할 말은 분명히 합시다."

없애자는 말에 모두 눈을 크게 뜨고 박호문을 쳐다보았다.

"만약 안평대군 쪽에 줄을 서면 오히려 제거할 명분이 서는 것입니다. 스스로 그쪽으로 기울어지게 두었다가 명분을 세워 공론으로 밀어붙여야 합니다."

한명회의 말에 수양이 고개를 끄덕였다.

"그나저나 김종서는 지금 먼 북방 변경에 있는데 미리 겁먹을 필요는 없습니다."

양정도 한마디 거들었다.

13 장군을 겨눈 암살자

안평대군의 사저인 무계정사와 수양대군의 사저에는 정체를 숨기고 드나드는 사람이 많았다. 권력의 두 주축을 두고 임금이 아직 승하하지도 않았는데 줄서기가 바쁜 사람들이었다.

무계정사에 주로 드나드는 사람은 황보인, 정분, 조극관 같은 고관으로부터 민신, 정호강, 홍윤성, 권람 등이었다. 다들 야망에 찬 사람들이었다. 이중 권람, 홍윤성처럼 수양대군과 안평대군 양쪽을 다니는 사람도 꽤 많았다.

수양대군의 사저에는 한명회를 비롯해 유자광, 홍달손, 양정, 유수 같은 직위가 낮은 무사들이 많이 드나들었다. 종친과 고관들도 무계정사 못지않게 모여들었다. 정인지, 신숙주 같은 집현전 학사들도 있었다.

서로 인재를 끌어모으는데 전력을 기울이고 있었다. 서로의 진영을 염탐하는 것도 소홀히 하지 않았다.

무녀 용안이 수양대군 집에서 이현로의 정룡과 방룡설을 인용한 비기 예언을 한 후 두 진영은 탐색전에 더 열을 올렸다.

"조선은 건국 이래 한 번도 정룡이 보위를 계승한 일이 없습니다. 이는 조산 북한산과 진산 북악 아래에 있는 경복궁의 운명입니다. 간룡(看龍)을 아는 사람이면 누구나 아는 일입니다. 그러나 금년의 운세는 정룡이 보위를 잇더라도 곧 내려와야 할 운세입니다."

용안의 이 말은 뒤에 안평대군에게도 알려져 김한로가 고개를 끄덕였다는 말도 돌았다.

안평대군은 가노 상충을 첩자로 내세워 수양대군 집에 침투시켰다. 상충은 훤칠한 용모를 앞세워 수양대군 사저의 여자 종들을 꾀어 많은 염탐을 해냈다. 용안의 점괘를 알아낸 것도 상충의 작업이었다.

수양대군 진영에서도 손을 놓고 있지는 않았다. 사저의 노비인 조득림을 첩자로 내세워 무계정사의 여러 노비들과 교제하게 하였다. 조득림은 뇌물도 아끼지 않는 수완을 발휘해 무계정사 노비들로부터 안평대군의 일거수일투족을 모두 파악해서 수양대군에게 알렸다.

안평대군이 마포 한강변의 어느 정자에서 수하들을 모아놓고 잔치를 벌이고 있을 때였다. 느닷없이 수양대군의 집사와 노비가 술을 지고 나타났다.

"대군마마께서 생일 축하하여 보내신 소품입니다."

비밀리에 하려던 잔치 모임이 들통 나자 안평대군은 몹시 당황했다.

"내 미처 형님을 초대하지 못한 죄를 지었구먼. 다음에 사과한다고 여쭈어라."

안평대군은 잔치에 쓰려던 수박을 노비 편에 수양대군에게 보냈다.

염탐만 한 것이 아니라 사실인지 아닌지도 알 수 없는 유언비어를 조정 관리나 궁중에 퍼뜨리기도 했다. 특히 모사들이 많은 수양대군 측에서 안평대군을 비하하는 소문을 많이 냈다.

그때 안평대군의 이미지는 권력에 초연하고 시와 글씨와 그림, 그리고 술과 풍류만을 아는 청렴하고 멋있는 선비였다. 이 점이 수양대군의 비위를 거슬렸다. 그래서 도덕적으로 매장시킬 필요가 있다고 생각했다.

"용이 여자를 밝혀 못된 짓을 많이 한다는데 그게 사실인가?"

용이란 안평대군의 이름이었다.

조정 관리들이 많이 모인 자리에서 수양대군이 일부러 화제를 슬쩍 꺼냈다.

"노비들의 말에 따르면 안평대군은 정릉동에 창녀를 두고 날마다 나가서 음탕한 일을 벌이고 있다고 합니다."

한명회가 대답했다.

"종친의 부녀자와 불미한 일이 있다고도 하던데……."

수양대군이 걱정하는 척하며 좌중을 돌아보았다.

"사실이옵니다. 성령대군의 부인 성 씨를 간음하는 것을 보았다는 노비가 많습니다."

안평대군은 일찍 죽은 태종 임금의 넷째 아들 성령대군 앞으로 양자를 갔기 때문에 그 집에 자주 드나들었다. 이를 빌미로 생긴 소문이었다. 성령대군은 열네 살 때에 홍역으로 죽고 부인만 남아 있었다. 안평대군에게는 양어머니가 되는 셈이었다. 어머니뻘 되는 여자와 간음을 했다는 것은 안평대군을 파렴치한으로 추락시키는 치명적인 소문이었다. 그러나 양측은 물불을 가리지 않고 헐뜯기에 정신이 없었다.

안평과 수양, 양 대군이 치열하게 권력을 향해 암투를 벌이고 있는 동안 혜빈 양 씨와 세자도 불안한 나날을 보내고 있었다.

혜빈 양 씨가 세자 향의 부름을 받고 아들 한남군과 함께 은밀하게 동궁으로 들어갔다.

동궁에는 경혜 공주의 부군인 정종이 와 있었다. 세자의 매부였다. 인사를 나눈 뒤 세자는 궁녀들을 다 물리친 뒤 혜빈 보사와 정종 세 사람을 데리고 구석진 방으로 갔다.

"아무래도 아바마마께서 세상을 뜨실 것 같습니다. 전의들 말로는 이 달이 고비라고 합니다."

세자가 어두운 얼굴로 걱정을 했다.

"하늘이 하시는 일을 어쩌겠습니까? 저하, 마음을 단단히 가지십시오. 어린 세손을 생각하셔야 합니다."

"지금 수양대군과 안평대군의 움직임이 심상치 않다는 말이 많이 떠돌고 있습니다."

정종이 조심스럽게 입을 열었다.

"아무리 재주를 부려보았자 물은 거꾸로 흐르지 않을 것입니다."

혜빈 양 씨가 단호하게 말했다. 그러나 걱정되는 일이 없는 것은 아니었다. 혜빈도 무녀 용안의 예언을 알고 있었다. 왕통이야 성장한 세자가 엄연히 있으니까 어쩌지 못한다 치더라도 정룡이 오래 버티지 못할 것이라는 예언이 마음에 걸렸다.

"지금 저하를 보위해 줄 사람이 겉으로 보기에는 많습니다. 그러나 모두 딴 구멍을 파고 있는 사람들이라 누구를 믿어야 할지 난감한 상태입니다."

정종의 말이었다.

"김종서 대감을 부르는 것이 어떻습니까? 확실하게 어느 쪽에도 가담하지 않은 사람은 김종서 대감 한 사람뿐이라고 생각하는데요."

혜빈 양 씨가 제안했다.

"나도 여러 번 생각해 보았습니다. 하필 이렇게 어려운 때에 멀리 떨어져 있으니…… 갑자기 명분 없이 전쟁터에 있는 사람을 불러들이면 말썽스럽지 않겠습니까?"

세자가 신중하게 말했다.

"전하께서 병환이 깊어지기 전부터 세자 저하께 국가 경영의 기무를 맡기셨는데 아무도 막을 명분은 없을 것입니다."

혜빈 양 씨가 다시 강력하게 김종서의 귀환을 촉구했다.

"그러면 도당에 알려서 전하의 뜻으로 김종서 평안도체찰사를 속히 한성으로 돌아오도록 명하지요."

"반드시 군사를 거느리고 와야 합니다."

혜빈 양 씨가 당부했다.

"알겠습니다. 당분간 이 사실은 밖에 퍼뜨리지 마십시오."

세자의 신중한 당부를 들으며 혜빈 양 씨는 동궁을 몰래 빠져나갔다.

그러나 아무리 구중궁궐 깊은 곳에서 이루어지는 일이라도 사사건건 수양대군과 안평대군의 진영에 알려졌다.

"뭐야? 세자가 김종서를 불러들인다고?"

보고를 받은 수양대군이 깜짝 놀랐다.

"군사를 모두 거느리고 들어오라고 했답니다."

권람이 부연했다.

"이렇게 되면 오히려 우리에게 기회가 올지도 모르죠. 김종서가 군사를 몰고 와서 왕위를 다른 곳으로 돌리려 한다는 말이 나올 법하지 않을까요?"

유자광이 다른 사람이 생각 못한 말을 했다.

"아니야. 김종서가 안평대군 편에 서서 보위를 방룡에게 가도록 할 수도 있어. 김종서가 거느린 군사를 당할 세력이 한성에는 없지 않은가?"

수양대군이 크게 낭패한 표정이 되었다.

"대군마마, 위기가 호기라는 말도 있습니다. 이 판에 아주 끝을 내시지요."
 한명회가 묘한 웃음을 흘리며 말했다. 모두 한명회의 입만 쳐다보았다.
 "아주 끝장을 내자고?"
 수양대군은 잔뜩 기대를 거는 눈치였다. 평소 기발한 잔꾀를 잘 내 수양대군의 신임을 한 몸에 받은 한명회였다.
 "김종서를 아예 없애 버리는 것입니다."
 "평안도까지 암살자를 보내자는 말인가?"
 수양대군이 되물었다.
 "고양이 목에 방울 달 사람이 누군데?"
 박호문이 고개를 가로저었다.
 "그래, 한 공은 어떤 계략이 있는지 말해보시오."
 수양대군이 한명회의 입을 다시 쳐다보았다.
 "김종서는 세자의 부름을 받고 황급히 한양으로 철군할 것입니다. 이천 명이 넘는 군사가 움직이자면 상당한 시일이 걸릴 것입니다. 급히 하는 회군이기 때문에 군사의 본진보다 김종서가 먼저 한양을 향할 것입니다. 김종서가 오는 길목을 지키고 있다가 기습하여 암살하는 것입니다."
 한명회의 설명을 들은 박호문이 반박했다.
 "아무리 선발진이라도 김종서가 단신으로 오지는 않을 것이고, 적어도 수십 명은 거느리고 올 터인데 그것을 제압하자면 이쪽도 수십 명이 움직여야 할 것이오. 한양에서 수십 명의 군사를 북으로 보낸다면 노출되지 않고는 절대로 안 되는 일이오."

박호문이 거품을 물며 반대했다.

"박 진무 나으리, 그런 뻔한 전략으로 이 난세를 어떻게 극복합니까?"

한명회의 얼굴에 비웃음 같은 회심의 미소가 번졌다.

"한 사람 죽이는 자객은 한 사람이면 됩니다. 김종서가 오는 길은 파저강에서 한성까지니까 천 리도 넘습니다. 그 길목에는 암살에 적당한 장소가 얼마든지 있습니다."

"그럼 서둘러야 하겠구먼."

수양대군이 한명회의 의견을 채택하자 아무도 더 이상 말을 하지 않았다.

"암살 임무를 띤 자객, 즉 활을 쏠 사람은 한 사람이면 되지만 도울 사람이 두어 명 있는 게 좋습니다. 규모가 너무 크면 탄로 날 위험성도 그만큼 크니까요."

한명회의 말이 끝나자 수양대군이 좌중을 돌아보며 말했다.

"자객은 누가 구해올 것인가?"

"홍윤성 나으리가 좋을 것입니다. 홍윤성 나으리는 안평대군과도 내왕이 있으니, 안평대군 수하 중에서 자객을 구하는 것이 좋겠습니다."

한명회가 말했다.

"그게 무슨 말인가? 안평의 수하가 자객으로 나선단 말인가?"

"그렇습니다. 자객 중에 잡히는 자도 있을 것입니다. 그럴 때 안평대군 수하라고 자복한다면 일이 제대로 되는 것입니다."

"음, 역으로 이중 간자를 보내자는 말이군. 그거 묘한 전략이군. 만약 실패하더라도 안평의 짓으로 알게 하자는 것이지?"

"그렇습니다. 그러면 안평은 우리가 손 안 대고 제거할 수 있습니다."

수양대군이 고개를 끄덕이며 홍윤성과 권람을 쳐다보았다. 안평대군 진영을 잘 알고 있는 사람은 그 두 사람이기 때문이었다.

홍윤성은 안평대군의 무계정사에 붙박이로 들어가 있는 종 상충을 불러냈다. 상충은 수양대군의 가노였지만 평민으로 위장하여 무계정사에 침투한 반간이었다. 상충은 무계정사의 여자 종들을 매수하여 안평대군에 관한 비밀을 캐내 홍윤성에게 알려주는 일을 계속해 많은 전과를 올렸다.

"상충아, 이번에 아주 큰일을 하나 해주어야겠다."

홍윤성이 자주 드나드는 주막으로 쥐도 새도 모르게 상충을 불러냈다. 상충은 안평대군 수하에서는 아무도 첩자로 의심하지 않았기 때문에 역공작을 꾸미는 데 유용하게 쓸 수 있었다.

"명궁 한 사람과 건달 두 명이 필요한데 어디 없겠느냐?"

홍윤성이 묻자 상충이 고개를 갸웃했다.

"그런 사람이야 수양대군 나으리 사저에 많이 있지 않습니까?"

"그렇기는 하지. 하지만 안평대군의 무계정사에 드나드는 사람이라야 쓸모가 있거든."

"대체 무슨 일을 하려는 것입니까?"

노비들 중에 영특하기로 손꼽히는 상충이었다. 상충도 흥미가 바짝 당기는 것 같았다.

"이번 일은 보위가 걸린 거사이니 그 공도 크게 보상받을 것이야."

홍윤성은 상충에게 큰 미끼를 던졌다.

"이번 일이 성공하면 너는 종 신세를 면하는 정도가 아니고 벼슬도 할 수 있고 너의 어머니와 호화롭게 살 수도 있을 거야."

홍윤성의 말에 상충은 더욱 구미가 당기는 모양이었다.

홍윤성은 자객을 보내 김종서를 암살하려는 계획을 털어놓았다.

"김종서를 죽이는 것으로 일이 끝나는 것이 아니고, 자객 중에 잡히는 놈이 있더라도 안평대군의 지시라고 자복해야 일이 제대로 되는 것이야."

홍윤성의 설명을 듣고 있던 상충이 고개를 끄덕였다. 김종서를 길목에서 암살하고 안평대군의 짓으로 만들어놓자는 것이었다. 그러면 화살 하나로 대붕 두 마리를 잡는 셈이었다.

"이 일이 성공하면 반드시 약조를 지키셔야 합니다. 나으리를 못 믿어서 하는 얘기는 물론 아닙니다. 문서로 한 장 써주시면 쇤네 꼭 성사시키겠습니다."

약속을 받아낸 상충은 안평대군 집에 식객으로 있는 무사 세 사람을 꾀어냈다.

"너희들은 평생 안평대군 얼굴만 쳐다보고 있어서는 지금 신세를 면할 수 없다. 공을 세워서 안평대군이 옥좌에 오르면 한자리해야 할 것 아니냐?"

"그런 기회가 있어야 말이죠."

옥문기가 냉소를 지으며 말했다. 개성 출신 옥문기는 아버지가 고려 왕실 종친으로 중추원 관리였다. 고려가 망하자 왕 씨 성을 옥 씨로 바꾸고 천민으로 행세해 왔다. 어릴 적부터 활 솜씨가 뛰어나 개성 남산에 나타난 호랑이를 화살 한 방으로 잡아 아버지를 구했다는 소문이 도는 명궁이었다.

"그런 기회가 있으면 나도 끼워주시오."

신백정 신분인 제육선과 호막달도 침을 삼켰다.

상충은 옥명기, 제육선, 호막달 이 세 사람이면 암살단으로 훌륭하다고 생각했다.

"너희 셋은 일이 실패하는 날 목숨을 잃더라도 누가 이 일을 꾸몄는가를 실토해서는 안 된다. 그럴 각오가 되어 있느냐?"

"어차피 노비로 일생을 개돼지처럼 살 바에야 목숨 걸고 한 번 나서보아야지요."

옥명기가 주먹을 불끈 쥐어보였다. 세 사람은 모두 상충을 무계정사의 모사로 알고 있었다. 따라서 이 일의 최고 지령자는 당연히 안평대군이라고 생각했다.

파저강에서 이만주의 군사와 맞서고 있던 김종서는 조정의 급보를 받고 귀환을 서둘렀다. 오천 명 군사 중 한양에서 파견된 삼군부 소속의 이천 명을 거느리고 철수를 시작했다. 나머지 군사는 평안도에 남아 이만주를 묶어두도록 조석강에게 일러두었다. 조석강은 평안도체찰사 밑의 절제사로 좌군을 맡고 있었다.

평안도를 떠나는 김종서는 본진에 앞서 삼십여 명의 기병을 데리고 먼저 귀환 길에 올랐다.

"우리가 한성에 도착할 때까지 전하께서 무사하셔야 할 터인데……."

김종서가 옆에 있는 조득관을 보고 말했다. 병조 참의로 있는 조득관은 한양에서 귀환하라는 밀명을 가지고 김종서를 찾아왔다.

"만약에 전하께서 승하하시면 왕통이 세자에게로 넘어간다는 것을 보장할 수가 없습니다. 안평과 수양 두 형제가 보통 대군들입니까? 거기다가 혜빈 양 씨가 대비 노릇을 하면서 자기 아들 한남군과 수춘군, 그리고 영풍군 셋이나 거느리고 있는데 딴 맘을 먹을 수도 있지 않습니까?"

"영풍군은 집현전 학사 박팽년의 사위가 아닌가?"

"그렇습니다. 혜빈 양 씨의 술수도 궁중에서 알아주는 솜씨 아닙니까?"

"혜빈 마마는 소헌왕후 대신 세자를 보살폈고, 세손 홍위 저하의 유모인데, 설마 자기 아들을 내세우겠소?"

김종서가 웃으면서 말했다.

"세자가 장자 상속의 원칙을 지켜 보위를 계승하는 것이 정도라는 것을 모르는 사람이 없지요. 하지만 그것을 보장해 줄 세력, 즉 힘 있는 충신이 세자 곁에 없다는 것이 문제 아니겠습니까?"

세종 임금 삼십이 년 이월 십오 일.

김종서의 귀환군 선발대는 이틀 만에 평양성을 거쳐 해주로 향하고 있었다.

홍득희는 한발 앞서 개경에 도착했다. 김종서가 철군하는 길을 미리 살펴보라는 명을 내렸기 때문이었다. 개경 산채에 머물던 홍득희 일행에는 석이와 송오마지도 있었다.

김종서가 평안도를 떠난 지 사흘째 되는 날 홍득희는 한양에서 급히 달려온 천시관을 만났다. 천시관은 백규일과 함께 한양에서 조정과 궁정의 움직임을 살피고 있었다.

"홍 두령, 긴급한 일이 생겼습니다."

천시관은 달려온 말에서 내리자마자 홍득희 앞으로 뛰어왔다. 홍득희는 치마저고리 차림에 머리를 손질하고 있었다.

"웬일입니까?"

홍득희는 하던 일을 멈추고 일어섰다.

"엉뚱한 양반이 일을 저지르려고 합니다."

"엉뚱한 양반이 누구예요?"

"안평대군이 김종서 장군을 암살하려고 사람을 보냈습니다."

"뭐요? 안평대군이? 틀림없습니까?"

"틀림없어요. 김승규 나으리도 알고 있습니다. 사복시에 계시는 김승규 나으리가 수상한 점이 있어 저에게 확인하라고 했습니다. 그랬더니 안평대군 집 노비와 건달들이 일을 꾸몄습니다."

김승규는 김종서의 장남이었다. 김종서는 왕실의 출입을 관장하는 말과 수레를 맡은 관아에 큰아들을 박아두었다.

"물론 안평대군의 지시가 있었겠지요?"

"그렇게 보아야 할 것입니다. 암살단의 주모자는 건달 중에서도 명궁 소리를 듣는 옥문기입니다."

"호랑이를 쏘아 아버지를 구했다는 그 건달 말인가요?"

홍득희도 옥문기의 이름을 알고 있었다.

"김종서 도체찰사 나으리께 하루빨리 알려야 하지 않겠습니까?"

천시관이 걱정스럽게 말했다.

"물론 알려야지요. 아저씨는 지금 평양을 지나고 있을 것입니다. 전하께서 승하하시기 전에 한양에 도착해야 하니까요."

홍득희가 머리 손질을 끝내고 밖으로 나가 송오마지를 불렀다.

"빨리 아저씨한테 가서 오시는 길에 안평대군의 암살자가 기다린다는 것을 알려요."

"예? 안평대군이 암살단을 보냈습니까?"

오마지가 놀라 입을 다물지 못했다.

"암살자가 노리는 지형이 있을 텐데 어디라고 생각하십니까?"

홍득희가 두 사람을 빈갈아 보면서 물었다.

"한양 근처 아닐까요?"

천시관의 대답이었다.

"평양과 한양의 중간쯤일 것입니다."

송오마지가 다른 의견을 내놓았다.

"내 생각도 그렇습니다. 한양 근처에서는 위험하니까 그런 짓을 하지 않을 것입니다. 그렇다고 평안도까지 올라가지는 않을 것입니다."

홍득희가 말을 잠깐 멈추었다가 갑자기 생각난 듯 큰 소리로 말했다.

"옥문기란 자가 개경 출신이라지요?"

"그렇습니다."

천시관이 대답했다.

"개경 북쪽에 암살하기 좋은 길목이 있지요."

홍득희의 말을 듣자 송오마지가 무릎을 쳤다.

"맞아요. 그곳입니다. 태백산성 북쪽입니다."

"물개 고개를 말하는 것이지요?"

물개 고개는 개경서 북쪽으로 삼십 리쯤 떨어진 곳에 있는 태백산성에서 평산 쪽으로 올라가는 길목의 요새였다. 오랑캐들이 이 물개 고개를 넘지 못해 개경을 침공하지 못한 기록이 많았다.

물개 고개에는 바위로 된 모퉁이를 돌아서서 백여 보를 말 한 필만 다닐 수 있는 좁은 통로가 있었다. 북쪽에서 한성으로 가는 길 중에서 가장 가까운 길이지만 길이 까다로워 행군할 때는 잘 다니지 않았다.

"옥문기가 언제 한양을 떠났나요?"

홍득희가 천시관에게 물었다.

"김승규 나으리의 말로는 김종서 장군 귀환이 결정되고 이틀 뒤라고 하니까 이월 십삼 일이었을 것입니다."

"오늘이 십팔 일이니 이미 물개 고개에 도착해 있을지도 모른다. 송오마지는 즉시 북쪽으로 떠나 아저씨에게 이 사실을 알리고, 우리는 태백산성으로 갑니다. 어서 서두르시오."

홍득희는 부하들을 재촉하며 서둘렀다. 홍득희가 무장을 마치고 부하 십여 명과 산채를 떠날 때였다. 신백정 출신 부하 한 사람이 달려오면서 외쳤다.

"전하께서 승하하셨답니다."

"무엇이라고? 그게 정말이냐?"

홍득희가 놀라서 말에서 내렸다.

"해주 관아서 들었습니다. 동헌 마루는 온통 통곡 바다입니다."

"상감마마!"

홍득희가 땅바닥에 엎드려 절하며 눈물을 흘렸다. 다른 부하들도 모두 말에서 내려 땅에 엎드려 통곡했다.

한참 통곡하던 부하들을 향해 홍득희가 벌떡 일어서서 명령을 내렸다.

"형편이 더욱 급하게 되었다. 모두 서둘러라."

홍득희가 앞장서서 말을 다시 재촉했다.

"누님."

그때 홍석이가 곁에 와서 불렀다.

"상감마마가 승하하시면 세자가 곧이어 왕위에 오르는 것 아닙니까?"

"그렇겠지."

"그렇다면 오늘이나 내일 세자가 즉위식을 가지게 되고, 옥쇄를 새로운 임금님에게 전하는 것 아닙니까?"

"오늘이나 내일?"

홍득희의 머리를 번개처럼 스치는 장면이 있었다.

"안평대군이나 수양대군이 세자를 죽일 수도 있다. 그런데 막을 사람이 없구나! 오오, 하늘이시여."

홍득희가 탄성을 질렀다.

"지금이라도 손을 써야……."

홍득희는 홍석이의 말을 듣자 비책이 머릿속에 떠올랐다.

홍석이와 천시관은 홍득희의 명령으로 말을 남쪽으로 돌려 한성을 향해 질주했다.

"어둡기 전에 한양에 도착해야 한다."

두 사람은 조선군 갑사복을 입고 있어 말이 힘겨워했다. 그러나 두 사람은 해가 뉘엿할 무렵에야 서대문에 도착했다.

"너희들은 어디서 오는 누구냐?"

서대문을 지키고 있던 병사들이 가로막고 물었다.

"우리는 김종서 장군을 모시고 있는 평안도체찰사 중군소속 갑사들이오."

"뭐? 평안도서 왔다고?"

"그렇소."

"그렇다면 김종서 도체찰사 나으리는 어디 계시냐?"

"지금 벽제에 도착해서 대열을 정비하고 있소이다. 곧 도착할 것이오."

"무엇이? 김종서 장군이 곧 한성에 들어오신다고?"

그러나 김종서 장군은 아직 해주에도 닿지 못했다.

병사들은 패두에게 보고하고 패두는 감순에게 보고했다. 사대문 경비 책임자인 한양 감순 유수는 수양대군의 사저로 달려갔다.

천시관과 홍석이의 계략은 적중했다.

김종서가 한양 근교에 머물고 있다는 소식은 곧 안평대군과 수양대군에게 전달되었다. 양 진영은 김종서라는 이름만 듣고도 당황했다.

김종서가 벽제까지 와 있다는 소식을 들은 혜빈 양 씨는 마음속으로 무척 놀랐다. 그러나 전혀 내색을 하지는 않았다. 이렇게 된 바에는 안평대군이나 수양대군이 손을 쓰지 못할 테니 오히려 잘된 일이라고 생각했다. 순리대로 세자 향이 왕위에 오르면 자기 손으로 길러낸 세손 홍위가 다시 보위를 물려받게 될 것이라는 희망을 가지게 되었다. 홍위는 이제 겨우 열 살이었다. 혜빈 양 씨는 대비를 대신해 도승지 이사철을 불러 영의정 등 삼정승에게 즉위식을 준비하도록 전하라고 일렀다.

한편 수양대군 진영에서는 크게 당황했다.

"대호가 벽제까지 왔다고?"

심기가 몹시 불편해진 수양대군은 홍윤성을 돌아보며 짜증스럽게 말했다.

"아직 확인된 것은 아닙니다. 김종서가 선발진으로 오지 않을 수도 있습니다."

홍윤성이 자신 없는 목소리로 말했다.

"상충이란 놈은 어떻게 된 거요?"

김종서 암살패를 묻는 말이었다.

"성공 여부는 아직 알려오지 않았습니다. 사람을 벽제로 보내 김종서가 정말 도착했는지 알아보겠습니다."

"옥문기란 놈은 어디서 기다리고 있다가 허탕을 친 것입니까?"

한명회가 내 그럴 줄 알았다는 듯이 싸늘한 비웃음을 지으며 홍윤성에게 물었다.

"벽제가 아닌 것은 맞습니다. 아마도 개경 북쪽 길목이었을 것입니다."

홍윤성이 풀 죽은 목소리로 대답했다.

실망한 사람들은 안평대군의 무계정사에도 있었다. 이현로를 비롯한 숱한 묵객과 무인들이 호기가 왔다고 기대하고 있었다. 하지만 안평대군은 아무 말이 없었다. 수양대군 쪽에서 서툰 짓을 하고 나선다면 반란을 평정한다는 명목으로 숨겨둔 무력을 사용할 수도 있는데 그럴 기미가 보이지 않았기 때문이었다.

안평대군 측의 책사들은 수양대군 측에서 조금만 수상한 기미가 보여도 병조참판 조극관을 중심으로 내금위 군사를 움직여 왕권 수호를 내세우고 대권을 움켜쥘 속셈을 가지고 있었다.

"대군 나으리는 한 번도 당신이 방룡이라는 것을 입 밖에 낸 일이 없어요. 그러나 나는 마마께서 무슨 생각을 하는지 알고 있어요."

이현로가 모여 앉은 무사들에게 한마디 했다.

"기회는 또 있지 않을 것입니다."

안평대군의 장남 이우직이 한마디 하고는 답답하다는 듯 자리에서 일어섰다.

홍득희 일행 열두 명은 태백산성을 지나 물개 고개에 이르렀다. 홍득희는 경평을 연결하는 주 통로를 쓰지 않고 산길을 가로질러 말을 달렸다. 기마에 익숙한 산적이 아니면 다니기 어려운 길이었다.

홍득희는 김종서가 지나갈 것으로 예측되는 외길이 잘 보이는 높은 둔덕을 살폈다. 밑으로 지나가는 사람들이 바로 눈 아래로 보여 활로 명중시키기 가장 좋은 장소가 딱 한 군데 있었다. 그러나 거기에는 인기척이 없었다. 홍득희 부하들은 모두 말을 보이지 않는 언덕 밑에 두고 언덕 위 암살자가 숨어 있을 곳을 노리고 밑으로 내려가 숨었다. 그러나 한 식경이 지나도 암살자는 나타나지 않았다.

홍득희는 그곳에서 밤을 새우며 지켰다. 그러나 암살자도 김종서도 나타나지 않았다.

이튿날 아침, 척후를 나가 있던 홍득희의 부하가 달려왔다. 그는 숨이 턱에 닿은 듯 헐떡이며 소리쳤다.

"두령님, 김종서 장군이 옵니다."

"뭐야? 어디?"

홍득희도 소리를 지르며 달려갔다. 홍득희와 부하들이 있는 위치에서는 북에서 오는 길이 보이지 않았다. 암살자가 나타날 곳을 겨누고 멀리 숨어 있었기 때문에 김종서 일행이 지나가는 길을 보자면 다시 위로 한참 올라가야 했다.

홍득희가 숨을 헐떡이며 언덕 꼭대기로 올라갔다. 그러나 김종서는 보이지 않았다.

"어떻게 된 거야?"

홍득희가 뒤쫓아온 부하를 보고 물었다. 내려다보이는 길에는 먼지만 뽀얗게 일고 있었다.

"장군님은 벌써 지나갔습니다."

부하의 말대로 김종서는 홍득희가 언덕으로 올라오는 동안에 지나가 버린 것이다.

"저쪽 모퉁이에 먼지가 일고 있어요."

수백 보 떨어진 곳에 하얀 먼지가 일고 있었다. 김종서 일행이 벌써 거기까지 가버린 것이었다.

"그러면 여기가 아니잖아. 암살 장소를 우리가 잘못 짚은 거야."

홍득희는 한순간 눈앞이 캄캄했다.

"아저씨는 지금 아무것도 모르고 달리기만 하는데……."

홍득희는 암살자를 막아야 한다는 생각으로 머리가 터질 것 같았으나 얼른 대책이 떠오르지 않았다.

"암살할 놈들이 이런 곳이 아니고 탁 트인 곳에 있지는 않을까요? 장군님이 여기까지 온 것을 보면 암살자는 여기서 더 남쪽에 숨어 있겠지요."

사다노의 조선군에서 도망쳐 홍득희에게로 온 부하 염정근이 말했다. 나이가 지긋한 염정근의 아버지가 개성 시절 군문에 들어갔기 때문에 이 근처 지리를 잘 알고 있었다.

"탁 트인 곳?"

"꼭 이런 곳이 아니라도…… 가령 역마를 바꿔 타는 역참 같은 곳일 수도 있습니다. 역참에 닿으면 병사들은 말을 갈아타면서 좀 쉬기도 하거든요. 그럴 때 암살 기회가 생긴다고 생각해 보세요."

홍득희는 염정근의 말에 일리가 있다고 생각했다.

"맞아요. 우리 생각이 너무 단순했어요. 달리는 말보다 쉬고 있는 사람을 쏘는 것이 훨씬 정확하지요."

"여기서 가장 가까운 역참은 어디입니까?"

홍득희가 언덕을 뛰어 내려가며 물었다.

"여기서 삼십 리쯤 가면 역참이 있습니다. 한양까지 가는 데는 개경 역참이 가장 크지만 여기서 가까운 곳은 평산 역참입니다."

"빨리 평산 역참으로 갑시다."

"길을 따라가면 장군님 일행보다 먼저 갈 수가 없습니다. 태백 산성 뒤로 해서 금천 쪽 산을 넘어야 합니다."

염정근이 큰 소리로 말했다.

"염동지가 앞장서세요. 우리가 먼저 닿지 않으면 장군님이 위험해요. 장군님의 목숨, 아니, 조선 사직의 운명이 달린 일이에요."

홍득희가 소리치며 채찍으로 말을 재촉했다.

홍득희는 삼십 리 길을 거의 순식간에 달려왔다.

"저기 보이는 집이 평산 역참입니다."

염정근이 가리키는 쪽을 바라보았다 조그만 관아가 보이고 마당에는 대여섯 마리의 말이 매여 있었다. 말들은 안장도 없이 한가롭게 여물을 먹고 있었다. 역사에서 조금 떨어진 곳에 농가 서너 채가 보였다.

"암살패가 왔다면 이 근처에 숨어 있을 것이야. 조심해야 돼. 모두 말에서 내려요."

홍득희가 나직하게 명령했다. 일행은 모두 말에서 내려 자세를 낮추고 역사 쪽으로 천천히 다가갔다. 암살패가 어디 있는지 빨리 찾아내야 했다.

"염 동지가 말을 두고 나가서 좀 살펴보시지요."

홍득희가 옆을 돌아보며 말했다.

관아로 내려가 사정을 살피고 온 염정근이 나직한 목소리로 홍득희 두령에게 보고했다.

"암살패 같은 놈들은 보지 못했습니다."

"저기 동네 농가들은 살펴보았나요?"

"예. 한 집은 개가 짖는 바람에 그냥 나오고 두 집은 마당까지 들어가 보았는데 사람을 보지는 못했습니다."

"어딘가 분명히 암살자가 숨어 있을 것입니다. 그나저나 아저씨가 올 때가 다 되었는데……."

홍득희는 조바심이 나서 그냥 있을 수가 없었다.
"모두 들으시오."
홍득희는 부하들을 가까이 불러놓고 목소리를 낮추어 말했다.
"김 장군님이 들어오면 저기 역사 앞마당에서 멈출 것이오. 그리고 곧 말에서 내릴 터인데 그때 암살자가 덤빌 가능성이 가장 큽니다. 그러니까 세 사람은 마구간에 숨어 있다가 암살자가 덤비면 막아야 합니다. 나머지는 세 군데로 흩어져서 암살자를 찾아야 합니다. 칼이나 철퇴를 가지고 덤비지 않고 멀리서 활을 쏠 가능성이 많습니다. 활을 쏠 만한 장소를 빨리 찾아야 합니다."
"여긴 언덕도 산도 없는데…… 암살자가 숨을 만한 곳이 없지 않습니까?"
나이 젊은 부하 한 사람이 홍득희를 보고 따지듯이 말했다.
"우리가 잘못 짚었다고 생각하는가요?"
홍득희가 묻자 그는 우물쭈물했다.
"꼭 잘못 짚었다고 한 것은 아니고요……."
"자, 빨리 흩어져서 몰래 암살자를 찾아요."
홍득희는 농가 중에서 가장 지붕이 낮은 집 뒤로 돌아갔다. 만약 자신이 자객이라면 그 집 지붕 위에서 활을 쏠 수 있을 것이라고 생각했다.
그때였다. 말발굽 소리가 요란하게 들렸다. 홍득희가 집 뒤에서 뛰어나와 관아 마당을 내다보았다.
"앗!"
거기에는 김종서 장군 일행이 막 마당으로 들어서고 있었다.

맨 앞에는 영기(令旗)를 든 갑사가 탄 말 두 필이 달려 들어왔다. 그 뒤로 붉은색 관복과 사모관대를 한 김종서 도체찰사가 말을 타고 들어왔다.

"갑옷도 입지 않았구나! 흰옷을 입지 않은 것을 보면 전하가 승하하신 소식을 못 들었는가 보다."

홍득희는 급히 농가 집 뒤로 돌아갔다. 그러나 거기에는 아무도 없었다. 홍득희는 눈에 불을 켜고 사방을 살폈다. 그러다가 문득 농가 지붕 위를 보았다.

"저놈이다!"

홍득희가 소리를 쳤다. 그와 동시에 활을 잡고 시위를 당겼다.

지붕 위에는 용마루에 납작 엎드린 사나이가 활시위를 당기려고 하고 있었다. 말에서 내리는 김종서 장군을 쏘려는 것이 분명했다. 갑옷을 입지 않은 김종서 장군의 목숨이 화살 한 방에 달려 있었다. 명궁으로 불리는 옥문기가 저자라면 분명히 장군의 심장이나 얼굴을 겨냥하고 있을 터였다.

홍득희는 생애의 가장 짧은 순간을 놓치지 않았.

피융—!

홍득희의 활에서 화살이 짧은 비명을 지르며 날아갔다.

"윽!"

지붕 위에서도 짧은 비명이 들렸다. 곧이어 활을 손에 꼭 쥔 사나이가 지붕에서 굴러떨어졌다.

홍득희는 사나이가 떨어진 곳으로 달려갔다. 사나이는 지붕에서 떨어지며 한 손은 활을 잡고 한 손은 목에 꽂힌 화살을 쥐고 고통스러워했다. 홍득희의 필살의 일발이 사나이의 목을 관통한 것이었다.

"네놈이 옥문기냐?"

홍득희가 칼을 빼 들고 사나이의 얼굴을 겨누며 말했다. 그러나 사나이는 홍득희를 한번 흘깃 보고는 눈을 부릅뜬 채 숨을 거두었다. 한마디도 하지 못했다.

홍득희가 사나이의 죽음을 확인하는 순간 마당에서 왁자지껄한 소리가 들렸다. 홍득희가 급히 뛰어나갔다.

"이놈들이 암살패입니다."

염정근과 다른 부하들이 남자 두 명의 멱살을 쥐고 마당으로 나왔다.

"두령님, 이놈들이 저 농가 뒤에서 활과 칼을 가지고 있었습니다."

"저격하는 놈은 내가 막았다."

홍득희가 마당으로 나서자 무슨 영문인지 모르고 있던 김종서가 깜짝 놀라서 홍득희 일행을 바라보았다.

"너는, 너는 득희 아니냐?"

"아저씨!"

홍득희가 땅바닥에 무릎을 꿇고 절을 했다.

"여기 죽은 자는 누구냐?"

평산 역 마당이 추국장으로 변했다. 김종서 장군이 추관이 되어 단상에 앉고, 마당에는 죽은 시체 한 구와 오랏줄에 묶인 사나이 둘이 꿇어앉아 있었다. 마당 주변은 김종서 장군과 함께 온 조선군 갑사들이 둘러쌌다.

"옥문기입니다."

초립을 쓰고 있던 사나이가 말했다.

"너는 이름이 무엇이냐?"

"노비 구을석이입니다."

"어느 집 노비냐?"

"옥문기 처갓집 노비입니다."

김종서가 다른 사나이를 보고 물었다.

"너도 종놈이냐?"

"그러하옵니다. 옥문기와 함께 남문 밖 주막에서 붙어사는 신백정입니다."

또 한 사나이는 머리에 무명수건만 질끈 동여맨 것으로 보아 아직 상투도 틀지 못한 떠꺼머리총각 같았다.

"저기 죽은 자와 아는 사이냐?"

"예. 함께 가면 벼슬자리 하나 준다고 해서 그냥 따라온 죄밖에 없습니다."

구을석이란 사나이가 죽을상을 하고 대답했다. 암살패로 보기에는 너무나 한심한 자들이었다.

"저기 죽은 자의 이름이 옥문기가 맞느냐?"

"예, 맞습니다."

"저자가 활 잘 쏘는 옥문기가 틀림없단 말이지?"

옆에서 듣고 있던 홍득희가 물었다.

"그렇습니다."

함께 지냈다는 신백정이 대답했다.

"무엇 때문에 저자를 따라왔느냐?"

"역적 한 사람을 활로 쏘아 죽이는데 같이 가서 자기를 엄호해 주면 천민 신분을 벗어나게 하고 벼슬도 준다고 하였습니다."

"옥문기는 누구의 지시를 받았느냐?"

그들은 서로 얼굴만 쳐다보며 말을 하지 않았다.

"얼른 대지 않으면 너희가 대신 능지처참을 당할 것이다. 조선의 도체찰사를 암살하려고 한 죄가 얼마나 큰 죄인지 아느냐? 남문 거리에 머리가 걸려서 돌팔매를 맞아보아야 알겠느냐?"

김종서 장군과 함께 온 송오마지가 한마디 했다.

"쇤네는 옥문기의 말만 믿었습니다."

"옥문기는 누구의 지령을 받았다고 하더냐?"

"무계정사의 집사로부터 부탁을 받았다고 했습니다."

"뭐야? 무계정사? 그럼 안평대군 시저의 집사가 지령했다는 말이냐?"

김종서는 물론 홍득희를 비롯한 모든 사람이 깜짝 놀라 입을 크게 벌렸다.

"그 집사 이름이 무엇이라더냐?"

김종서가 다그쳤다.

"상충 나으리라고 하였습니다."

"상충?"

김종서는 고개를 갸웃했다.

"이놈들! 그런 거짓말을 내가 믿을 줄 아느냐? 안평대군이 무엇 때문에 나를 죽이려 한단 말이냐? 말이 되는 소리를 해라!"

14 달달족 대군 앞에 왕권 다툼만

김종서는 황해도 평산에서 생포한 암살패 두 명을 한성 형조로 압송하라고 지시를 내렸다.

"안평대군이 암살 지령을 내렸다는 것은 이해할 수 없는 일이야."

곰곰이 생각하던 김종시가 말했다.

"직접 암살 지령을 내린 사람은 안평대군이 아니고 집사인 상충이라는 자라고 하지 않습니까? 상충이 누구인지 캐보아야 할 것입니다."

홍득희의 말에 백규일이 대답했다.

"제가 김승규 소윤 나으리와 의논해서 상충의 정체를 알아보겠습니다."

김승규는 김종서의 장남이었다.

"그게 좋겠군."

김종서는 일단 암살 지령의 진위는 한성에 가서 밝히기로 하고 평산을 떠났다.

김종서가 벽제에 있다는 소문 때문에 잠시 음모를 멈춘 모든 세력들은 세자의 즉위식이 거행되는 대전에 참석했다. 물론 김종서는 참석하지 못했다. 국상 중에 세종 임금의 뒤를 이어 왕위에 오른 세자는 뒷날의 문종이다.

김종서가 한성에 도착한 것은 세종 임금이 승하한 지 십칠일 만인 이월 이십사 일이었다.

서울에 도착하자 김종서는 서대문으로 들어서기 전 문 앞에 있는 집에 들렀다. 부인 윤 씨가 오랫동안 병을 앓다가 작년에 돌아갔기 때문에 집에는 큰 며느리와 노비들만 지키고 있었다. 김종서는 붉은색 관복을 벗고 흰 관복과 백색 사모관대를 착용했다.

김종서는 영의정 하연과 함께 빈전이 차려진 여덟 번째 왕자 영웅대군 사저로 갔다. 그곳에는 양녕대군을 비롯한 종친 어른들이 모두 모여 있었다. 안평대군과 수양대군도 나란히 시립하고 있었다.

김종서는 세종 임금의 빈전에서 한없이 눈물을 쏟았다.

"전하, 전하가 주신 이 활이 닳아 없어질 때까지 이 나라의 사직을 보호할 것입니다."

김종서는 어깨에 메고 있는 활을 매만지면서 통곡했다. 안평대군과 수양대군은 뒤에 서서 심기가 불편한 듯 얼굴을 찌푸렸다.

김종서의 통곡이 대호의 포효처럼 들렸다.

그날 밤, 서대문 밖 김종서의 사저에는 홍득희, 천시관, 백규일 등이 모였다. 그 자리에 김승규가 들어왔다.
"아버님, 자객을 보낸 사람은 안평대군이 아닌 것 같습니다."
김승규가 뜻밖의 말을 했다.
"안평대군이 아니면 누구란 말인가?"
"혹시 수양대군 측?"
홍득희가 말을 받았다.
"옥문기에게 지령을 내린 사람은 안평대군 집 집사 상충이라고 했는데, 상충은 원래 한명회의 동서 집에 있던 노비였다고 합니다."
"한명회의 동서라고?"
한명회가 수양대군의 일등 책사라는 것은 모두가 알고 있었다.
"한명회가 상충을 안평대군 사저에 위장 투입했다는 증거를 여러 번 잡은 일이 있습니다."
김승규의 설명에 모두 혀를 찼다.
"상충은 옥문기를 따라간 어설픈 암살패 두 명을 일부러 잡히게 하여 안평대군의 짓이라고 알리려 한 것 같습니다."
"어쩐지 두 놈이 어설프더라니까."
홍득희가 쓴웃음을 지었다.
"한명회가 잔꾀를 부린 것이구먼. 공연히 안평대군을 의심했나?"

김종서가 이어서 말했다.

"모두 그런 작은 일에 신경 쓸 틈이 없다. 사직을 바로 지키느냐 마느냐 하는 중대 고비가 지금이라고 생각하고 정신들 바짝 차려야 한다."

그 다음날 대전에는 급보가 날아들었다. 평안도 관찰사로부터 병조를 거쳐 문종에게 보고된 급보는 압록강 북쪽과 파저강 일대에 몽골 대군이 집결하여 침공할 태세라는 것이었다.

문종은 영의정 하연, 좌의정 남지, 우찬성 정분 등을 불러 모아 대책을 의논했다.

"원나라의 후예인 달달족 추장들이 합세하여 국경을 침범할 태세라고 하니 이 일을 어떻게 해야 할지 심히 걱정이오."

임금이 대신들을 굽어보며 말했다.

"군사를 정비하여 서북 변경 방어를 서둘러야 합니다."

정승 하연이 고개를 조아렸다.

"김종서와 이징옥 장군이 함길도에서 동북 변경을 단속한 이후 서북 변경은 방비를 소홀히 해왔는데 이제 큰 위기가 닥친 셈이오."

"김종서 장군을 평안도 도체찰사로 임명해 속히 변경으로 보내야 할 것 같습니다."

듣고 있던 수양대군이 한마디 했다. 그가 김종서를 도체찰사로 보내자고 한 것은 왕권 찬탈의 기회를 가지려는 야심 때문이었다. 그러나 이런 국난의 위기를 맞으면 모두가 기대는 사람은 오직 김종서 장군뿐이었다.

"하오나 김종서 장군은 연세가 이미 칠순에 가까운데 이 엄동설한에 북변으로 보낸다는 것이 소기의 목적에 적합한지 모르겠습니다."

안평대군이 반대 의사를 밝혔다. 안평은 나름대로 김종서가 없는 한양을 걱정했다.

"김종서를 평안도체찰사로 임명하여 몽골 침공을 막게 하시오."

임금은 수양대군의 의견을 받아들여 결론을 내렸다.

문종 일 년, 김종서의 나이 예순일곱이었다. 문종 임금은 출전하기 전 김종서를 경복궁 근정전으로 불렀다. 임금은 손수 갑옷 한 벌, 털 귀마개, 활과 화살을 주었다.

"고령의 경을 전장의 수령을 삼아 보내려니 과인의 심정이 착잡하오. 하지만 나라가 위급할 때 경은 항상 죽음을 두려워하지 않았소. 이번에도 꼭 나라를 구해주시오."

임금이 어탑에서 내려와 김종서의 손을 잡았다.

"평안도로 가는 수령은 가족을 데리고 가지 못하게 되어 있는지라 홀로 보내는 것이 안타깝소."

그러나 김종서의 아내는 이미 세상을 떠난 지 이태가 가까웠다. 임금은 도승지 이계전에게 출정하는 김종서를 반송정까지 나가 환송하라고 일렀다.

김종서는 출정 길에 홍득희를 불러 동행했다. 그러나 홍득희는 김종서 없는 한양을 염려하여 김종서의 집에 머물러 있기를 바랐다.

"파저강 북쪽 오랑캐의 상황을 파악하려면 득희가 꼭 필요하다. 이번 전쟁에 패하면 조선은 사직을 보존할 수가 없다."

홍득희는 자신이 없는 동안 한성, 특히 수양대군과 안평대군의 동정을 살필 것을 천시관에게 부탁하고 김종서를 따라나섰다.

김종서가 출정한 이틀 뒤 영의정 하연은 임금에게 청을 올렸다.

"일흔을 앞둔 김종서 도체찰사가 전장에 홀로 가는 것이 안타깝습니다. 평안도에는 수령이 가족을 수반할 수 없습니다만, 이번만은 배려를 바랍니다."

소청을 들은 임금이 반문했다.

"김 도체찰사는 이미 처가 죽고 없는데 가족이라니요?"

"장남 김승규를 동행케 하여 아버지를 돕도록 하는 것이 좋을 것 같습니다. 김승규는 아직 어머니 상중이지만 전하께서 어명을 내리시기 바랍니다."

김승규는 사복시 소윤의 직에 있었다.

"경의 말이 타당하오. 과인도 김종서 장군을 홀로 변방에 보내며 마음이 편하지 못했소. 곧 김승규를 종사관으로 뒤따르게 하시오."

김승규는 왕명을 받고 역마를 이용해 평안도로 향했다.

평양에서 부자가 상봉했다.

"아버지!"

평양성에는 모진 북풍이 휘몰아치고 있었다. 고드름이 달린 노부의 흰 수염을 보며 김승규는 울음을 삼켰다.

"네가 여기까지 오다니……."

사지를 앞에 두고 아들을 보는 김종서의 마음은 반갑지만은 않았다.

문종이 갓 보위에 오르자마자 북방 몽골족이 다시 대거 조선을 침공할 태세를 보였다. 조정은 대단히 당황했다. 급하면 장수를 찾는 조정인지라 칠순이 다 된 김종서가 흰 눈썹을 삭풍에 휘날리며 압록강으로 달려갔다.

그러나 조선군의 전세는 극히 불리했다. 압록강 너머에서 몽골 대군 수십만이 야선과 화관왕이라는 두 추장의 지휘로 남침을 시작했는데, 조선군은 황급히 동원한 김종서 군 삼천 명이 고작이었다.

김종서는 삼남을 비롯한 각도의 지방군을 긴급히 동원해서 평안도로 집결하도록 조정에 요청했다. 그러나 갓 임금 자리에 앉은 문종은 탄식만 했다.

"조선에는 왜 이렇게 장수들이 없는가? 사직이 위급한데 나라를 구할 궁리는 않고 대신들이 자기 이익만 챙기기에 급급하단 말이냐?"

문종은 우선 황해도에 있는 군사 삼천 명을 김종서 휘하로 넣도록 체찰사에게 명했다.

오랑캐가 평안도로 쳐들어온다는 소문이 퍼지자 연도에 있는 백성들은 남쪽으로 도망가기에 바빴다. 명령을 받은 수령들은 한 명도 평안도에 도착하지 않았다.

평안도는 그동안 박호문이 맡고 있었다. 방비가 말이 아니었다. 길목에는 많아야 수백 명 아니면 수십 명의 병사만이 드문드문 배치되어 있을 뿐이었다. 화력도 볼품이 없었다.

김종서는 다시 문종에게 상황을 알리고 작전 변경을 요구했다.

"몽골군이 침공할 것으로 예상되는 일천 리의 길목에는 방어할 산성 열여섯 개소와 요충 이십오 개소가 있습니다. 여기에 군사가 나누어 배치되어 한 곳에 많아야 삼백 명, 적은 곳은 수십 명에 불과합니다. 이런 포진으로는 싸울 수가 없습니다. 요충을 대폭 줄이고 거점 방어 형태로 전선을 바꾸겠습니다. 병력을 분산시키기보다는 요충에 집결하여 싸워야 대항할 힘이 생깁니다."

김종서는 임금에게 보고를 올린 뒤 신속하게 군사 포진을 바꾸었다.

요충 중에서도 가장 요충지인 평산성과 이성에 군사를 집중적으로 배치했다. 나머지는 읍성을 위주로 방어진을 구축했다.

"홍 두령은 강을 건너가서 몽골군의 움직임과 작전을 탐후하시게."

김종서가 홍득희를 불러 중요한 임무를 주었다. 야인들의 생리를 잘 아는 홍득희가 첩보 병사를 이끌고 몽골군의 움직임을 살

샅이 탐지해 내라는 어려운 명령이었다.
 홍득희는 산적 출신 부하 중에 여진족을 중심으로 여섯 명의 탐후 부대를 조직했다. 송오마지와 홍석이가 필수 요원이었다.

 얼어붙은 압록강을 쉽게 건넌 홍득희 일행은 파저강 변으로 단숨에 숨어들었다. 압록강 주변은 평지가 펼쳐진 곳이지만 홍득희는 산길만을 골라서 북진했다. 압록강이 얼어붙어 있어서 말로 그냥 달릴 수 있었다.
 "강이 얼어서 대군이 아무 저항 없이 국경을 넘어올 수 있겠군요."
 송오마지가 빙판길이 된 강위를 달리며 말했다.
 "두만강에서 압록강 끝까지는 이천 리가 넘는데 겨울철에는 모두 방어지역이 되지요. 전선이 너무 넓어 침략군을 국경에서 봉쇄한다는 것은 불가능한 일입니다."
 "그렇습니다. 그나마 한길도 쪽은 김종서 장군이 튼튼한 육진을 만들어놓은 터라 조금은 안심이 되겠군요."
 송오마지가 말고삐를 늦추며 말했다.
 홍득희는 주로 함길도 북쪽 송화강 동쪽에서 활동했기 때문에 파저강 서쪽은 그다지 익숙하지 못했다.
 홍득희 일행은 모두 중국 복장을 하고 있었다. 일행은 하루 종일 말을 달려 몽골군이 집결한 곳으로 알려진 요동 동쪽으로 들어갔다. 첫날 저녁 무렵 통화 근처 얕은 산 밑에 이르렀을 때 짧은 겨울해가 저물었다.

"여기서 통화까지는 십여 리 남았다고 하네요."

송오마지가 이곳 지리를 잘 아는 여진족 일행의 말을 전했다.

"오늘은 여기서 야영을 하도록 하지요."

홍득희 말에 송오마지가 다른 의견을 내놓았다.

"그건 위험합니다. 저 얕은 산모퉁이를 돌아가면 여진족 마을이 있다고 하는데 그 마을에 가서 하룻밤 잘 곳을 부탁해 보지요. 우리가 가지고 온 소금을 좀 주면 될 것입니다."

김종서는 홍득희가 떠날 때 비상용으로 소금 두 자루와 쌀, 유황, 담비 털가죽 다섯 장 등 물품을 주었다.

일행이 산모퉁이를 돌아서자 얼어붙은 작은 개천 옆에 민가로 보이는 집 서너 채가 있었다.

홍득희 일행은 가장 가까이 있는 집으로 들어갔다. 홍득희를 따라간 사람은 송오마지와 탈탈 출신 청년이었다.

"주인장 계시오?"

송오마지가 여진 말로 주인을 찾았다.

한참 만에 늙수그레한 여자가 나왔다. 때 절은 옷을 덕지덕지 입고 있었다.

"제가 이 집 주인인데요. 무슨 일입니까?"

여주인이 잔뜩 경계의 눈초리를 아래위로 굴리며 물었다. 겁먹은 표정이 역력했다. 방 안에서는 문을 빠끔히 열고 남매인 듯한 어린아이 둘이 내다보고 있었다.

"우리는 명나라에 가는 여진 사람들인데 길을 잘못 들어 여기로 오게 되었습니다. 개천이 얼어 마실 물을 구할 수가 없어서 물 좀 얻으려고 합니다."

송오마지의 말에 여자의 겁먹은 얼굴이 좀 누그러졌다. 홍득희는 재빨리 쌀 한 자루와 소금을 가져다 여인에게 주었다.

"이 쌀은 조선국에서 얻은 것입니다. 물값 대신 드리겠습니다."

홍득희의 말에 여인은 입이 크게 벌어졌다.

"고맙습니다. 해도 저물었는데 여기서 자고 가시면 어떻겠습니까?"

여인이 뜻밖의 제의를 했다.

"이 집은 방이 한 칸뿐일 텐데 우리가 신세를 질 수가 있겠습니까?"

이월 달이라 북녘의 칼바람이 귀를 에는 듯했다.

"마침 이 뒷집은 비어 있는 집입니다. 지금이라도 불을 지피면 하룻밤은 보낼 수 있을 것입니다."

여인의 호의로 홍득희 일행은 하룻밤을 무사히 넘기게 되었다. 홍득희는 고마움의 표시로 가지고 온 담비 털가죽 하나를 여인에게 또 주었다.

홍득희 일행은 방 안 화로에 불을 지피고 저녁밥을 지어먹었다. 그리고 여섯 명 모두가 한 방에서 담비 가죽을 덮고 잠을 청했다.

"한 사람씩 교대로 파수를 보도록 해요."

홍득희의 명에 따라 다섯 명이 순서를 정하고 파수를 보기로 했다.

홍득희는 잠이 오지 않아 뒤척이다가 겨우 잠이 들었다. 그때 갑자기 방 안이 서늘해지는 살기가 느껴졌다.
"누구요?"
홍득희가 벌떡 일어나며 옆에 둔 장검을 쥐었다.
"꼼짝 마라!"
화롯불에 앞에 시커먼 그림자 여럿이 서 있었다. 파수를 선 부하는 보이지 않았다.
"당신들은 누구요?"
홍득희는 칼을 뽑아 들고 큰 소리로 물었다. 그 바람에 잠들어 있던 부하 두 명이 벌떡 일어났으나 그림자가 한 방에 때려눕혀 버렸다. 홍득희는 예사 놈들이 아니라는 생각이 들어 섣불리 대항해서는 안 되겠다는 생각이 들었다.
"저놈은 여자 아니냐?"
그림자가 여진 말로 소리쳤다.
"하하하, 여자가 도둑놈들 사이에 끼여 잤구나."
"우리는 명나라로 가는 여진 사람들인데, 보아하니 당신들도 여진 사람 같은데 도대체 왜 이러시오?"
홍득희는 당황하지 않고 목소리를 낮추었다.
"네가 여진 여자란 말이지? 그 칼 버리고 이리 나와봐. 어디 얼굴이나 좀 보자."

"여자 살 만져본 지도 오래 되었구먼. 흐흠, 나이는 들었지만 제법 반반한데……."

홍득희는 좁은 방 안이라 여러 놈을 상대해서 싸우면 매우 불리하다는 생각이 들었다.

"당신들은 어느 추장 밑에 있는 군사들이오?"

홍득희가 부드러운 목소리로 물었다.

"우리 대장은 네가 알 필요 없다. 너희 패거리는 이미 모두 묶어놓았으니 엉뚱한 생각 말고 순순히 따라야 한다."

홍득희는 칼과 활을 뺏긴 채 그들에게 끌려 나갔다. 마당에는 부하 다섯 명이 모두 손이 묶여 포로 신세가 되어 있었다.

"당신들도 여진족 같은데 추장이 누군지 말해보시오."

홍득희가 다시 물었다.

"왜, 네 몸이라도 바칠 셈이냐?"

패거리의 우두머리인 듯한 산발 차림의 괴한이 빈정거렸다.

괴한들은 모두 일곱 명이었다. 그런데 괴한들 뒤에 숨어서 홍득희를 민망한 눈으로 쳐다보는 여인이 있었다. 이 집에서 자고 가라고 주선해 준 바로 그 여자였다. 고맙다고 쌀과 소금과 담비 가죽까지 주었는데 은혜를 원수로 갚은 게 분명했다. 이 여자가 고자질하지 않았으면 괴한들이 여기까지 찾아올 리가 없다고 홍득희는 생각했다.

"자, 모두 가자. 말과 양식은 우리가 운반한다. 포로들은 걸어서 가야 한다."

모두 우두머리를 따라 뒷산으로 올라갔다. 벌써 먼동이 트고 있었다. 산모퉁이 하나를 돌아서자 깊숙한 골짜기가 보였다.

홍득희 일행은 손이 묶인 채 그들을 따라 한참 들어갔다. 먼 데서 볼 때와는 전혀 다른 깊은 골짜기와 개천이 있었다. 개천가에는 임시로 지은 듯한 병영이 수없이 줄을 지어 있었다. 적어도 수천 명의 군사가 머물러 있는 것이 분명해 보였다.

"너희들은 여기서 기다려라."

우두머리가 허름한 창고 같은 곳에 홍득희 일행을 가두었다. 두 명의 괴한만이 일행을 지켰다.

"여기가 분명 몽골군의 병영일 것입니다."

홍석이가 손이 묶인 채 귓속말을 했다.

"아닌 것 같아. 이만주의 부하일지도 몰라. 머리를 산발하고 있던 여진 놈은 내가 어디선가 만난 일이 있는 놈이거든. 놈도 나를 보더니 고개를 몇 번 갸웃거리더라고."

송오마지가 홍석이의 귀에 대고 속삭였다.

"탈탈의 지배를 받는 놈들이거나, 불화왕의 부하라면 큰일이야."

홍득희도 밖에 안 들릴 정도로 나직하게 말했다.

헛간에 갇혀 덜덜 떨면서 얼마나 기다렸을까? 산발 머리의 괴한이 나타났다. 싯누런 이를 드러내 보이며 멧돼지처럼 흉물스럽게 웃는 산발머리가 홍득희를 보고 명령했다.

"거기, 납작한 놈 이리 나와봐."

턱으로 홍득희를 가리켰다.

"나 말이오?"

홍득희가 얼굴을 들고 물었다.
"사타구니 납작한 놈이 네년밖에 더 있냐?"
녀석은 히죽히죽 웃으면서 말했다.
"왜 나오라는 건데?"
홍석이가 벌떡 일어서서 항의하듯 말했다.
"요 쬐끄만 녀석이 까불어."
산발 머리가 들고 있던 창으로 홍석이를 거칠게 찔렀다. 그러나 재빠른 홍석이가 날쌔게 창을 피했다.
"알았다. 내가 나갈게."
그때 홍득희가 헛간 밖으로 걸어나갔다.
"안 돼요. 우리 모두 같이 가요."
송오마지가 나섰다. 여자 하나만 불러낼 때는 무슨 짓을 하려고 하는지 짐작한 것 같았다.
"내 걱정 말고 모두 조용히 기다리고 있어요."
홍득희는 부하들을 진정시킨 뒤 산발머리를 따라나섰다.
"이디로 가는 거요?"
홍득희가 산발머리를 보고 물었다.
"우리 추장님이 데리고 오라고 하셨어. 우리 추장님은 체격이 엄청 좋고 정력도 서너 놈 뺨치거든."
산발머리가 싱글싱글 웃으며 말했다.
"추장 이름이 무엇이오? 여진 사람이오?"
"네가 이름은 알아서 뭐 할 거야. 그냥 눈 감고 시키는 대로만 하고 있으면 잡아먹지는 않을걸."

산발머리가 제법 크고 넓은 병영으로 홍득희를 데리고 들어갔다.

"추장님, 데리고 왔습니다."

돌아서서 칼을 매만지고 있던 덩치 큰 추장이 돌아섰다.

"엇? 추장님!"

홍득희가 깜짝 놀랐다. 추장은 바로 범찰이었다. 세월이 흘러 머리가 희끗해져 있었다.

"아니? 홍 두령이었어?"

범찰은 몹시 반가워했다.

"이거 몇 년 만인가?"

범찰은 몹시 반가워했다. 사다노서 포로가 되었다가 김종서의 필사적 결투로 살아난 지 여러 해가 되었다.

"김종서 장군이 평안도로 왔다는 이야기를 들었는데, 장군을 따라온 거냐?"

"예, 그동안 추장님은 어떻게 지내셨는지요?"

홍득희가 예의 바르게 인사를 했다.

"나야 생긴 대로 험하게 사는 놈 아닌가? 허허허. 그래, 홍 두령은 김 장군을 남편으로 모신 것이 내 첩 되는 것보다는 훨씬 좋았겠네."

범찰은 홍득희가 사다노 사건으로 아예 김종서의 후처가 되었다고 들은 모양이었다. 그러나 홍득희는 그 말을 부인도 시인도 하지 않았다.

"내 부하들이 천하의 여걸을 몰라보고 실례를 한 모양인데 용서하게나. 참, 아직 아침밥을 못 먹었을 텐데 나하고 같이 먹지요."

범찰은 예전과는 달리 홍득희를 편안하게 대하려고 애를 썼다.

"저보다 우리······."

"알았네. 부하들 걱정부터 하는 게 역시 보통 두령은 아니야."

범찰은 부하를 불러 함께 온 홍득희 일행을 잘 보살피라는 명을 내렸다.

산짐승 고기로 차린 아침상을 함께 먹으면서 범찰이 물었다.

"홍 두령이 부하 몇 명만 거느리고 이렇게 깊숙이 명나라 땅에 들어왔을 때는 특별한 임무가 있었을 텐데, 무슨 일인지 이야기만 하면 내가 도울 수도 있지."

인사치레로 하는 말 같지는 않았다. 범찰은 사다노 사건으로 홍득희를 좋게 본 모양이었다.

"몽골 대군이 조선을 노리고 있습니다. 아시다시피 조선은 지금 국상 중인데, 임금은 즉위한 지 몇 달도 되지 않았습니다."

홍득희가 먹던 음식을 내려놓고 진지하게 말했다.

"전쟁이야 임금이 하는 것은 아니지. 조선에는 김종서 같은 명장이 있는데, 명장 밑에 약졸 없다고 몽골군이라도 쉽지는 않을 거야."

"하지만 이번은 좀 다른 것 같습니다. 불화왕이 대군을 거느리고 온다는 소식이 전해지고 있습니다."

홍득희의 말에 범찰은 고개를 끄덕였다.

"불화왕이 함께 온 것은 사실이지. 그보다는 에센부카가 문제지."

"에센부카라면 몽골 외리부의 추장을 말하는 것입니까?"

홍득희가 물었다. 에센부카는 원나라가 망한 뒤 유민들을 모아 요동을 치고 명나라의 심장부로 향하다가 패해서 발해만 근처로 후퇴했다가 다시 세력을 모아 몽골 추장이 된 사람이었다.

"불화왕보다는 에센부카가 훨씬 대군을 거느리고 있지, 그런데 며칠 전 갑자기 에센부카의 대군이 감쪽같이 사라졌단 말이야."

"예? 감쪽같이 사라지다니요?"

"나도 탐후 병사를 풀어 알아보고 있으니 곧 행방을 알게 될 거야."

"혹시 동북부로 가서 두만강을 넘어 김종서 장군이 없는 함길도를 공략하려는 것은 아닐까요?"

홍득희가 요즘 우려하던 말을 했다.

"동쪽으로 이동하자면 이 엄동설한에 백산 줄기를 가로질러야 하는데 그런 무모한 짓을 하지는 않았을 것이오."

"그럼 어디로 숨었을까요?"

"홍 두령이 여기서 한 이틀만 푹 쉬고 있으면 내 부하들이 알아내 올 것이오."

범찰의 말이 옳았다. 에센부카가 불화왕과 의견 충돌을 일으켜 조선침공을 포기하고 몽골로 돌아갔다는 것을 범찰의 부하들이 알아냈다.
　홍득희는 범찰로부터 대접을 잘 받고 중요한 정보를 알아내서 평안도로 돌아왔다.

15 문종 독살 의혹

　병환 중에 즉위한 문종 왕은 용상이 바늘방석이었다. 등에 난 종기가 점점 악화되어 육체적 고통을 참아야 하는데다 선왕 세종 임금의 국상 중이어서 음식을 마음대로 들 수도 없고 처신을 뜻대로 할 수도 없었다. 거기다가 왕비도 궐위라서 아침저녁 알뜰하게 보살필 손길도 없었다. 세자마저 어려서 도움이 되지 않았다.
　나라 사정도 외환까지 겹쳐 몽골군이 쳐들어온다고 백성들의 근심이 깊었다. 종친 중에 가장 어른인 양녕대군은 사직을 지키는 데는 전혀 관심이 없다. 그 나이에도 엽색과 사냥에 몰두하며 세월을 보냈다.
　수양대군과 안평대군은 정권에 너무 관심이 많아 사직을 지키기는커녕 빼앗아 가지만 않아도 다행일 지경이었다. 문종과 세자의 보모 격인 혜빈 양 씨가 종실을 위해 힘쓴다고 하지만 내명부 여인으로서의 한계가 있었다. 그뿐 아니라 세종 임금의 후궁이었기 때문에 그만큼 힘이 모자라기도 했다. 또한 자신이 생산한 아들 셋을 틈만 나면 내세우고 싶어 했다.

문종이 믿는 구석은 김종서 장군의 범접할 수 없는 위엄과 집현전 학자들의 충성심뿐이었다. 그러나 김종서 장군은 천 리 먼 변경, 압록강에서 대군과 맞서고 있으니 문종을 보호할 위치가 전혀 아니었다.

답답한 문종은 자신 앞에 닥친 운명을 보는 듯했다. 가장 눈에 밟히는 것이 열 살을 겨우 넘긴 세자 홍위였다. 문종은 만약 이러한 상태에서 자신이 떠난다면 어린 세자가 온전히 보위에 오를 수 있겠는가 하고 수없이 고민했다. 오직 김종서 장군과 집현전 학사들만이 세자를 지켜줄 것이라고 확신했다.

문종은 집현전을 자주 찾았다. 학사들 중에서도 성삼문, 박팽년, 신숙주, 유응부 등을 가까이했다.

흰 눈이 펄펄 내리던 입춘 전날이었다. 문종이 세자 홍위를 앞세우고 귤 한 쟁반을 들고 집현전을 찾았다. 마침 밤늦게까지 일과를 정리하고 있던 성삼문, 박팽년, 신숙주 등이 깜짝 놀라 하던 일을 멈추고 모셔 들었다.

"밤늦게까지 애를 쓰고 계시네요. 과인이 혼자 먹기 뭣해서 귤을 좀 가져 왔으니 천천히 먹고 일들 보시오. 이놈의 귤이 달고 향기가 있어 사람 입을 유혹하는 데는 제일가는 과일이지요."

학사들은 문종의 따뜻한 마음씨에 감동했다.

문종은 세자를 무릎에 앉히고 학사들을 한 사람씩 뚫어지게 바라보았다. 문종의 눈빛에는 간절함이 담겨 있었다.

"옛날 부왕께서 여러 대신들에게 과인이 무사히 대업을 잇도록 보살피라는 부탁을 하시는 것을 여러 번 보았소."

문종은 다시 신숙주를 보고 말했다.

"아직 세자 홍위가 어려요. 만약 과인이 자리를 지키지 못할 때는 여러 집현전 학사들이 세자를 도와주세요."

문종의 눈에 이슬이 맺혔다. 학사들도 손등으로 눈물을 씻으며 머리를 숙였다.

"전하께서 오래오래 장수하셔야 합니다."

성삼문이 목이 메어 겨우 말을 했다.

이튿날 새벽 집현전에서 잠을 깬 성삼문과 박팽년, 신숙주는 방 안이 훈훈한 것 같은 느낌을 받아 벌떡 일어났다. 그들에게는 담비 털가죽 이불이 덮여 있었다. 밖에는 아직도 흰 눈이 펄펄 쏟아지고 있었다. 담비 이불은 임금님과 왕후의 침방에서만 쓰는 물건이었다.

"전하! 정말 황공하옵니다."

두 선비는 이불자락을 쥐고 또 한 번 눈물을 흘렸다.

문종은 활쏘기와 말 타기를 좋아하고 학문을 즐겨 책도 열심히 읽었다. 병법을 개발해서 삼군부에 내려 보내기도 했다. 그 대신 여자를 별로 좋아하지 않았다. 그래서 이전의 세자빈이 독수공방 침실을 견디기 어려워 동성연애 같은 탈선을 하다가 쫓겨나기도 했다. 궁녀와 동침하거나 남자의 화장실을 몰래 훔쳐보는 등 음란한 짓을 하다가 세종 임금에게 들켜 폐빈이 된 세자빈이 두 명이나 되었다.

씩씩하던 문종이 뒤에는 등에 종기가 나는 악성 피부질환이 생겨 치료 받느라 기력이 소진했다.

문종이 보위를 물려받았을 때는 이미 병이 상당히 깊어진 후였다. 거기다 상주가 되었으니 음식이며 잠자리가 불편하기 짝이 없어 대신들은 근심을 했다.

나이 삼십대의 제왕이지만 따뜻하게 보살필 대비도 없고 왕비도 없으니 먹고 자는 것이 편하지 못했다. 약을 쓰는 것은 오직 전의에게만 맡겨둔 상태였다. 치료에 적극적으로 관여한 사람은 종친의 대표이자 문종의 바로 아래 동생인 수양대군이었다. 수양대군과 전의 전순의가 치료를 전담했는데, 전순의는 수양대군의 사람이었다.

수양대군과 전순의, 그리고 도승지 강맹경이 문종에게 가장 가까이 있는 사람이었다. 이 세 사람이 문종의 거취와 치료, 시읍을 전담하다시피 했다.

이들은 문종의 병 상태를 대신들에게 숨기고 있었다. 대신들을 가까이 하지 못하게 했을 뿐 아니라 병세를 물으면 항상 '오늘은 전하가 상당히 좋아졌다.'고 거짓말만 했다. 임금은 병석에 누워 있는데 수양대군은 도승지 강맹경을 불러내 흥천사 절에 데려가 잔치를 벌이기도 했다. 또한 함부로 출입해서는 안 되는 환자인 문종을 활쏘기 관람장에 여러 번 나오게 하는 등 무리한 일정을 만들어 병세를 악화시켰다.

　수양대군의 지시만을 받는 전순의 의관은 상식에 어긋나는 처방도 서슴지 않고 내렸다. 때로는 수양대군이 의서를 펴놓고 처방을 하기도 했다. 누가 보아도 문종의 생명을 단축시키기 위한 일이 계속되고 있었다.

　수양과 전순의는 환자가 먹어서는 안 되는 음식을 기피하기는커녕 권할 정도였다. 종기 환자에게는 냉수가 금물인데도 전하가 시원해한다는 핑계로 냉수를 계속 마시게 했다. 그뿐 아니라 종기 환자에게 기름기가 절대 해롭다는 것이 의서에 나와 있음에도 기름진 날짐승 고기를 계속 상에 올렸다. 그중에서도 꿩고기를 계속 먹게 한 것은 독약이나 마찬가지의 효과를 냈다.

　꿩고기는 껍데기에 기름기가 많아 보통 사람도 기름을 제거하고 먹는데, 문종에게는 그런 조리도 거치지 않고 계속해서 꿩고기를 먹게 하여 병세를 악화시켰다.

　꿩은 반하라는 독초를 좋아한다. 반하는 아주 강력한 독소를 지녀서 조금만 먹어도 사람의 생명을 위태롭게 한다. 그래서 땅이 꽁꽁 어는 겨울철이 아니면 꿩고기 먹는 것을 조심했다. 그런데 수양대군과 전의는 봄부터 여름 내내 문종에게 꿩고기를 먹게 했으니 반하초의 독이 인체에 스며들 수도 있었을 것이다.

　이런 정황으로 보아 수양대군 주도하에 문종 임금의 생명 단축 음모가 진행되었다고 볼 수 있다.

　임금 주변에서 이런 의문스러운 일이 일어나고 있는데도 가장 가까이서 눈치 챌 수 있었던 안평대군은 아무런 반응을 보이지 않았다.

문종의 병세가 심각해지자 수양대군은 명찰 대천에 관리들을 보내 재를 올려야 한다고 주장했다. 자기가 하고 있는 짓을 감추기 위한 위장이었다.

수양대군은 그 무렵 김종서의 동정을 계속 살피면서 사저에 사람들을 자주 모아 줄 세우기를 열심히 했다.

"수양 조카는 천명이 있는 사람이야."

사람들이 많이 모인 자리에서 양녕대군이 모두가 깜짝 놀랄 말을 예사롭게 했다. 천명(天命)이란 하늘의 명으로 임금이 되는 길이란 뜻이다.

양녕대군은 방탕하고 무책임한 젊은 시절을 보내고, 나이 지긋해서는 실력자로 보이는 조카 수양대군에게 붙어서 술이나 얻어 마시며 아부하고 지냈다.

"자네도 그렇게 생각하는가?"

수양대군이 홍윤성을 보고 물었다.

"역시 니으리는 정확히게 앞날을 보십니다."

홍윤성이 양녕대군에게 술잔을 올리며 눈은 수양대군을 바라보고 말했다.

"자네는 내가 움직이면 나를 따라 창의하여 처자를 버리고 사직을 위해 죽을 수 있는가?"

수양대군이 홍윤성에게 물었다.

"선비는 자기를 알아주는 사람을 위해 죽는 것입니다. 이것이 제 마음입니다."

이 문답에 주위 사람들은 모두 놀랐다. 그러나 겉으로는 내색하지 않았다.

"허허허. 자네와 농담했을 뿐이다. 자, 술이나 마시자."

수양대군이 말을 얼버무렸다.

"마마, 도승지께서 오셨습니다."

수양대군의 근수노비 임어을운(林於乙云)이 수양대군 가까이 와서 귀에 들릴 듯 말 듯하게 말했다.

"여기로 모시고 오너라."

곧이어 문종 임금의 도승지인 강맹경이 허리를 크게 굽혀 절하고 들어왔다. 뒤따라 신숙주가 함께 들어왔다.

"어서 오시오. 마침 중요한 이야기를 하고 있는데 도승지가 빠져서는 안 되지요. 신 공도 그렇고요. 허허허."

수양대군이 너털웃음을 웃으며 강맹경에게 술잔을 내밀었다.

"전하의 병환이 우중한데 도승지가 자리를 비워도 되는 거요?"

홍윤성이 농담처럼 말했다.

"새벽이 오는데 샛별인들 얼마나 빛나겠습니까?"

신숙주도 알 듯 모를 듯한 말을 했다. 수양대군이 신숙주에게도 술잔을 건네며 의미 있는 미소를 지어 보였다.

수양대군이 일을 저지를 결심을 하고 사람을 모으기 시작할 때 가장 염두에 둔 사람이 신숙주였다. 집현전 학자로 이름을 굳혔고, 뛰어난 학식이나 원만한 인격으로 대소 관료들의 신임을 사고 있는 인물이기 때문이었다.

신숙주는 의외로 쉽게 수양대군에게 넘어왔다.

수양대군은 신숙주가 퇴청할 때 자기 집 앞을 지나간다는 것을 알고 며칠 동안 집 앞에서 기다렸다. 마침내 어둠이 깃든 어느 저녁 무렵 신숙주가 말을 타고 수양대군 집 앞을 지나갔다. 수양대군이 앞으로 나서서 큰 소리로 불렀다.

"신 공!"

신숙주가 깜짝 놀라 말에서 내려서 인사를 했다.

"대군마마께서 계신 줄 모르고……."

"어찌 내 집 앞을 지나며 한 번도 들어오지 않으시오?"

"계신 줄을 몰라서 그렇게 되었습니다."

신숙주가 머리를 조아리며 말했다.

"동갑 친구한테 어찌 그렇게 무심하오."

두 사람의 나이가 같아서 한 말이었다.

수양대군은 신숙주의 소매를 잡고 집 안으로 들어가서 술상을 보아오게 하였다.

"공과 이야기를 좀 나누고 싶은 지가 오래 되었소이다."

술잔이 오가며 두 사람은 마치 오랜 지기처럼 많은 이야기를 나누었다. 그러다가 수양대군이 불쑥 한마디 내뱉었다.

"사람이 죽는다는 것은 쉬운 일이 아니오. 하지만 사직을 위해서는 나도 죽을 각오가 되어 있소이다."

"장부가 편안하게 아녀자의 수중에서 죽는다면 허무한 일이 아니겠습니까? 세상 돌아가는 것을 안다면 그런 일이 있어서는 안 되지요."

신숙주의 대답이 무엇을 말하는지 수양대군은 금방 알아차렸다. 신숙주의 마음을 샀다는 생각에 흐뭇해했다.
　"아녀자가 없는 집의 죽음도 있지 않소?"
　수양대군이 다시 신숙주에게 전날 일을 일깨우며 야릇한 미소를 지었다. 그것이 왕대비가 될 어머니도, 대비가 될 왕후도 없는 문종을 두고 하는 말이란 것을 신숙주는 얼른 알아차렸다.
　이날 수양대군 집에 모인 사람은 수양대군이 모은 수족과 같은 사람들이었다. 홍윤성, 한명회, 유자광, 강맹경, 신숙주, 이사철, 그리고 주먹깨나 쓰는 양정, 유수, 유하 등 내금위 소속 무신과 강곤, 임자빈 홍순도, 홍귀동, 민발 등 건달도 있었다.
　"큰일이 있으면 죽어도 나으리를 따르겠습니다."
　모인 건달 중에는 힘쓸 때를 기다리는 사람이 많았다.

　문종 삼 년.
　한편 자신의 수명이 얼마 남지 않았다는 것을 느낀 문종한테 가장 큰 걱정이 후사 문제였다. 이제 겨우 열두 살인 세자 홍위에게는 뒤에서 발을 내리고 수렴첨정을 해줄 대비가 없기 때문이었다. 대비뿐 아니라 왕대비도 없었다. 궁중 내명부의 어른들이 모두 일찍 세상을 떠났기 때문이었다. 오직 세종 임금의 후궁인 혜빈 양 씨만이 내명부의 명목상 어른일 뿐이었다. 혜빈 양 씨는 후궁인데다가 자신의 아들 한남군과 수춘군, 영풍군이 있어 무슨 흑심을 가지고 있는지 아무도 알 수가 없었다.
　외로운 문종은 병석에 누워 평안도에서 막 돌아온 김종서와 영의정 황보인을 은밀하게 불렀다.

　김종서는 평안도 도체찰사로 몽골군과 대적하다가 돌아온 지 얼마 되지 않았다. 김종서는 압록강 너머에 있던 몽골 대군이 자중지란을 일으켜 흩어지는 바람에 전선을 비우고 한양으로 돌아올 수 있었다.

　홍득희는 함길도 사다노에 다녀온다고 떠나 김종서를 수행하지 못했다. 홍득희는 사다노에서 돌봐오던 아이들이 있었다. 여진족 침공으로 고아가 된 승유와 승미도 그중 하나였다. 핏덩이였던 승유는 벌써 열여섯 살이 되었다. 홍득희는 승유와 승미에게 자기 성인 홍 씨를 붙여주었다.

　김종서는 나이를 핑계로 관직을 사양했으나 문종은 우의정으로 출사토록 명했다.

　김종서와 황보인이 문종의 침실에 들어왔으나 문종은 일어나 앉지도 못했다.

　"영상, 그리고 우상, 이리로 가까이 오시오."

　문종이 기운에 부쳐 겨우 나오는 목소리로 두 재상을 불렀다. 김종서와 황보인이 무릎을 꿇고 문종의 얼굴 가까이에 부복했다.

　"전하!"

　김종서는 야위어 뼈만 남은 문종의 얼굴과 손을 보면서 목이 메었다.

　"나 이제 얼마 남지 않은 것 같아 두 재상을 모셨소."

　"전하, 무슨 당치 않은 말씀을 하십니까? 전의의 말로는 곧 쾌

차하실 거라고 합니다. 부디 기운을 차리십시오."

황보인이 간곡하게 말했다.

"아니오."

문종은 뼈만 남은 손을 힘겹게 휘저었다.

"내가 오늘 경들에게 꼭 당부해야 할 말이 있소."

"분부 명심하겠습니다."

김종서가 문종의 귀 가까이에 입술을 가져가 나직하게 말했다.

"두 재상께 세자 홍위를…… 부탁하오. 내가…… 누구한테도 안심하고 세자를 부탁한다고 할 사람이 없어요. 내가 떠난 뒤에…… 피비린내 나는 일이 없도록 부탁합니다."

문종이 몇 번이나 말을 쉬어가며 했다.

"전하!"

두 사람은 동시에 머리를 숙였다. 목이 메었다. 문종의 부탁은 뒤에 고명(顧命)이 되었다. 고명이란 왕의 유훈을 말한다.

문종이 종친 어른인 양녕대군, 효령대군에게도 하지 않은 부탁이었다. 수양대군과 안평대군은 아예 부르지도 않았고, 황보인 영상과 김종서 우상을 부른 사실조차도 숨겼다. 그러나 수양대군의 심복이 된 도승지 강맹경이 임금 곁에서 일어나는 일을 샅샅이 수양대군에게 보고했기 때문에 수양대군은 모든 것을 알고 있었다. 안평대군도 내명부의 혜빈 양 씨의 시녀들로부터 대강의 사실을 보고 받아 알고 있었다.

수양대군의 집에서는 연일 추종자들의 모임이 열렸다. 모임의 화제를 주도하는 사람은 언제나 책사인 한명회였다. 한명회는 벼슬은 보잘것없는 것이었지만 수양대군의 두터운 신임을 받는 심복이었기 때문에 모두 그를 함부로 대하지 않았다. 수양대군은 거의 모든 일을 한명회에게 의존했다. 밤에 잘 때도 한명회가 찾아오면 반드시 깨우라고 가노들에게 일러놓을 정도였다. 심지어 근수 노비인 임어을운한테는 실로 자신의 손목을 묶어 그 실을 문밖으로 늘어뜨린 다음 노비 손목에 다시 연결해서 묶어놓고 한명회가 오면 실을 잡아당겨 자기를 깨우라고까지 지시했다.

16 수양대군의 가신들

 그날도 수양대군은 후원에 무사들을 불러놓고 활쏘기 내기를 했다. 활쏘기 내기는 후한 상금과 술을 내려 심복들을 묶어두는 역할을 하기 위한 수단이었다.
 활쏘기에는 홍윤성이 항상 출중했다. 힘이 세고 칼과 창도 잘 썼을 뿐 아니라 활도 잘 쏘았다. 머리 꼭대기까지 꽉 찬 출세욕과 재산 탐욕만 없다면 좋은 무사가 되었을 것이라고 김종서가 늘 말했다. 홍윤성은 뒤에 이조참판이 되었다. 그때 그를 키워준 숙부가 찾아와서 아들, 즉 사촌 동생의 취직을 부탁했다. 벼슬은 돈이라는 관념에 찬 홍윤성은 숙부가 가진 전 재산인 논을 내놓으면 한자리 주겠다고 했다.
 "예끼, 나쁜 놈. 길러준 은혜도 모르는 놈!"
 기가 막힌 숙부는 욕을 하고 돌아섰다. 그러자 홍윤성이 벌떡 일어나 숙부의 목을 꺾어 그 자리서 죽여 버렸다. 힘이 장사였다. 이 일이 크게 문제가 되어 사간원, 사헌부 양사에서 여러 번 상소를 올렸으나 수양대군은 공신이라고 끝까지 처벌하지 않았다. 심지어 나중에 영의정까지 시켰다.

"무릉계에서 날짜를 고르려고 역서를 뒤적이고 있답니다."

술이 한 순배 돌자 홍윤성이 말을 꺼냈다. 꾀를 내는 데는 한명회를 당할 사람이 없었으나 정보를 가져오는 데는 홍윤성을 당할 사람이 없었다. 홍윤성은 안평대군과 김종서의 집도 자주 드나들었다. 자신이 수양대군에게 충성을 맹세했다는 것을 아무도 눈치채지 못하게 하려고 여우같이 처세를 했다.

"날짜라니, 무슨 날짜를 고른단 말이오?"

한명회가 물었다.

"무슨 날짜겠어요. 안평대군께서 용상 차지할 날이지요."

내금위에 소속된 양정이 말했다.

"날을 잡자면 여우가 나서겠구먼."

수양대군이 당기려던 활시위를 풀면서 말했다. 여우란 이현로를 말하는 것이었다. 안평대군의 가신 이현로는 역서와 신라 금서 비기에도 재능이 알려진 모사였다. 수양대군이 여러 번 끌어들이려고 했으나 실패했다. 그래서 유난히 이현로를 미워했다.

저녁노을이 붉게 물들고 활쏘기도 막판에 이르렀을 때였다. 내금위 갑사 한 사람이 뛰어오며 큰소리로 말했다.

"대군마마, 전하께서 방금 승하하셨습니다."

모두가 깜짝 놀라 일어섰다. 문종 이 년(1452) 오월 십사 일이었다. 문종은 삼십구 세의 젊은 나이로 경복궁 천추전에서 한을 남긴 채 이승을 하직했다.

"일이 급하게 돌아갑니다. 우선 대호 일당이 어떻게 하고 있는지 감시해야 합니다. 대호가 안평과 한패가 되면 일이 어렵게 됩니다."

한명회가 입에 거품을 물고 떠들었다. 대호란 김종서를 말한다. 일당이라고 지칭한 것은 도당의 정승들을 지칭하는 것이었다.

"설마 무력이야 쓰겠습니까. 그보다 궁중 안방 여우가 옥쇄를 치마 밑에 감추고 있는 것 아닙니까?"

여우란 혜빈 양 씨를 가리켰다. 왕이 어릴 경우 대비가 옥쇄를 새 왕에게 전하는 관습이 있기 때문에 한 말이었다. 그뿐 아니라 옥쇄를 누구에게 전할 것이냐 하는 것도 그들에겐 의심스러웠다. 혜빈은 세자가 갓난아이일 때부터 길렀으니 생모나 마찬가지여서 세자 홍위에게 옥쇄를 전하는 것이 순리지만, 성장한 아들이 셋이나 있는데 여인의 욕심이 어떻게 빗나갈는지 모를 일이었다.

"집현전 학사들에게 전하가 세자를 지키라는 고명을 내렸는데 그것이 큰 문제가 될 것이오."

신숙주도 한마디 했다.

"큰일을 하려면 때를 놓쳐서는 안 됩니다. 열두살 세자가 왕위에 오르면 나라가 위태로워집니다. 사방에서 권력을 쥐려고 날뛸 테니 나라꼴이 제대로 되겠습니까? 또한 사직을 누가 바로 세우겠습니까? 왕통을 이을 사람은 하늘이 정하는 것입니다."

권람도 한마디 하고는 수양대군의 얼굴을 쳐다보았다.

아무 말도 않고 입을 꾹 다물고 있던 수양대군이 입을 열었다.

"전하가 붕어하셨는데 무슨 망상들을 하시오. 경복궁으로 갑시다."

흥분해 있던 가신들은 서로 얼굴만 쳐다보며 할 말을 잊었다.

그때였다. 수양대군의 근수노비 임어을운이 달려와 수양대군의 귀에 대고 무엇인가를 속삭였다. 수양대군의 표정이 굳어졌다.

"혜빈 양 씨가 옥쇄를 가지고 오라고 강맹경 도승지에게 말했답니다."

"예?"

모두가 입을 딱 벌렸다.

도당에서는 영의정 황보인과 우의정 김종서가 마주 앉아 사후 대책을 논의하고 있었다. 국상 절차를 논의한 것이 아니라 왕위를 노리는 궁중 안팎의 세력을 어떻게 믹느냐 하는 고민이었다.

오랫동안 사병을 길러온 수양대군이 가장 큰 무력 단체였다. 다음으로 몰래 군사 조직을 포섭해 온 안평대군이 어떤 방향으로 군사를 움직이려고 하는지도 명확히 알지 못하고 있었다.

"우선 무력을 움직일 수 있는 삼군부 오위의 절제사, 내금위 갑사, 의금부, 병조, 한성부의 군사들을 단속하도록 합시다."

김종서가 영의정 황보인에게 건의했다.

"경복궁 천추전 빈청으로 가기 전에 병조, 형조 판서와 한성

부윤을 불러서 의논합시다."

"빈청은 붕어하신 천추전에 설치하는 것이 정도인 것 같습니다."

김종서가 서둘러 일어서면서 말했다.

문종 임금이 승하한 첫날은 무사히 저물었다. 천추전에 빈청이 설치되고 내금위 갑사들이 엄중한 경계를 폈다. 세자 홍위는 빈청에서 밤을 새웠다. 김종서도 집에 가서 갑옷과 투구를 쓰고 빈청에 나왔다. 세종 임금이 하사한 활도 어깨에 메고 있었다. 백발 노장군의 모습에는 누구도 범할 수 없는 위엄이 흘렀다.

조선의 장수라면 김종서를 으뜸으로 꼽는 데는 아무도 이의가 없었다. 그가 군사를 움직이면 목숨을 걸고 따라올 군사들이 많았다. 최윤덕 같은 장수가 살아 있었다면 물론 으뜸일 것이지만 죽은 지 오래였다.

김종서 다음으로 꼽을 수 있는 장수는 이징옥, 박호문, 조극관, 조석강 등이지만 박호문과 이징옥은 북쪽 변경에 가 있었다.

멀리서 김종서의 모습을 보고 있던 수양대군의 가신, 건달들은 공연히 오금이 저렸다. 안평대군을 따라온 이현로 등 수하들도 빈청에는 들어가지 못하고 문 밖에서 서성이며 초조해했다.

그렇게 임금 없는 첫날밤이 지나갔다.

빈청 주변의 긴장은 사흘 동안 계속되었다. 나흘째 되는 날 김종서와 황보인 등 의정부의 결단으로 새 임금의 즉위식이 근정전에서 간략하게 이루어졌다.

단종 임금이 용상에 오르는 의식은 혜빈 양 씨가 도왔다. 수양대군과 안평대군도 엄숙한 표정으로 식전에 참여했다. 그러나 많은 대신들은 두 대군이 흉악한 발톱을 감추고 있을지도 모른다고 생각했다. 특히 수양대군을 경계한 김종서는 단종의 신변에 온 신경을 곤두세웠다.

황보인이 영의정이기는 하지만 정사는 거의 김종서에게 맡겼다. 김종서는 우의정에서 좌의정으로 승진하고 우의정에는 정분이 기용되었다. 김종서는 군사를 다루는 부서를 완전히 장악해야 한다는 생각으로 군부의 주요 인사에 자기 사람을 배치했다.

병조 판서에 조극관, 병조 정랑으로 조충손을 앉혔다. 두 요직으로 삼군 오위의 병권이 장악되었다. 또한 윤처공을 군기판사로, 조번을 군기 녹사로 임명했다. 대신 수양대군에게 줄 섰다고 생각되는 무신들은 해임하거나 다른 자리로 보냈다. 그중에 중요한 인물이 홍달손이었다.

수양대군이 아끼는 가신 중의 한 사람이 홍달손이었다. 무신인 홍달손은 권람이 추천해서 한성부에 갑사로 근무해 왔다. 추천은 권람이 했으나 사람을 잘 다루는 한명회와 더 가까이 지냈다.

"제가 홍달손과 마음이 통한 지는 오래되었습니다."

홍달손을 큰일에 가담토록 만들어놓았다는 말을 한명회는 이렇게 표현했다. 수양대군도 홍달손이 한몫할 것이라고 늘 칭찬해 왔다.

그런데 김종서가 홍달손을 수천 명의 군사를 움직일 수 있는

첨절제사에서 해임시켜 본직으로 복귀시켰다.

"늙은 호랑이가 기어이 일을 저지르려고 하는구나."

홍달손이 인사를 오자 수양대군은 김종서에 대해 몹시 불쾌한 마음을 드러냈다.

"마마, 허나 오히려 잘된 일인 것 같습니다."

한명회가 느긋한 표정으로 말했다.

"강등된 자리로 쫓겨왔는데 무엇이 잘된 일인가?"

수양대군은 그렇게 말하면서도 늘 기발한 의견을 잘 내는 한명회라 그의 입을 쳐다보았다.

"홍달손의 원직이 한성 감순 아닙니까?"

감순(監巡)이란 한성의 각 성문의 근무 태세를 순회하며 감독하는 감투를 말한다.

"감순의 자리로 돌아왔으니 성안에서 적어도 수백 명의 군사는 동원할 수 있지 않겠습니까? 그보다 좋은 자리가 어디 있겠습니까? 선사포에서 군사를 동원하자면 시간도 걸리고 쉬운 일이 아니지 않습니까?"

한명회의 설명을 듣던 수양대군은 고개를 끄덕였다.

"늙은 호랑이가 포수를 끌어들였구먼."

"그야말로 하늘이 주신 기회입니다."

권람이 맞장구를 쳤다.

수양대군 진영에서 피바람을 일으킬 준비가 진행되는 동안 안평대군은 다른 방식으로 일을 꾸미고 있었다. 틈만 나면 무령계에 선비들을 모아 시문을 읊으면서 자기 뜻에 동조하기를 기다렸다.

어느 날은 이현로를 시켜 마포강 별장에서 중급 이하 관원들을 모아 단합 잔치를 열었다. 이현로는 안평대군에게 방룡의 기가 흐른다는 비기의 예언을 핑계로 조야의 분위기를 바꾸려는 노력을 계속했다.

마포강 별장 잔치가 한창 무르익을 즈음 느닷없이 수양대군이 수하 수십 명을 거느리고 나타났다.

"국상 중에 여기서 뭣들 하는 짓이냐? 이 잔치를 주선한 놈이 누구냐?"

수양대군이 말을 탄 채 호통을 쳤다. 수양대군은 안평대군 주변에 간자를 수없이 풀어놓았기 때문에 안평대군의 일거수일투족을 모두 파악하고 있었다.

"대군마마님, 어서 오십시오. 제가 안평대군의 분부를 받잡고 주선했습니다."

이현로가 나가 허리를 굽히고 사실을 말했다.

"저런 미친놈 보았나. 국상 중에 잔치라니. 얘들아, 저놈을 형틀에 묶어라!"

수양대군이 데리고 온 수하들을 향해 소리쳤다. 즉각 노비들이 덤벼들어 이현로를 널빤지에 묶어놓았다. 안평대군 측 관원들은 감히 말릴 생각도 못하고 수양대군의 엄명 앞에 부들부들 떨기만 했다.

"저놈을 죽지 않을 만큼 쳐라."

힘 좋은 근수 노비 임어을운이 미리 가지고 온 곤장으로 이현로의 엉덩이를 마구 치기 시작했다.

"아이구, 아이구, 나으리 왜 이러십니까?"

이현로가 곤장을 맞으면서도 항변했다.

"저놈이 아직 주둥아리를 놀리는구나. 매우 쳐라!"

"나으리, 아무리 종친의 대군일지라도 조사를 함부로 치는 법은 없습니다."

조사(朝士)란 벼슬아치를 말한다.

이현로는 항변을 하다가 더 얻어맞기만 했다.

이 사건은 뒤에 종친이 조사에게 사형(私刑)을 가할 수 있느냐 하는 문제를 야기시켰다. 사헌부 집의 등이 고변을 했으나 묵살되었다. 안평대군이 펄펄 뛰었으나 아무 소용이 없었다.

김종서는 더 큰 일을 막기 위해 눈을 감고 있었다.

수양대군이 왕위 찬탈을 준비하고 있다는 소문이 조야에 퍼져 나가기 시작했다. 그러나 김종서는 북쪽의 오랑캐를 대하듯 위협적인 세력이라고 하며 선제공격할 수는 없었다. 상대가 왕실의 종친이기 때문이었다. 수양대군은 힘깨나 쓰는 시중의 건달 수백 명을 거느리고 있을 뿐 아니라 종친 중에도 원로급인 양녕대군, 효령대군도 한편으로 만들어놓았다.

그러나 수양대군이 왕위를 뺏을지 모른다는 소문이 나는 것은 수양대군 자신의 행동에 제약을 주는 일이었다. 수양대군은 사저에서 역모 모의를 한 이튿날은 빠짐없이 단종 임금을 찾아가서 충성 맹세를 하여 의심을 품지 못하게 했다. 심지어 충성 맹세를 문서로 만들어 보내기도 했다.

신은 세종대왕과 문종 선왕의 은혜를 입어 보답할 것을 생각하니 호천망극입니다. 신은 그 은혜를 갚기 위해서도 전하께 한 조각 붉은 마음으로 충성을 다할 것을 맹세합니다.

수양대군은 이러한 충성 맹세 서한을 만들어 도승지 박중손을 통해 단종 임금에게 전달하여, 임금이 자신을 의심하지 않도록 술수를 썼다.

그뿐 아니라 자신의 야심을 감추기 위해 이제 겨우 십이 세인 단종에게 왕후를 맞이할 것을 권했다.

왕실 종친들의 이름을 모두 연서해서 국혼 상소를 올리기도 했다. 그러나 단종은 여러 차례 국혼 권유를 거절했다.

"혼인은 인륜의 기본인 부부관계를 올바르게 정하는 일입니다. 내 나이 아직 이리고 지금이 상중인데 어찌 감히 혼례를 치를 수 있겠습니까? 결단코 안 됩니다."

단종은 완강히 거절했으나 결국은 수양대군의 권유를 받아들였다. 단종의 왕비 정순왕후 송 씨는 단종보다 한 살이 많았다. 친정아버지 송현수는 풍저창부사라는 벼슬에 있었다. 수양대군과 절친한 사이로 수양대군의 입김이 크게 작용했다.

그러나 훗날 송현수는 지기인 수양대군에 의해 장 일백 대를 맞는 수모를 겪었다. 그뿐 아니라 노비로 신분이 전락되었다가 마침내 교사당하고 말았다.

　김종서는 하루도 마음을 놓을 수 없는 살얼음판을 걷고 있는 것 같았다. 주변 사람들이 실세인 수양대군을 에워싸고 무엇인가를 꾸미고 있다는 느낌이 들어 마음을 놓을 수 없었다. 세종 임금과 문종 임금, 이대에 걸쳐 왕통을 지키라는 분부를 받은 고명대신으로서 어깨가 무거웠다.
　그러던 어느 날 늦게 서대문 밖 집에 들어갔을 때 뜻밖에 반가운 사람이 와 있었다.
　"아저씨, 저 왔어요."
　"아니, 이게 누구야? 득희 아니냐."
　김종서도 반가움으로 얼굴이 활짝 펴졌다. 홍득희는 비단 치마저고리 차림에 곱게 분단장까지 하고 있었다. 나이가 중년이 되었으나 김종서의 눈에는 천하제일의 미인으로 보였다. 누가 화적 여두목이라고 하겠는가.

17 안평대군의 역모

"사다노의 식구들은 모두 잘 있느냐?"

김종서가 다정한 눈길을 보내며 물었다.

"예. 제가 어릴 때부터 돌보고 있던 승유와 승미는 데리고 왔습니다. 아무래도 한성에 살아야 배울 것도 있을 것 같아서요. 그리고 석이와 오마지도 함께 왔습니다."

"지금 어디에 와 있느냐?"

"마포나루 근처에 백규일이 마련한 집에 있습니다."

"마포강 근처? 그럼 안평대군 별장 담담정(淡淡亭)이 있는 곳이냐?"

담담정은 김종서가 안평대군과 시문을 짓거나 대작을 할 때 가끔 들르는 강변 별장이었다.

"그래 네가 한성에 온 것은 참으로 잘된 일이다. 나도 이제 나이가 고희에 이르러 북쪽 변경을 돌볼 때와는 다르구나. 그러고 보니 득희도 나이가 서른을 넘었구나. 너희들이라도 내 곁에서 나를 도와야겠다."

"지금 왕권을 둘러싼 기운이 몹시 험악하다는 이야기가 나돌고 있어 걱정입니다. 사직을 지키는 일이 아저씨 어깨에 모두 얹힌 것 같아 안타깝습니다."

"내가 오래 살다 보니까 세종 임금과 문종 임금 이대에 걸친 고명대신이 되었으니 목숨을 아낄 수만은 없지 않은가?"

"저희들이라도 가까이서 지키고 싶습니다."

홍득희가 애처로운 눈빛으로 김종서를 건너다보며 옷고름을 만지작거렸다.

그때 김종서가 밖을 향해 사람을 불렀다.

"경비야, 이리 오너라."

조금 있다가 경비가 조용히 문을 열고 들어왔다. 김종서가 두만강 변에서 여진족과 싸울 때 막사에서 김종서를 돌보던 관비 경비였다. 나이 마흔이 넘도록 혼자 살면서 이젠 김종서 정승 집의 노비가 되어 있었다.

"아가씨, 문안 여쭙니다."

경비는 북방 막사에서 만난 홍득희를 잊지 않고 있었다.

"승규하고 어미도 불러서 인사하라고 해라."

김종서의 말이 떨어지자 곧 김종서의 맏아들 승규와 승규의 처가 들어왔다.

"승규는 득희를 여러 번 보았으니 알 것이고, 어미는 처음 보겠구나."

"말씀을 많이 들었습니다."

승규의 처 내은비가 가볍게 목례했다.

"오늘 밤은 여기서 자고 내일 마포로 가면 안 되겠느냐?"

김종서가 홍득희를 은근한 눈초리로 건너다보며 물었다.

"제가 주무실 방을 마련하겠습니다."

경비가 일어서서 나가며 말했다.

이튿날 김종서가 도당에 나가자 도승지로부터 전하가 부르시니 급히 시좌소로 들어오라는 전갈이 왔다. 당시 단종 임금은 창덕궁이 수리 중이어서 가회방에 있는 여염집을 임시 궁정으로 쓰고 있었다. 임금이 임시로 머무는 집을 시좌소(時座所), 또는 시어소라고 했다.

단종 임금은 침전에서 김종서를 맞았다. 주위 사람을 다 물리친 뒤 한참 입을 다물고 있던 단종이 무겁게 입을 열었다.

"좌상이 나를 내치려고 했어요?"

청천벽력 같은 단종의 질문에 김종서는 자기 귀를 의심했다.

"전하, 무슨 말씀이온지요?"

"그럴 리가 없지요? 할아버지와 아버지가 얼마나 믿은 좌상입니까?"

김종서는 너무나 황당해서 처음엔 말을 하지 못했다. 한참 만에 마음을 가다듬고 다시 물었다.

"신이 역모를 할 것이라고 누가 상소를 올렸습니까?"

"그런 건 아니오. 다만······."

단종은 잠깐 말을 끊었다가 이었다.

"혜빈 마마가 여비(여자 노예)한테 들었다면서 궁중에 그런 소문이 있다고 합니다. 안평대군을 내 대신 앉힌다는 이야기도 돌고······ 나는 절대 믿지 않습니다. 허나 좌상의 입으로 확실히 말씀해 주세요."

"천부당만부당한 일입니다. 저는 오직 사직을 지키고 전하를 보위하기 위해 목숨을 바칠 것입니다. 소신이 왜 그런 말이 떠도는지 확실히 알아보고 여쭙겠습니다."

"되었소. 이 일은 우리 둘만 아는 것으로 하고 잊어버리십시오."

그러나 시좌소를 물러나온 김종서는 잊어버릴 수가 없었다. 안평대군을 찾아가서 물어볼까 하다가 곧 생각을 바꾸었다. 어쩌면 그런 허위 사실을 퍼뜨린 것은 수양대군 측인지도 모르는데, 안평대군 집을 이 시점에서 드나들면 또 문제로 삼을지 모른다는 생각이 들었다.

김종서는 병조판서 조극관을 불러 은밀하게 소문의 출처를 알아보도록 했다. 또한 아들 승규와 홍득희한테도 소문의 발생지를 찾아보도록 명했다. 홍득희가 거느리고 있는 천시관과 백규일이 발이 넓고 귀가 밝아 출처를 금방 알아낼 것으로 기대했다.

아니나 다를까? 홍득희가 하루 사이에 소문의 근거를 샅샅이 알아냈다. 짐작대로 소문의 출처는 수양대군 진영이었다.

"아저씨, 그 요상한 역모설의 진원지와 전모를 알아냈습니다.

천시관과 백규일이 힘썼지요."

홍득희가 밤에 돈의문 밖 김종서의 집으로 찾아와 역모설의 진상을 자세하게 이야기하였다. 김종서가 주동이 되어 안평대군을 왕으로 삼기 위해 수양대군을 친다는 내용이었다.

영의정 황보인의 가동으로 만득이라는 종이 있었다. 만득이는 수양대군의 모사 권람의 노비 계수와 친했다. 어느 날 만득이와 계수, 그리고 계수의 친구인 갖바치 천민의 아들 등 셋이서 만났다.

황보인 영상의 종 만득이가 갖바치 종을 보고 물었다.
"너는 나라가 어떻게 돌아가는지 아느냐?"
"나 같은 갖바치 천민이 그런 걸 어떻게 알겠나?"
시큰둥하게 대답했다.
"나으리 집에서 일하는 나도 모르는데 갖바치 아들이 어떻게 알겠어?"
계수기 핀잔을 주었다.
"너는 영의정 댁 종놈이니 아는 게 있겠구나."
갖바치 종놈이 말했다. 만득이가 어깨를 으쓱거리며 아는 체했다.
"우리 주인 영상 나으리께서 김 정승 등 여러 대신들과 모여서 이야기를 하던데……."
"김 정승이라니? 김종서 좌정승 말이야?"
계수가 말을 끊고 물었다.

"맞아. 정승들이 하는 얘기가 장차 지금 임금을 폐하고 안평대군을 임금으로 세운다고 하더라."

"뭐야? 그게 정말이야?"

계수가 다시 물었다.

"그럼. 오는 시월 십이 일 아니면 이십이 일을 기일로 정하는 것 같았어."

"하지만 무슨 방법으로 군사를 움직인단 말이야?"

계수가 물었다.

"지금 임금이 창덕궁으로 옮길 때가 가까워졌는데, 궁 안에 들어가면 어려우니까 창덕궁 수리가 늦어진다고 하고 시좌소에 계시게 한 뒤 일을 일으킨다고 했어."

"정승들이 엄중한 금군과 별시위의 갑사들을 어떻게 제압한다는 말인가? 삼군부의 군사들도 가만히 있지는 않을 테고……."

흥미를 느낀 계수가 다시 물었다. 만득이는 또 어깨를 으쓱해 보이고 말을 이었다.

"창덕궁 수리가 임박했는데 임금이 일단 창덕궁으로 들어가면 경비가 엄하여 일이 어려워지니 임금에게 창덕궁 수리가 늦어진다고 우선 알리기로 했대."

"그래서?"

계수가 말을 재촉했다.

"일단 시간을 벌어놓은 뒤 외방에서 군사 수천 명을 끌어들인다고 했어."

"외방이 어디야?"

"충청도와 황해도지. 두 도의 물가에 있는 군사들을 배로 움직여 한강을 타고 들어오게 하여 일단 마포 나루에 집결시키고……."

"음, 그래서?"

계수가 다시 재촉했다.

"안평대군이 담담정에서 기다리고 있다가 나가서 군사를 지휘한대."

"대낮에 그렇게 많은 군사를 움직이면 모두 알게 될 터인데……."

이번엔 갓바치가 공연한 걱정을 했다.

"안평대군은 담담정에서 자고 새벽에 나가 군사를 이끌고 한성으로 들어가고……."

"그리고?"

"도성에서는 이명민이 한성 외곽 군사 수천 명을 움직여 성안으로 들어온 뒤 안평대군과 합세한다고 했어."

이명민은 도청부직의 직책으로 군사용 무기를 관상하는 곳에 있었다. 평소 김종서와 가까운 무신이었다.

"그렇게 많은 군사가 쓸 무기는 어디서 나오는데?"

"군기감에 근무하는 윤처공과 조번이 군기감 무기를 몰래 안평대군의 집으로 운반해 둔다는 거야."

이야기를 듣고 난 김종서는 허허 웃었다.

"누가 만든 헛소리인지는 모르지만 말이 안 되는 계략이다. 한성 외곽에 군사 수천 명이 있기는 하나 전하와 도당의 명령, 그리고 삼군부 진무들이 움직이지 않으면 군사 이동은 불가능하다. 또한 황해도와 충청도의 수군이 안평대군의 명으로 움직일 수가 없지. 창덕궁 수리가 늦다고 거짓으로 아뢴다는 것도 실제로는 있을 수 없는 이야기다."

"이 꾀를 낸 것은 한명회라고 합니다. 한명회가 권람과 가장 가까운 친구라서 자주 드나들며 계수라는 노비를 눈여겨보아 두었다가 써먹은 것입니다. 갖바치 친구도 실제로 존재합니다."

"만득이라는 안평대군 집 노비는 어찌 된 놈이냐?"

"팔십여 명의 노비 중에 만득이라는 이름을 가진 사내아이가 있는데 반벙어리라서 지각이 없다고 합니다."

"허허허. 참으로 웃기는 이야기구나."

옆에서 듣고 있던 승규가 코웃음을 쳤다.

"제가 보아도 엉성한 계략입니다. 그러나 어쨌든 안평대군이 이런 역모를 꾸미고 있다고 전하의 귀에 들어가게 한 것은 문제를 만든 것이지요. 역모를 평정한다는 핑계로 삼정승과 아저씨를 제거하는 명분으로 삼으려는 것 아니겠습니까?"

홍득희가 걱정스럽게 말했다.

이튿날 김종서는 서대문 밖 자택에서 평소에 자주 만나지 않던 무신 민생, 조순생과 군기시 주부 홍윤성을 불러 술잔을 주거니 받거니 하고 있었다. 안평대군의 모사 이현로와 김승규도 함께 있었다. 주방에서는 며느리 내은비와 홍득희, 그리고 경비가 술

심부름을 했다. 김종서의 뒤에는 강궁(强弓)잡이 무사 두 명이 서 있었다.

김종서는 수양대군이 계략을 꾸민 내막을 알고 싶어서 수양대군 집에 드나드는 무사들을 초청했다. 김종서는 이 네 사람 중 홍윤성이 수양대군의 핵심 책사라는 것을 알지 못했다. 수양대군과 자신의 집을 드나드는 양다리 관원쯤으로 생각했다.

술이 한 순배 돌자 김종서가 입을 열었다.

"전번에는 안평대군께서 누추한 우리 집까지 오셔서 나를 위로해 주었다. 우리들의 큰 맹세를 다시 다짐하셨으니 맹약을 잊어서는 안 된다."

"맹세라니요? 무슨 맹세인지요?"

홍윤성이 귀를 바짝 세우고 물었다.

"역적모의라도 한 줄 아나? 허허허……."

김종서가 홍윤성을 빤히 쳐다보자 홍윤성은 장난치다 들킨 어린아이처럼 겸연쩍어 했다.

"목숨을 바쳐 사직을 지키자는 맹세였다네. 안평대군을 새로운 군주로 모시자는 맹세가 아니고."

김종서가 홍윤성의 얼굴을 뚫어지게 보면서 말했다.

"우리들은 이미 그러한 뜻을 잘 알고 있습니다."

홍윤성이 고개를 숙이고 말했다.

밤이 깊어지자 모였던 사람들이 흩어졌다.

"홍 주부는 좀 남아 있게."

김종서가 홍윤성만 붙들었다. 승규가 작은 잔으로 홍윤성에게 술을 바치자 김종서가 말했다.

"이 사람은 술고래다."

승규가 다시 큰 사발로 바꾸어 술을 따랐다.

"홍 주부, 나는 자네를 친자식 같이 생각하니 오늘 우리들의 일을 누설하지 말라."

"여부가 있겠습니까."

홍윤성이 술 사발을 단숨에 비우며 말했다.

"요즘 수양대군은 무슨 일로 낙을 삼는가? 사냥도 뜸한 모양이던데……."

김종서가 넌지시 물었다.

"제가, 뵈어온 지가 오래되어 아는 바가 없습니다."

김종서는 홍윤성이 거짓말한다는 것도 알고 있었다.

"오늘 내가 활을 하나 줄 터이니 요긴하게 써라."

김종서가 벽에 걸린 활을 떼어주었다.

"좋은 활 같습니다. 한번 당겨보겠습니다."

홍윤성이 힘껏 잡아당기자 활이 뚝 부러져 버렸다. 무서운 힘이었다.

"허허허. 대단한 힘이군."

김종서가 다시 다른 활을 내주었다.

"집에 가서 당겨보게. 여기서 또 부러뜨리면 더 줄 활이 없네. 지금 힘을 보니 번쾌(樊噲) 같구나. 그 힘을 사직을 지키는데 쓰게."

번쾌란 중국 한나라 고조 때의 장사를 말한다.

"수양대군은 엄하기만 하고 어질지 못하여 사람을 다루지 못한다. 남의 윗사람 될 자격도 없는데 홍 주부가 그를 따르는 것은 참된 마음이 아닐 것이다. 그에 비해 안평대군은 도량이 크고 넓어 거친 무리들도 모두 포용하였다. 이현로는 안평대군이 끝까지 대군으로만 있을 인물이 아니라고 했다. 자네는 세상 돌아가는 일을 좀 멀리 보아야 한다."

김종서는 이 말이 틀림없이 수양대군에게 전달될 것이라는 것을 알고 있었다.

이튿날 김종서는 승규와 홍득희를 시켜 집 어귀에 무장하고 말을 탄 갑사 삼십여 명을 배치하여 불의의 기습에 대비했다. 만약 누군가가 기습해 오면 즉시 출동하여 막되 숫자가 미미하면 함부로 무력을 쓰지 말도록 일러두었다.

홍득희는 무사들이 집 앞에 떼를 지어 있으면 여러 가지 오해를 불러일으킬 수 있다고 생각하였다. 그래서 말 탄 무사들은 떨어져 있다가 집 앞을 지키는 무사가 연락을 하면 달려오도록 지시했다.

18 유혈의 밤

 단종 임금이 즉위한 지 일 년, 초겨울에 접어든 시월 십 일이었다. 김종서 좌의정이 안평대군을 왕으로 삼기 위해 역모를 일으킬 것이라는 운명의 날을 이틀 앞둔 날이었다.
 수양대군은 새벽 동이 틀 무렵 가장 믿는 심복 한명회, 권람, 홍윤성 세 사람을 은밀히 자기 집 사랑방으로 불렀다.
 "김종서는 어떻게 하고 있던가?"
 수양대군이 김종서 집에 다녀온 홍윤성을 보고 물었다.
 "잔뜩 의심을 하고 있긴 하지만 우리가 무슨 일을 언제 할 것인지는 전혀 모르는 것 같았습니다. 집 근처에 무사들을 숨겨놓고 있는 것 같았습니다."
 "오늘이 거사 날이다. 치밀한 계획을 세워야 한다."
 "꼭 오늘이어야 합니까?"

권람이 물었다.

"대호가 역모를 할 것이라는 소문이 돌고 있을 때 빨리 해치워야 한다. 시기를 놓치면 안 된다. 공격은 기습이 제일이다."

수양대군이 이미 확고하게 작심을 한 것 같이 보이자 한명회가 나섰다.

"군사 행동은 빠를수록 좋다는 나으리의 말씀이 옳습니다. 오늘 밤에 시작해서 내일 새벽까지는 거사를 끝내야 합니다."

"오늘 내가 그동안 끌어들인 무사들을 모두 우리 집 후원에 모아 활쏘기 대회를 열 것이다. 점심때 술과 고기를 맘껏 먹인 뒤 거사 계획을 알릴 것이다."

"좋습니다."

홍윤성이 찬성을 표했다.

"그동안 공들은 딴 곳에서 오늘 밤에 해야 할 일의 순서를 정해서 저녁 무렵 다시 모이시오."

그때 수양대군의 처 낙랑부인 윤 씨가 갑옷을 들고 방으로 들어왔다.

"거사를 하려면 우선 준비가 단단해야 합니다. 옛날 태종대왕이 대군 시절 정도전 등 역적을 베러 나갈 때 부부인께서 감추어 두었던 무기를 꺼내준 일이 있습니다."

윤 씨 부인은 수양대군이 갑옷 입는 것을 거들었다.

"이 갑옷은 오늘 일이 성공할 때까지 벗지 않을 것이오."

수양대군이 윤 씨 부인을 보고 다짐했다.

수양대군 사저의 넓은 후원에는 아침부터 무사들이 모여들기 시작했다. 무사들은 편을 갈라 활쏘기 내기를 시작했다. 오늘이 거사 일이라는 것은 아무도 알지 못했다. 수양대군이 내건 상금에 모두 정신을 팔고 있었다. 활쏘기 내기 예선이 끝나고 술판이 벌어졌다. 푸짐하게 나온 고기 안주에 술병을 비우며 무사 삼십여 명은 기분이 한껏 고양되었다.

술판이 한창 무르익을 때 수양대군은 무술이 비범한 곽연성을 은밀하게 불러 집 안으로 들어갔다.

"김종서가 용을 임금으로 삼으려고 역모를 꾸미고 있다는데 어떻게 생각하는가?"

수양이 말을 꺼내놓고 곽연성의 표정을 살폈다.

"그것이 사실이라면 당연히 전하께 알리고 베어야지요."

"오늘 내가 그들을 요절내려고 하는데 자네는 나를 따를 것인가?"

"예? 오늘이라고요?"

곽연성이 깜짝 놀라 눈을 크게 떴다.

"저야 나으리가 죽으라면 죽을 각오가 되어 있습니다. 그러나 김 정승이나 안평대군이 죽을 짓을 할 사람이 아니라는 것을 많은 신료가 믿고 있는데, 갑작스럽게 그들을 치면 민심이 따라오겠습니까? 전하께 알려 의금부로 하여금 잡아다가 나으리께서 족쳐야 하지 않겠습니까?"

"그렇게 시간을 끌다가는 전하나 우리가 당하지 않겠는가? 전투는 기습이 성공의 열쇠 아닌가?"

그러나 곽연성은 좀체 동의를 하지 않았다. 수양대군은 초조해지기 시작했다.

점심을 먹고 나자 권람과 홍윤성, 한명회가 왔다. 수양대군은 권람을 불러 곽연성을 설득하라고 지시했다. 곽연성은 성질이 곧고 충성심이 강해 다른 무사들의 우두머리 역할을 하고 있었다.

"수양대군은 오늘을 넘기지 않을 것이네, 내일이면 새 세상이 온다네. 새 세상은 자네를 위한 세상이기도 하네. 나으리가 자네를 어찌 잊겠는가?"

권람이 열심히 설득했으나 곽연성은 쉽게 넘어오지 않았다.

"지금 제가 어머님 상중이라 그런 큰 거사에 참여할 처지가 못 됩니다."

"나으리는 사직을 위해 목숨을 던졌네. 어머니에 대한 효성이나 나라를 위한 충성은 같은 것일세, 사나이가 어찌 한 번 모신 주군이 사지로 가는데 보고만 있을 수 있겠는가?"

권람의 간곡한 설득에 곽연성은 고개를 끄덕였다.

곧이어 후원에는 강곤, 홍달손, 임자번, 최윤, 홍순로, 홍귀동, 민발 등의 무사가 뒤늦게 합류했다.

저녁 무렵, 관리들이 모두 퇴청한 시간에 수양대군은 권람을 김종서 집에 다녀오도록 시켰다. 동정을 살피고 오라는 명령이었다. 권람을 보낸 것은 권람의 직책이 집현전 교리이고, 김종서가 집현전 학사들을 끔직이 좋아하기 때문이었다.

김종서는 권람이 수양대군의 손발이라는 것을 알면서 만났다.

권람은 아무것도 모르고 그냥 문안을 드리러 왔다며 철저히 위장했다. 그리고 수양대군이 역모를 획책한다는 것은 있을 수 없는 일이란 것을 여러 번 강조했다.

그것이 계략이었다. 김종서는 당분간 수양대군이 군사 행동은 하지 않을 것이라고 판단하고 집을 경호하던 무사 삼십여 명을 대부분 쉬게 했다.

수양대군 집 후원에 등불이 여기저기 켜지기 시작했다. 한명회는 무사들을 모두 후원 정자인 송정에 모이게 했다. 갑옷에 투구를 쓴 수양대군은 칼까지 찼다. 어깨에는 활을 메고 무사들 앞에 나타났다.

"나는 오늘 조선의 운명을 바로 잡기 위해 목숨을 바친다. 지금 조정은 김종서 일당의 권력 남용과 사리사욕, 정실 인사 때문에 많은 백성들이 신음하고 있다. 그뿐 아니라 우리 전하를 용상에서 밀어내 사직을 무너뜨릴 계책까지 세우고 있다. 왕실의 한 사람으로서 더 이상 참을 수가 없다. 내 목숨을 사직에 바친다. 칼을 뽑아 간당들을 오늘 밤에 모조리 베려고 한다. 운명은 이미 하늘에 맡겼다. 나를 따를 사람은 함께 목숨을 바치자. 갈 사람은 가라."

수양대군이 비장한 각오를 역설했다. 무사들은 뜻밖의 제의에 당황한 빛이 역력했다.

"조정에 알려서 어명을 따릅시다."

무사 한 사람이 큰 소리로 말했다. 절차를 밟지 않으면 역모가 되고, 실패했을 경우에는 자신뿐 아니라 온 집안이 박살난다는 것을 모르는 무사들이 아니었다. 그리고 지금 수양대군이 하려는 짓이 명분이 확실하지도 않은 역적 행위라는 것을 모를 리도 없었다.

"나는 못하겠소."

무사 한 사람이 뒷문으로 도망가기 시작했다.

홍윤성이 재빨리 활을 쏘았다. 도망가던 무사가 고꾸라졌다.

"지금 밖에 나가면 여기 있는 사람이 모두 역신이 된다."

홍윤성이 소리를 질렀다. 그러나 동료가 죽는 것을 보고도 여남은 명이 줄행랑을 치기 시작했다.

"이미 전쟁은 시작되었다. 도망가는 비겁한 놈들은 나중에 처리하라."

수양대군이 더 이상 활을 쏘지 못하게 명했다.

"자, 나를 따를 자는 가자!"

수양대군은 말에 올라탔다.

수양대군이 나서사 한명회가 뒤를 따랐다. 이어 권람, 홍윤성, 홍달손, 양정, 강곤, 임자빈, 유서, 홍순로 그리고 근수 노비 임어을운 등 수십 명이 따라나섰다. 수양대군이 문 밖을 나설 때 가회동 집 앞은 희미한 달빛만이 초겨울 찬바람 속에서 빛나고 있었다.

수양대군은 일단 멈추어 서서 거사 순서를 확인했다.

"홍윤성과 임자빈, 양정, 최윤, 유서, 강곤, 임어을운은 나를 따라 돈의문 밖 김종서의 집으로 간다. 모두 무기는 품속에 감추어라."
 홍윤성 등 일곱 명이 수양대군을 에워싸고 무기 단속을 했다.
 "홍달손 감순(監巡)은 사대문 순찰 책임자니까, 나졸 삼백 명을 동원해서 자정 이후 사대문을 봉쇄한다. 쥐새끼 한 마리도 들어오지 못하게 해야 한다."
 "나으리는 파루 전에 서대문 안으로 들어오십니까?"
 홍달손이 물었다.
 "물론이다. 혹시 조금 늦을지 모르니 내가 들어온 뒤에 문을 봉쇄해야 한다."
 "저는 순청에서 가담한 무사들을 지휘하겠습니다."
 한명회가 말했다.
 "권 공은 시좌소에 가서 전하의 움직임을 살피고, 거사가 끝나면 즉시 군사를 동원해 시좌소를 포위해야 한다. 누구도 전하와 접촉해서는 안 된다."
 "염려 마십시오."
 권람이 옆구리 칼을 만져보면서 말했다.
 "만약 내게 무슨 일이 생기더라도 오늘 자정 전에 김종서를 반드시 베어야 한다. 내가 죽더라도 홍 공은 임무를 꼭 이행하라!"
 수양대군이 홍윤성을 보고 비장하게 말했다.
 "오늘 밤 거사의 사령탑은 순청이다. 모든 군사 행동은 순청의 한 공에게 알려야 한다."
 이어 수양대군이 캄캄한 허공을 향해 소리쳤다. 순청은 홍달손의 지휘소로 야간 도성을 순찰, 경비하는 책임을 맡은 곳이다.

"하늘이시어. 사직을 보호하소서! 저의 운명을 맡깁니다. 자! 가자."

수양대군의 말이 나서자 모두 자기가 맡은 일을 향해 달리기 시작했다.

홍득희는 임시 거처인 마포 여염집 안방에서 아주까리 등잔불을 켠 채 바느질을 하고 있었다. 경비로부터 배운 솜씨로 승유의 누비바지 손질을 마친 뒤 김종서의 도포를 만들고 있었다.

"홍 두령님, 계십니까?"

그때 밖에서 남자 말소리가 들렸다. 야심한 시각에 웬 남자가 찾아왔단 말인가. 홍득희는 하던 일을 멈추었다.

"홍 두령님, 큰일이 난 것 같습니다."

천시관의 다급한 목소리였다.

"무슨 일이 났습니까?"

홍득희는 벌떡 일어서서 항상 곁에 두는 칼을 집어 들고 문을 박차고 나갔다.

"수양대군이 군사를 이끌고 집을 나섰습니다."

"이 깊은 밤에 군사라니……."

홍득희는 직감적으로 수양대군 무리가 김종서의 집을 습격하러 나섰다고 짐작했다.

"빨리 가자!"

홍득희가 말을 타고 나섰다. 홍석, 송오마지, 천시관도 함께 나섰다.

"빨리 돈의문으로 가자."

치마저고리 바람에 안장도 없이 말을 탄 홍득희는 달리면서 칼을 단단히 잡았다. 얼마 안 달려 김종서의 집 입구까지 왔다. 조용했다. 경호하던 무사들도 보이지 않았다. 아직 수양대군이 오지 않은 것 같았다.

"돈의문 안으로 들어가자!"

홍득희가 앞장서서 돈의문으로 달려갔다. 문은 아직 닫히지 않았다.

"누구냐? 못 들어간다."

문을 지키던 나졸이 홍득희의 말을 막아섰다. 홍득희는 칼등으로 나졸의 정수리를 쳐서 기절시켰다. 다른 순라꾼들이 정신을 차리기도 전에 홍득희 일행은 돈의문을 통과해서 광화문 쪽으로 달렸다.

홍득희는 얼마 가지 못해 수양대군 일행과 마주쳤다.

"웬 놈이냐?"

말을 탄 임자빈이 수양대군 앞에 나서며 홍득희를 향해 물었다. 여자가 말을 타고 있다는 것을 알고는 다시 물었다.

"계집 아니냐? 수양대군 마마시다. 빨리 비켜라."

"대군마마께서 이 깊은 밤에 군사를 거느리고 어디로 가십니까?"

홍득희가 다가서면서 물었다.

"저런 발칙한……."

임자빈이 칼로 홍득희를 내려쳤다. 그러나 칼을 되받아 친 홍

유혈의 밤 355

득희는 이어 번개 같은 솜씨로 임자빈의 옆구리를 찔러 말에서 떨어뜨렸다.

"이놈 봐라!"

수양대군이 칼을 뽑아 들었다. 그리고 홍득희의 목을 향해 칼을 내리쳤다. 칼은 허공을 가르며 번뜩일 뿐이었다. 홍득희가 반격으로 수양대군의 투구를 날려 버렸다.

"이놈이 제법이구나. 네놈은 누구의 명을 받고 이러는 거냐?"

수양대군은 분이 머리끝까지 올라 목소리가 높아졌다.

"우리는 김종서 정승을 도와 사직을 지키라는 하늘의 명을 받고 함길도에서 왔다."

홍석이와 송오마지도 칼을 뽑아 들었다. 수양대군은 홍득희를 만만하게 보고 칼을 마구 휘둘러 댔다. 그러나 무술로는 홍득희의 상대가 되지 못했다.

수양대군이 위기에 빠지자 임자빈, 강곤, 유서 등이 한꺼번에 덤볐다. 심야, 돈의문 앞에서 불꽃 튀는 칼싸움이 벌어졌다. 홍득희는 수양대군이 돈화문 쪽으로 한 발자국도 나가지 못하게 가로막았다.

"여기는 내가 처리할 테니 홍 공은 빨리 거사를……."

수양대군은 홍득희의 칼을 피하기에 급급해졌다. 그러면서도 유사시의 명령을 내렸다. 홍득희는 그것이 무엇을 의미하는지를 확실히 몰랐다.

수양대군의 명을 받은 홍윤성이 양정, 유서, 임어을운을 데리고 돈의문을 빠져나갔다.

홍득희와 홍석, 송오마지와 수양대군, 강곤, 최윤, 임자빈의 목숨을 건 대결이 좀체 끝나지 않았다.

홍득희가 수양대군과 칼싸움을 벌이고 있는 사이 홍석이는 다시 말에 올라탄 임자빈을 말에서 끌어 내렸다.

"으악!"

홍석이의 칼에 배를 찔린 임자빈이 비명을 지르며 도망가기 시작했다.

"놔두어라!"

임자빈을 쫓아가려는 홍석이를 홍득희가 말렸다.

곧이어 최윤이 쓰러졌다. 최윤은 어깨에 칼을 맞고 쓰러져서도 악착 같이 덤벼 오마지의 팔에 부상을 입혔다. 송오마지가 위험에 처하자 홍석이 싸움을 가로막았다.

보름을 닷새 앞둔 희미한 달빛 아래 시퍼런 칼날이 시퍼런 불꽃을 튀겼다. 강곤이 얼마 버티지 못하고 길바닥에 쓰러져 신음했다. 홍석이가 휘두른 칼에 양쪽 팔을 모두 베이고 다리를 찔려 피를 흘렸다.

수양대군은 간단히 물러서지 않았다. 무거운 갑옷을 입고도 날랜 솜씨를 보였다.

"나으리, 빨리 칼을 버리고 항복하시오."

홍득희가 최후의 말을 던졌다.

"네까짓 계집 때문에 거사를 망칠 수는 없다. 내 칼을 받아라."

수양대군이 품속에 숨겨두었던 표창을 꺼내 홍득희의 얼굴을 향해 던졌다.

"에잇!"

그러나 홍득희는 표창을 손으로 가볍게 잡았다. 표창을 꽉 잡은 홍득희의 손바닥에서는 피가 주루룩 흘렀다.

홍득희는 표창을 땅바닥에 팽개치고는 말에서 풀쩍 뛰어올라 두 발로 수양대군의 가슴을 거세게 쳤다.

"으악!"

수양대군이 신음을 토하며 땅바닥에 나뒹굴었다.

"엄살 부리지 말고 일어나 앉으시오."

홍득희가 수양대군의 목에 칼을 겨누고 말했다. 수양대군은 땅바닥에 주저앉은 채 기진맥진해 있었다. 함께 싸우던 임자빈, 강곤, 최윤도 상처를 싸안고 신음하고 있었다. 이제 수양대군 측은 완전히 전의를 상실하고 주저앉았다.

"대군 나으리, 내 말을 잘 들으시오. 오늘 밤 무슨 일을 저지르려고 한 것이오?"

홍득희가 수양대군의 면전에 칼날을 들이대고 물었다.

"용이 보위에 눈이 어두워 사직을 어지럽히려 하기에 막으려 한 것이다."

수양대군이 고개를 숙이고 말했다.

"용이라면 안평대군을 말하는가 본데, 안평대군의 집은 백악산 뒤에 있는데 어째서 서대문으로 온 것이오?"

홍득희가 다시 물었다.

"용은 마포 담담정에 늘 있기 때문에 담담정으로 가려던 참이오."

"그럼, 조금 전에 같이 온 무사들은 어디에 무엇 하러 간 것이오?"

이번에는 송오마지가 물었다.

"전하에게 이 사실을 알리러 간 것이오."

"거짓말하지 마시오. 서대문 쪽으로 갔는데 담담정으로 간 것 아니오?"

홍득희는 그들이 설마 김종서의 집에 갔으리라고는 생각지 않았다. 수양대군은 더 이상 말을 하지는 않았다.

"좋소. 한밤중에 군사를 사사롭게 움직인 벌로 좀 잘라야겠소."

홍득희가 수양대군의 머리 위에 칼을 높이 들었다.

"앗!"

홍석이가 목을 자르려는 줄 알고 소리를 질렀다.

'휘익!'

홍득희의 칼날이 허공을 가르며 수양대군의 머리를 향해 번개처럼 지나갔다.

"윽!"

수양대군이 비명을 토했다. 수양대군의 머리에서 상투가 허공으로 날아올랐다. 홍득희의 칼이 투구도 없는 수양대군의 머리 위에 얹혀 있는 상투를 잘라 버린 것이었다.

수양대군은 머리를 만져 보고 새파랗게 질렸다.

"석아, 나으리 손을 묶어라."

홍석이는 머리에 쓰고 있던 무명 수건을 벗어 찢은 뒤 수양대군의 두 손을 뒤로 돌려 묶었다.

"너희들이 나를 어떻게 할 셈이냐? 나를 죽이지만 않는다면 후일 크게 써줄 것이다."

"사대부가 상투를 잘렸으면 이미 죽은 목숨인데 무슨 말이 많소."

"빨리 일어서시오."

홍득희는 수양대군과 부상당한 수하들을 가회방 입구의 수양대군 본가로 데리고 갔다.

"나으리의 목숨은 상투가 잘리는 순간 이미 끝난 것이오. 쓸데없는 짓 더 하지 말고 집에 들어가 조용히 지내시오."

홍득희는 집 앞에 수양대군과 일행을 놓아주고 다시 말을 탔다.

"빨리 돈의문 밖 아저씨 집으로 가자."

홍득희는 홍석이와 송오마지를 재촉하여 서대문으로 달려갔다. 아직 문이 닫히지는 않았으나, 낯은 순라꾼들이 문을 지키고 있었다.

세 사람은 닥치는 대로 순라꾼들을 칼등으로 치면서 순식간에 돈의문을 뚫고 나갔다.

"빨리 아저씨 집으로……."

홍득희가 수양대군 일당과 결투를 벌이고 있는 동안 홍윤성이 지휘하는 무사 일행은 돈의문을 거쳐 김종서의 집으로 쳐들어갔다. 경호하던 무사들이 다 돌아간 뒤라 김종서의 집은 무방비 상태였다.

"나는 여기서 기다릴 테니 너희들이 들어가서 거사를 끝내라."

홍윤성이 양정, 유서, 임어을운을 보고 말했다.

양정이 앞장서서 김종서의 집 안으로 들어갔다. 허술하게 닫아 놓은 대문은 금세 열 수가 있었다. 중문을 지나 안마당에 들어갈 때까지 아무 저항이 없었다. 안방에는 불이 켜져 있었다. 윤 씨 부인이 사거한 이후에는 김종서가 사랑방에 있지 않고 안방에 거처하고 있다는 것을 권람이 염탐하여 이미 알려준 일이 있었다.

"대감 나으리!"

임어을운이 큰 소리로 불렀다.

조금 있다가 다른 방에서 문이 열리고 김종서의 장남 승규가 나왔다.

"밤이 깊었는데 뉘시오?"

"수양대군 마마께서 급히 전하라는 말씀이 있어 왔습니다. 쇤네는 대군마마의 구사입니다."

구사(丘史)란 고위 공직자 집으로 관청에서 보낸 노비를 말한다.

"무슨 급한 전갈이냐?"

"안평대군 측에서 역모를 일으켜 모두 순청에 모여 있습니다."

"무엇이라고?"

안방에서 듣고 있던 김종서가 문을 박차고 나왔다. 동저고리 바람의 맨몸이었다.

김종서가 놀라 미처 신발도 신지 않고 마루를 내려서려는 순간 수양대군의 근수 노비 임어을운이 품속에 숨기고 있던 철퇴를 휘둘러 김종서의 머리를 쳤다. 눈 깜짝할 사이에 일어난 번개 같은 솜씨였다.

"어이쿠!"

김종서는 비명을 지르며 섬돌 아래로 굴러떨어졌다.

"아버지!"

기습에 놀란 승규가 넘어진 아버지의 몸을 감싸며 엎드렸다. 다음 순간 양정이 숨겨간 칼로 승규의 목덜미를 깊숙이 찔렀다.

"으윽!"

김승규는 비명도 제대로 지르지 못하고 숨을 거두었다. 마당에는 금세 선혈이 낭자해졌다. 처참한 광경이 희미한 달빛 아래 펼쳐졌다.

천하의 대호, 북벌의 영웅 김종서 부자가 허무하게 쓰러졌다.

"자, 빨리 가자."

옆에 있던 유서가 서둘렀다.

일행은 밖에서 기다리던 홍윤성과 함께 돈의문으로 내달렸다.

서대문을 나선 홍득희는 단숨에 김종서의 대문으로 들어섰다. 문을 들어서는 순간 처참한 광경에 넋을 잃었다.

집안 식구들과 노비들이 통곡하며 우왕좌왕하고 있었다. 마당에는 피가 흥건하게 고여 있고 곁에는 김종서와 승규가 피를 흘리며 쓰러져 있었다. 승규의 처 내은비는 승규를 붙잡고 통곡하고 있었다. 여종 경비와 다른 노비들은 김종서를 붙잡고 소리치고 있었다.

"우리가 한 발 늦었다."

송오마지가 탄식했다.

"아저씨!"

홍득희가 뛰어가 김종서의 얼굴을 받쳐 들었다.

"득희야……."

뜻밖에도 김종서는 죽지 않았다.

"승규를 빨리 돌보라고 해라. 그리고 나를 전하에게 데리고 가라."

김종서가 홍득희의 팔을 잡고 말했다. 김종서는 머리 뒤를 철퇴로 맞아 머리에서 피가 콸콸 쏟아졌다.

"빨리 수건부터 가져오시오."

홍득희는 산적 시절 부상한 부하들을 수없이 구원했기 때문에 응급한 상황에 대해 판단이 빨랐다.

홍득희는 수건으로 김종서의 머리를 단단히 감싸 피를 멈추게 했다.

홍득희는 김승규를 다시 살펴보았다. 이미 숨이 끊어진 뒤였다.

"안방으로 모시고 가서 편안하게 누워 계시게 하십시오."

홍득희는 승규의 처 내은비에게 일러주었다.

"빨리 초헌을 가져오시오."

송오마지와 홍석이가 김종서가 평소에 타던 초헌을 가지고 왔다.

유혈의 밤 363

"아저씨를 초헌으로 모시고 빨리 전하가 계신 시좌소로 가자."
홍득희의 눈에서 눈물이 하염없이 쏟아졌다.
"아저씨, 돌아가시면 안 돼요."

19 단종의 항변

상투를 잘린 채 집 앞에서 풀려난 수양대군과 강곤 등은 묶인 손을 풀고 집 안으로 들어갔다.

"이게 무슨 일입니까?"

버선발로 뛰어나온 윤 씨 부인이 놀라 입을 딱 벌렸다.

"상투를 잘리다니, 이게 무슨 날벼락입니까?"

놀라 머뭇거리던 윤 씨 부인이 다시 다른 투구를 들고 와 씌워 주었다.

"거사는 어떻게 되었습니까?"

수양대군이 난감한 표정을 짓고 있을 때 홍윤성과 양정, 임어을운이 뛰어 들어왔다.

"어떻게 되었느냐?"

수양이 다급하게 물었다.

"역적 대호 부자를 베었습니다."

"그래? 정녕 목을 땄느냐?"

"틀림없이 숨통을 끊었습니다."

"말을 내오너라. 서둘러야 한다."

수양대군 일행은 말을 달려 한명회가 지키고 있는 순청으로 갔다. 순청에는 군사 수백 명이 기다리고 있었다.

"역적 김종서는 죽었다. 빨리 사대문 단속을 철저히 하고 시좌소를 경호하라."

수양대군이 바쁘게 명령을 내렸다. 시좌소를 경호하라는 말은 아무도 접촉할 수 없게 포위하라는 뜻이었다.

곧 대기하고 있던 삼군진무 나선영이 별시위 갑사, 내금위 갑사 등 이백여 명을 데리고 가회방 시좌소를 포위하러 나갔다.

수양대군은 내금위장 봉석주를 불렀다.

"자네는 시좌소의 남문 안마당을 특별히 경비하여라."

"급한 일이 안평대군 처리입니다."

한명회가 건의했다.

"삼군의 나치정 진무는 군사 백 명을 줄 테니 용의 집에 가서 용과 그 아들들을 빨리 체포해서 강화도로 위리안치 하라."

"홍달손은 모든 군사를 동원해 도당을 봉쇄하고 사대문을 철저히 막는데 차질 없이 하라."

수양대군은 언제 상투가 잘렸느냐는 듯이 눈에 불을 켜고 도성을 장악하기에 바빴다.

김종서가 죽었다는 것을 알자 눈치만 보던 관원과 건달들이 적극적으로 나서기 시작했다.
"나는 시좌소로 가서 전하를 뵈옵고 선참후계의 윤허를 받을 것이다."
수양대군은 후일을 생각해 어디까지나 합법성을 가장하려고 했다.
수양이 가회방 단종의 임시 궁궐인 시좌소에 이르자 벌써 수양대군의 군사들이 철통같이 둘러싸고 있었다. 임금을 만나러 가는 세 개의 문을 모두 장악하고 있었다.
수양대군은 안마당으로 들어갔다. 단종은 침실에서 잠들어 있는지 기척이 없고 당직 내관 최항이 인기척이 나자 영문을 몰라 마당으로 내려왔다.
"대군 마님이……."
최항은 수양대군을 보자 놀라 엎드렸다.
"긴급한 일이 생겼으니 빨리 전하께 가서 내가 들어간다고 여쭤라."
"긴급한 일이라니요?"
최항은 금세 움직이지 않았다. 그러자 수양대군이 칼을 뽑아 들었다.
"용이 반란을 일으켰다. 빨리 가서 아뢰어라."
"예? 역모입니까?"
최항은 혼비백산해서 허둥지둥 안으로 뛰어 들어갔다. 이어서 환관 김연과 한숭이 나왔다. 항상 단종 곁에 있는 내시였다.
"내가 전하를 뵈러 들어간다."

"아니 됩니다. 그 칼은 아니 됩니다."

한승이 막아섰다. 수양은 한참 한승을 노려보다가 칼을 임어을운에게 넘겨주었다.

수양대군이 다시 들어가려고 하자 이번엔 김연이 막아섰다.

"너희들이 정녕 목이 달아나고 싶으냐?"

수양대군이 짜증을 내고 있을 때 승정원 이계전이 나왔다. 이계전은 이미 수양대군 편에 줄을 선 사람이었다.

"대군마마를 빨리 어전으로 모셔라."

수양대군은 서성거리지 않고 바로 내전으로 들어갔다. 자다가 놀라 깬 단종이 용상에 앉아 있었다.

"숙부, 이 밤중에 무슨 일이오?"

단종이 수양대군을 보자 굳은 표정으로 물었다.

"용이 흑심을 품고 역모를 끝내고 김종서를 끌어들여 전하를 해치려 하기에 제가 처단해서 사직을 구했습니다."

"처단이라니오? 누굴 죽였습니까?"

"김종서를 베었습니다."

"무엇이라고요? 김 좌의정을 죽였습니까?"

"우리가 당하기 전에 선수를 쳐서 위기를 넘겼습니다."

단종의 얼굴이 벌겋게 달아올랐다.

"나라의 정승을 어찌 임금의 허락도 없이 죽인단 말입니까?"

단종이 용상에서 벌떡 일어서며 소리를 질렀다.

"예?"

어린 단종의 뜻밖의 모습에 수양대군은 잠시 멈칫했다.

단종의 불끈 쥔 두 주먹이 부들부들 떨렸다.

"김종서는 안평과 함께 역모를 꾸며 오는 열이튿날 무엄하게도 전하를 습격하려고 했습니다. 이것을 소신이……."

"내가 이 나라의 임금이오. 그렇다면 나한테 상세히 알려 왕명을 따라야 하거늘 사직을 지킨다는 명목으로 중신을 함부로 죽인단 말입니까? 김종서가 누구요? 삼대의 왕을 보필한 고명대신이 아니오!"

수양대군은 뜻밖에 강경한 단종을 보면서 앞날이 순탄치 않음을 느꼈다.

"날이 밝은 뒤에 다시 아뢰겠습니다."

"숙부야말로 대역을 저지른 것이오! 반드시 책임을 져야 할 것이오!"

단종이 악을 썼으나 귀담아 듣는 사람이 아무도 없었다. 이미 왕이 아니었다.

수양대군은 허리를 굽혀 절하고는 급히 침실을 나왔다.

마당에 내려선 수양대군은 기다리고 있던 신숙주를 보고 말했다.

"신 공은 권람과 함께 역적을 모두 소탕한다는 전하의 교서를 빨리 만드시오."

그리고 이계전을 보고 다른 명령을 내렸다. 아무도 수양대군의 명을 거스를 사람이 없었다.

"영의정 황보인, 우의정 정분, 이조판서 이양, 병조판서 조극관, 그리고 윤처공, 이명민, 김한로 등에게 빨리 입궁하라는 어명

단종의 항변 369

을 전하시오."

수양의 명에 따라 전등색이 어명을 사칭하고 대신들의 집으로 달려갔다.

시좌소로 제일 먼저 달려온 사람은 영의정 황보인이었다. 황보인의 초헌이 시좌소 문 앞에 이르자 지키던 군사들이 초헌에서 내려 걸어가도록 청했다. 황보인이 남문을 들어서자 제2문 앞에 있던 군사들이 구사와 근수 노비는 들어갈 수 없다며 황보인 혼자만 들어가게 했다.

영문을 모르는 황보인이 제3문 앞에 이르자 멀리 서 있던 한명회가 손을 땅으로 내리꽂는 시늉을 했다.

그때였다. 둘러서 있던 갑사들이 칼로 사정없이 황보인의 목을 치고 온몸을 찔렀다.

"이놈들이······."

황보인은 눈을 부릅뜨고 한명회를 노려보다가 숨을 끊었다.

한명회는 살생부를 들고 들어오는 대신들의 생사를 가름하고 있었다. 한명회의 살생부 살조(殺條) 두 번째에 황보인이 있었다. 첫 번째는 물론 김종서 좌의정이었다.

새벽 공기를 피로 물들인 살생부의 집행은 날이 샐 때까지 계속되었다. 시좌소 문 앞은 피로 범벅이 되었다.

조극관 병조판서는 부하의 손에 칼을 맞았다.

"네놈이 감히!"

조극관은 눈을 부릅뜨고 숨을 거두었다.

한명회는 미처 출두하지 못한 대신들은 집으로 찾아가 죽이라고 했다.

수양대군이 살인 지휘에 광분하고 있을 때 뜻밖의 보고가 날아들었다.

"대군마마, 김종서가 살아서 도망갔다고 합니다!"

임어을운의 보고였다.

20. 새벽하늘에 혜성이 떨어지다

　홍득희는 김종서를 초헌에 태우고 서둘러 집을 나섰다.
　"빨리 전하를 뵈어야 한다. 내 활을 가지고 오너라."
　김종서는 피를 많이 흘렸으나 정신은 또록또록했다. 그 와중에도 늘 메고 다니던 세종 임금의 활을 챙겼다.
　"전하보다 의원한테 먼저 가서 치료를 받아야 합니다."
　홍득희는 말도 타지 않고 초헌을 메고 가는 홍석이와 천시관의 옆을 따라 바삐 걸었다. 뒤에는 송오마지와 노비 두어 명이 따랐다.
　"시좌소에 가면 어의를 빨리 부를 수 있으니 먼저 시좌소로 가서 전하를 뵈어야 한다."
　"지금 도성에 들어가기 위해 서대문으로 가는 중입니다."
　홍득희가 초헌을 재촉했다. 얼마 안 가 일행이 돈의문 앞에 이르렀다. 문은 굳게 닫혀 있었다.

"급히 입궐해야 할 대신이 계시니 문을 열어주시오."

홍득희가 문루의 나졸을 향해 소리를 쳤다.

"대신이 아니라 임금이 와도 문을 열 수 없다."

나졸은 거들떠보지도 않고 말했다.

"중대한 일이 있어서 임금님을 뵈러 가야 합니다. 여기 계신 분은……."

그때 김종서가 급히 손을 저었다.

"내가 간다는 말을 하지 마라. 저놈이 누구 편인지도 모르잖느냐."

홍득희가 다시 문루를 보고 말했다.

"문을 열지 말라는 것은 누구의 명령이오?"

"너희가 그걸 알아서 뭐 하겠다는 거냐? 홍달손 감순 나으리의 엄명이시다."

나졸이 거들먹거리며 말했다.

"홍달손은 수양대군의 사병이다."

김종서가 나직하게 말했다. 홍득희는 그들이 절대 문을 열어주지 않을 것이라고 판단했다.

"빨리 서소문으로 가야겠습니다."

천시관이 입을 열었다.

일행은 다시 서소문으로 급히 달려갔다. 자정이 넘어서인지 성 밖은 인기척이 전혀 없었다.

"잠깐."

서소문 가까이 오자 홍득희가 일행을 세웠다.

"여기도 홍달손의 부하들이 막고 있을 테니 요령을 좀 부려야 할 것 같습니다."

홍득희는 입고 있던 저고리와 치마를 벗었다. 초겨울 찬바람 속에 속옷 차림이 되었으나 떨지도 않았다.

홍득희는 김종서의 저고리와 바지를 벗기고 자기가 벗은 저고리와 치마를 입혔다. 김종서의 체구가 작아 옷이 맞았다. 대신 홍득희는 김종서의 저고리와 바지를 입고 머리를 수건으로 질끈 동여맸다. 영락없는 남자였다. 대신 김종서는 초헌에 누운 여자로 변신했다.

일행이 서소문에 닿았으나 거기도 문은 굳게 닫혀 있었다.

"사대부집 마님이 크게 다쳐서 의원을 찾아가니 문 좀 열어주시오. 사고가 나서 생명이 위독합니다."

홍득희가 문루를 향해 사정했다.

"성 밖에 있는 다른 이원을 찾아보시오."

여기서도 들어가기는 글렀다고 생각한 홍석이가 재빨리 초헌 위에 놓인 김종서의 활을 집어 들고 문루에 있는 초병을 쏘았다.

"윽!"

초병이 목에 정통으로 꽂힌 화살을 움켜쥐고 쓰러졌다. 그러나 사태는 불을 지른 격이 되었다.

"저놈들을 죽여라!"

서소문이 갑자기 열리더니 갑사 대여섯 명이 뛰어나왔다. 문 안에 얼마나 더 많은 군사가 있는지 알 수가 없었다.

"여기는 내가 맡을 테니 빨리 누님은 아저씨를 모시고 피하세요."

홍석이가 칼을 빼 들었다. 오마지도 칼을 뽑았다.

"계속 싸우지 말고 우리가 피할 때까지만 막아라."

홍득희는 홍석이와 송오마지한테 수습을 맡기고 초헌을 메고 남대문 쪽으로 달렸다.

남대문에 이르렀으나 사정은 마찬가지였다. 마찬가지가 아니라 문은 닫혀 있고 문 밖에도 수십 명의 군사가 진을 치고 있었다.

"여기서 우물쭈물하다가는 잡히고 만다. 우선 다른 데로 피하자."

홍득희가 초헌의 방향을 돌렸다.

"목멱산(남산) 밑에 있는 승벽의 처가로 가자."

김종서가 말했다. 김종서의 둘째 아들 김승벽의 처가는 숭례문에서 가까운 남산 기슭에 있었다. 일행은 남대문 초병들이 눈치채지 않게 목멱산 기슭으로 달렸다.

김승벽의 처가에 도착한 김종서는 우선 임어을운의 철퇴에 깨진 머리에 지혈 조치를 한 뒤 다시 고쳐 매었다. 김종서는 한결 정신이 맑아졌다.

"수양대군이 홍달순 감순과 내금위, 그리고 포섭된 삼군진무들을 동원해 도성을 장악하였습니다."

김종서의 사돈집에 있던 병조 관원 한 사람이 순청에서 듣고 온 것을 알려주었다.

"득희는 빨리 전하를 뵈어야 한다. 전하께 반역자는 수양대군이라는 것을 알려야 한다."

김종서가 안방에 누운 채 홍득희를 재촉했다.

"제가 성곽을 넘어가 전하께 아저씨의 말씀을 전하겠습니다."

"도성 대부분의 군사가 이미 수양대군의 손에 들어갔을 테니, 여의치 않으면 함길도와 평안도에 있는 군사를 불러들여야 할 거야. 이징옥과 박이녕을 움직이면 된다고 여쭈어야 한다."

김종서가 그렇게 말했지만, 일개 산적 두목 출신 아녀자가 임금과 반역 평정을 어떻게 의논할 수 있겠는가?

"빨리 도성으로 들어가거라. 전하를 뵈옵지 못하면 안평대군이나 황보인 정승, 조극관 병판 등 누구라도 꼭 만나야 한다."

김종서가 마음만 급해 여러 가지 주문을 한꺼번에 했다.

홍득희는 도성 지리를 잘 아는 천시관을 데리고 급히 집을 나섰다.

"사대문이나 다른 작은 문들은 전부 봉쇄했을 테니 성곽을 넘어가는 수밖에 없을 것입니다."

"성벽은 넘을 수가 없습니다. 회현방과 목멱산 사이에 시구문이 있습니다."

천시관이 말했다.

"시구문이라면 도성의 시체를 밖으로 내가는 문 아니오?"

"평소에는 닫혀 있지만 잘하면 사람 하나 빠져나갈 개구멍이 있을 것입니다."

홍득희는 급히 동소문을 지나 시구문으로 갔다. 문 근방에서부터 이상한 악취가 진동했다. 하수구 냄새였다.

천시관은 덤불을 헤치고 들어갔다.

"여기 구멍이 있습니다."

홍득희와 천시관은 냄새가 코를 찌르는 시구문을 엎드려 포복으로 들어갔다. 곧 도성으로 들어갈 수 있었다.

"가회방 시좌소로 우선 갑시다."

천시관이 앞장서서 걷기 시작했다. 안국방을 돌아서자 갑사들이 줄을 서서 분주히 움직이는 모습이 보였다.

홍득희가 가회방 시좌소 입구에 다다랐을 때 입구는 이미 봉쇄되어 있었다.

"우리들은 회현방에 사는 농부인데 이 골목 안에 부모님이 계십니다. 들어가게 해주십시오."

천시관이 갑사의 패두인 듯한 사람에게 말을 걸었다.

"이 안에는 민가가 없다. 썩 물러가라!"

패두가 창을 천시관의 코앞에 들이밀었다.

홍득희는 접근이 불가능하다는 것을 알고 발길을 돌렸다.

"빨리 황보인 정승 댁으로 갑시다."

그러나 홍득희가 황보인 정승 집 문 앞에 이르렀을 때는 황 정승이 불려가 이미 처참한 시체로 변한 뒤였다.

수양대군은 책사 한명회를 비롯해 주요 부하들을 모아놓고 김종서를 찾으라는 엄명을 내렸다.

"김종서를 찾아 죽이지 못하면 우리가 거꾸로 역적이 될 수도 있다. 나라의 군사를 다 동원하더라도 날이 새기 전에 김종서를 찾아라. 김종서를 찾더라도 잡아올 필요는 없다. 보는 즉시 목을 베어라."

수양대군이 몸을 부들부들 떨면서 두 주먹을 불끈 쥐었다.

김종서가 목멱산 밑의 사돈집에 있다는 것을 알려준 사람은 권람의 노비계수였다.

수양대군은 호군 양정과 삼군진무 이흥상에게 김종서를 처치하라는 임무를 주었다. 양정은 군사 백 명을 거느리고 김종서가 있는 목멱산으로 달려가 우선 집을 포위했다. 양정과 이흥상은 역사 함귀 등을 데리고 안마당으로 들어갔다. 이때 김종서 곁에는 백규일과 김종서의 가노 둘 등 몇 명만 있었다.

"죄인 김종서는 썩 나와서 어명을 받아라."

양정이 마당에서 소리를 쳤다.

"함부로 정승을 불러내지 마시오."

백규일이 앞을 막고 나섰다. 그러나 역사들이 덤벼들어 백규일을 마당가에 내동댕이쳤다.

"썩 나오지 못할까?"

이번에는 이흥상이 소리쳤다. 김종서는 방에 앉은 채 문을 열었다.

"전하가 부르신다면 시좌소로 가겠다. 정승이 걸어갈 수 있느냐? 초헌을 가지고 오너라. 내 가서 수양의 역모를 천하에 알릴 것이다."

김종서가 카랑카랑한 목소리로 호령했다.

"저 역도를 당장 끌어내라!"

양정이 갑사들에게 소리쳤다. 갑사 다섯 명이 우루루 안방으로 들어가 김종서를 끌고 나왔다. 김종서를 지키려던 가노 둘이 갑사들의 칼에 무참하게 죽었다.

김종서가 갑사들에게 꼼짝할 수 없게 양팔을 잡혀 끌려 나왔다. 김종서는 불꽃이 튀는 눈으로 양정을 노려보았다.

"네놈이 마침내 수양의 주구가 되어 역모에 가담했구나. 내가 수십 년 전 함길도 경원에서 네놈을 처음 보았을 때 죽이지 못한 것이 한이다."

김종서는 세종 임금의 명으로 여진 문자를 수집하러 함길도 경원에 갔다가 행패를 부리는 조선군의 패두 양정을 만났던 것을 회상하며 소리쳤다. 양정은 당시 박호문의 패두로 김종서를 습격한 일이 있었다. 그때 양정을 용서해 주었는데 것이 이렇게 앙갚음을 당하게 되다니 기가 막힐 일이었다.

양정이 칼을 뽑아 들었다.

"괴수 이용과 함께 역모를 꾸민 김종서를 발견하는 즉시 참하라는 어명이 있었다. 지금 죽는 것을 나한테 원망하지 말라."

양정이 칼을 내려쳤다.

"안 된다!"

그때 마당가에 넘어져 있던 백규일이 벌떡 일어나 김종서를 가로막고 나섰다.

"오냐, 네놈부터 죽여주마."

새벽하늘에 혜성이 떨어지다 379

양정이 칼로 백규일의 목을 찔렀다. 백규일이 짚단처럼 김종서 앞에 쓰러졌다.

피를 본 양정이 이번에는 김종서의 가슴을 미친 듯이 난자했다.

"전하, 부디……."

김종서는 두 눈을 부릅뜨고 양정을 노려보다가 쓰러졌다.

단종 일 년 시월 십 일 새벽이었다. 나이 칠십 세, 태종, 세종, 문종, 단종 네 임금을 섬긴 훈로 정승, 고명대신, 대호 김종서는 이렇게 허무하게 쓰러졌다.

사십팔 년 동안 하루도 쉬지 않고 나라를 위해 몸을 던진 충신이었다. 문신이면서도 무신의 일을 맡아 북쪽 국경을 개척하여 조선의 영토를 확정시킨 당대 제일의 장수였다.

변경에서 목숨을 걸고 오랑캐와 싸우느라 어머니가 돌아가실 때 임종도 하지 못했다. 병든 아내가 병상에서 찾을 때 하루도 지켜주지 못했다. 오직 나라와 사직을 위해 일생을 바쳤다. 학문 또한 뛰어나 유생들의 사표가 되었으며 고려사절요 편찬 등 문신으로서의 업적도 많이 남겼다.

수양대군은 김종서를 죽였다는 보고를 받고는 안도의 한숨을 쉬었다. 아직 어둠이 완전히 가시지 않은 새벽이 갑자기 어두워졌다. 그때 하늘에서 밝고 큰 별 하나가 떨어졌다.

"앗! 저런 변이 있나."

수양대군 곁에 서 있던 이계전이 비명을 질렀다.

"빨리 나팔을 불어 불길한 귀신을 쫓아야 합니다."

다른 진무들도 놀라 수양대군을 쳐다보았다.

"겁내지 마라. 괴이한 일이 아니다."

태연스럽게 말하는 수양대군 자신도 손은 떨고 있었다.

"처단한 역적들은 모두 순청 앞에 옮겨라. 그리고 황보인, 김종서 부자, 정분, 조극관, 이양은 목을 베어 육조거리에 효수하라."

수양대군은 이 말을 남기고 한명회, 권람, 신숙주를 데리고 시좌소로 급히 들어갔다.

"신 공, 교지는 다 만들었소?"

수양대군이 신숙주를 보고 물었다. 신숙주가 소매에서 두루마리를 꺼내 보였다.

수양대군 일행이 편전까지 들어가는데 아무도 말리는 사람이 없었다. 단종 임금은 익선관에 곤룡포를 입고 용상에 석상처럼 꼼짝 않고 앉아 있었다. 곁에는 혜빈 양 씨가 서 있었다.

"전하, 역적의 괴수 김종서와 추종자 황보인, 조극관 등을 모두 처형하였습니다. 감히 보위를 노리던 용은 강화도에 위리안치하였습니다. 이제 사직은 튼튼하게 만년 반석 위에 보존될 것이오니 안심하시옵소서."

단종은 아무 말도 하지 않았지만 얼굴에는 비통한 표정이 역력했다. 이제 겨우 열세 살의 임금이지만 천하가 다른 사람의 손에 넘어간 것을 어찌 모르겠는가.

"전하의 윤허를 받을 사항이 있어 아룁니다. 삼정승이 모두 역모로 처형되어 도당이 비었습니다. 그리고 형조를 비롯한 중요한 대신의 자리도 비어 자리를 채울 일이 급합니다. 역모 사건이 세상에 알려지면 혹여 민심이 흉흉할 수도 있어 조정을 황급히 보완해야 할 것입니다."

단종 임금은 수양대군이 또 무슨 음모를 들이댈지 알아차렸다. 그러나 아무 말도 하지 않았다.

"교지를 읽으시오."

수양대군이 신숙주를 돌아보았다. 신숙주가 두루마리를 펴고 읽기 시작했다.

"교지. 수양대군 이유. 영의정부사 겸 이조판서 겸 형조판서 겸 내외 병마 도통사로……."

수양대군이 삼정승을 통합한 자리를 차지하고, 관리를 총괄하는 이조판서, 사법권을 총괄하는 형조판서, 그리고 전국의 모든 군사 통수권을 쥐는 계엄사령관까지 겸하겠다는 내용이었다. 그때 단종 임금이 벌떡 일어섰다. 그리고 익선관을 벗어 수양대군에게 집어 던졌다.

"숙부는 이 자리가 그렇게 탐이 났소? 숙부는 숙질 간 혈육의 정도 배신하고, 군신의 의리도 저버렸소. 후일 역사가 두렵지 않으십니까? 이제 나는 왕도 아니오. 마음대로 하시오."

단종이 휙 돌아서서 침실로 들어가 버렸다.

임금의 뜻밖의 행동에 모두 어안이 벙벙했다. 단종 곁에 서 있던 혜빈 양 씨가 내려와 익선관을 주워 두 손으로 받쳐 들고 침실로 들어갔다. 혜빈의 눈에서 눈물이 비 오듯 쏟아졌다.

이 광경을 지켜보고 있던 수양대군과 승지들은 눈 하나 깜짝하지 않고 태연했다.

"빨리 나가서 조정을 다시 세우시오."

수양대군이 수하들을 이끌고 편전을 도도하게 걸어나갔다.

수양대군은 날이 밝은 뒤에도 피의 학살을 계속했다. 김종서와 실낱만 한 연관이라도 있으면 모두 역적으로 몰아 참형을 했다.

김종서 삼부자를 비롯해 황보인, 정분, 조극관, 이양, 민신, 윤처공, 이명민, 기연, 조번, 이형로, 하석 등 대신과 무신, 선비 일백여 명이 목숨을 잃었다.

김종서의 둘째 아들인 김승벽은 김종서가 처가에서 참살당할 때 멀리 떨어진 집에 있었기 때문에 목숨을 건졌다. 덕분에 홍득희와 함께 효수당한 아버지 김종서의 시신을 거두어 고향 땅에 내려갈 수 있었다. 그러나 수양대군의 밀정들에게 들켜 서울로 압송된 뒤 양정의 칼에 목숨을 잃었다.

수양대군의 정치 보복은 그칠 줄 몰랐다. 참살당한 충신들의 가족, 친지 또한 불벼락을 맞았다.

"역적의 아비와 열여섯 살 이상의 자식은 영원히 변방의 관노로 삼아라. 열다섯 살 이하인 자식과 모녀, 처첩, 조손, 형제, 자매 또는 자식의 처첩도 영구히 변방의 관노가 되게 하라. 백숙부와 형제의 아들은 먼 곳에 모두 귀양 보내고, 참형을 당한 자의 재산은 모두 몰수하라."

수양대군은 이날의 학살을 계유정난(癸酉靖難)이란 이름으로 사직을 구한 최대의 의거로 규정했다. 이후로도 수양대군은 가혹한 후속 조치를 계속했다.

한편으로는 공로를 세운 수하들도 요직에 배치하고 엄청난 재산을 나눠 주었다. 대신들의 처첩과 누이동생, 딸은 공을 세운 수하의 집 노비로 주었다.

김종서의 큰며느리이며 김승규의 처 내은비와 딸 내은금은 정인지의 종으로 주었다. 또한 둘째 김승벽의 처 효의는 홍윤성의 종으로 주었다.

더욱 기가 막히는 일은 병조판서 조극관의 처 현이는 양정의 집 종으로 주었다. 양정은 무신으로 병조에 몸담고 있으면서 판서인 조극관을 최고 상전으로 모시던 일개 호군이었다.

흰 눈이 펑펑 쏟아졌다. 김종서를 비롯한 일백여 명의 충신이 흘린 붉은 피를 덮기라도 하려는 듯 눈은 그치지 않았다. 천지가 하얗게 변했다.

공주목 요당 비계실, 천태산 기슭 초라한 묘 앞에 소복 차림의 홍득희가 젊은 청년과 함께 나란히 서서 큰절을 올렸다. 홍득희의 얼굴은 굵은 눈물로 범벅이 되었다.

"아저씨를 지키지 못한 득희를 용서하십시오. 아저씨의 충절은 아들 승유가 이어갈 것입니다."

홍득희는 절을 마치고 곁에 선 승유를 보고 목 메인 소리로 말을 이었다.

"승유야, 아저씨는 너의 아버지시다. 너는 홍승유가 아니라 김승유다. 그리고 김종서 장군의 셋째 아들이다."

"예? 어머니, 그게 정말입니까?"

승유가 눈물 젖은 눈을 번쩍 뜨며 홍득희를 쳐다보았다.

"내가 진작 이야기하지 못해 미안하다. 너는 나와 아저씨 사이에 태어난 나의 외동아들이다. 아저씨가 북방 변경에서 오랑캐와 싸울 때 내가 자청해서 하룻밤 은혜를 입은 일이 있단다. 이제 아버지가 없는 이 나라 사직을 너라도 지켜야 한다. 자, 아버지께 큰절을 올려라!"

비명도 없는 초라한 묘 앞에 엎드린 모자의 등에 함박눈이 계속 쏟아졌다.

에필로그 — 내가 뭐 임금 자리나 탐내는 사람인가?

　김종서 장군을 역적으로 몰아 제거한 수양대군은 그날부터 거침없이 국권을 손에 쥐고 흔들었다.
　마침내 형식으로만 남아 있던 단종마저 이 년 뒤에 밀어내고 대권을 빼앗았다.
　성삼문 등의 복위 운동을 평계로 상왕으로 뒷전에 물러나 있던 단종을 노산군으로 강등시켰다가, 다시 평민으로 끌어내린 뒤 영월로 귀양살이를 보냈다.
　여섯째 동생 금성대군이 무력으로 단종을 복위시키려 했지만 수포로 돌아갔다. 수양대군은 마침내 단종의 목숨과 혜빈 양 씨의 목숨도 빼앗고 말았다. 금성대군 일가는 형인 안평대군 일가와 함께 둘째 형인 수양대군의 손에 의해 모두 죽임을 당했다.
　세조가 된 수양대군은 십사 년 동안 용상에 앉아 있다가 마침내 몹쓸 병으로 생을 마쳤다.

수양대군이 단종의 왕위를 뺏기 위해 죽인 충신이 무려 이백여 명에 이른다. 김종서, 황보인, 정분 등 삼정승을 비롯해 동생 안평대군, 동생 금성대군, 단종의 매부 정종, 세종 임금의 후궁 혜빈 양 씨를 비롯해 성삼문 부자, 박팽년 등 사육신은 사지를 찢는 거열형으로 죽였다. 심지어 단종 복위를 예언한 무녀 용안도 광화문 네거리에서 거열형으로 죽였다.

강철 심장 세조도 재위 십사 년 만에 몹쓸 병에 걸려 죽음을 눈앞에 두자 지난 일을 후회했다. 불교에 귀의하여 속죄했지만 지은 죄가 너무 많았다.

"내가 사람을 많이 죽이고 형벌을 준 것이 나 자신에게 원망스럽다."

세조는 후회하면서 죽기 며칠 전 충신들의 후예와 계유정난에 관계되어 귀양 가거나 종이 된 사람 수백 명을 풀어주었다.

그러나 후회의 때는 늦었다.

조선왕조실록에 따르면 재위 십사 년 되던 해 칠월 오 일 "임금이 불예(不豫:병환)하여 신숙주 등이 문안하다."라는 것이 와병의 첫 기록이다.

뒤에 계속해서 병석에서 일어나지 못한다는 기록이 나온다. 칠월 십구 일, 칠월 이십일 일에는 효령대군의 집으로 피접을 갔다. 팔월 육 일 대군 시절의 사가로 피접을 다시 갔다. 팔월 이십육 일에는 수강궁으로 이접했다. 죽기 이틀 전인 구월 육 일 계유정난에 관련된 사람을 모두 방면하라는 마지막 명령을 내리고 구월 칠 일 왕위를 세자에게 넘겼다. 그리고 다음날인 팔 일 운명했다.

세조의 병명은 한센씨병(나병)이란 기록이 있다. 조선 왕실의 왕족들은 피부병 환자가 많았다. 세종과 문종도 피부병이 있었다. 역대 왕과 종친들, 왕비, 공주가 온양 온천을 자주 드나드는데 모두 피부병과 관계가 있는 것으로 보인다. 세조도 피부병에서 헤어나지 못했다.

김종서를 직접 죽인 양정(楊汀)의 최후는 더 비참했다. 양정은 계유정난의 밤, 돈의문 밖 김종서의 집에서 아버지를 보호하기 위해 아버지의 몸을 감싸고 있는 김승규를 칼로 찔러 살해했다. 그뿐 아니라 목멱산 밑 사돈집에 피신한 김종서를 칼로 난도질하여 처참하게 살해했다. 둘째 아들 김승벽도 양정의 칼에 죽었다. 김종서 장군의 삼부자를 죽인 장본인이 바로 양정이었다.

양정은 그 후 계유정난 공신으로 양산군이란 칭호와 함께 이등공신의 영예를 누렸다. 병조참의, 공조판서, 함길도 도절제사, 평안도 도절제사 겸 영변 도호부사를 지냈다.

세조 십이 년 한성으로 돌아온 양정은 세조가 베푼 환영연 자리에서 큰 실수를 했다.

양정이 평안도로부터 한성으로 돌아오자, 세조는 양정이 오랫동안 변경에 있었다고 하여 술자리를 베풀어서 그를 위로하였다.

"양정이 오랫동안 외방에서 노고했는데도 지금 안색을 보니 매우 살이 쪄 있으므로 내가 이를 매우 기뻐한다."

술판이 무르익자 양정이 갑자기 바닥에 꿇어앉아 세조에게 엉뚱한 말을 했다.

"성상께서 어찌 과도하게 근로를 하십니까?"

갑작스러운 말에 세조의 얼굴이 굳었다.

"군주는 만기를 모두 다스리고 있으니 어찌 근심하고 부지런하지 않을 수 있겠는가?"

"전하께서 용상에 오르신 지가 꽤 오래되었으니 이제 한가하게 안일하심이 마땅할 것입니다."

임금 노릇 오래 했으니 이제 그만두고 쉬라는 뜻이었다.

"경이 말하는 바는 곧 사시(四時)의 순서에 성공한 자는 물러간다는 것인가?"

자연의 법칙이 순서대로 돌아 시한이 되면 떠난다는 뜻으로 해석한 수양대군이 되물었다.

"그렇습니다. 이것이 신의 마음입니다."

"경이 서방(평안도)에 오래 있었는데 서방의 인심 또한 이와 같던가?"

"그 누군들 그렇게 말하지 않겠습니까?"

양정의 대답에 모두 술잔을 놓고 긴장했다.

"내가 죽고, 신숙주와 한명회도 죽고, 경도 또한 죽어서 임금과 신하가 모두 죽는다면 나랏일은 누가 다스리겠는가?"

세조의 얼굴에 노기가 서렸다. 신숙주와 한명회도 얼굴이 하얗게 변했다.

"다음을 이을 사람들이 있게 될 것입니다."

"내가 뭐 임금 자리나 탐내는 사람인가?"

화가 난 세조가 내뱉듯이 말했다.

이 사건을 두고 신숙주, 한명회 등이 반역 행위니 양정을 엄벌해야 한다고 강력히 주장했다. 양사(사헌부와 사간원)에서도 신하가 임금의 퇴진을 요구한 대역 사건으로 고발하여 세조는 마침내 양정을 형장의 이슬로 사라지게 했다.

김종서를 죽인 두 장본인의 최후는 이렇게 비참했다.

「김종서는 누가 죽였나」 結

::작가의 말::

　조선왕조실록 세종조 10년의 기록에 황해도에 여자 산적이 나타났다는 내용이 있다. 또한 같은 해 황해도에 신백정 출신 산적 홍득희(洪得希)가 체포되었다는 기록도 있다.
　필자는 이 기록에 상상력을 더해 홍득희라는 신백정 출신 산적 여자 두목을 창조했다. 2008년에 발표된 필자의 졸저 〈대왕 세종〉에서 홍득희와 김종서가 운명적으로 만나는 이야기를 쓴 일이 있다.
　이번 소설에서는 김종서의 생애에서 지을 수 없는 여인으로 산적두목 홍득희를 등장시켰다.
　김종서의 가장 큰 업적이 북방 국경의 개척이었다. 이 과정에서 만난 소녀 홍득희는 뒤에 김종서와 수십 년간 끈질긴 인연을 이어가고 마침내는 김종서의 아들을 몰래 기르기까지 했다.

김종서의 죽음과 수양대군의 왕위 찬탈은 조선조 600년 사상 두 번째로 큰 사건이 아닐 수 없다. 첫 번째 큰 사건은 물론 일본에게 제국을 빼앗긴 일일 것이다.

김종서의 죽음은 그만큼 역사를 뒤바꿔놓은 중대 사건이었다.

이 사건의 본체는 소위 계유정난이다. 계유정난을 둘러싼 여러 가지 미스터리는 아직도 남아 있다. 필자는 이 사건을 추리 소설의 방식으로 접근해 보고자 노력했다.

김종서를 죽음에 이르도록 연출한 사람은 물론 수양대군이다. 그러나 김종서를 자기 손으로 죽이지는 않았다. 김종서를 죽이기 위해 직접 칼을 뽑은 사람은 따로 있다. 그 사람도 뒤에 수양대군에 의해 목숨을 잃고 만다.

계유정난을 전후한 조선 왕조는 한강을 거꾸로 흐르게 하는 역사의 대 반역이 일어났다고 할 수 있다. 음모가 혁명으로 변하는 과정의 추적은 추리소설의 몫일 수도 있다.

이 소설은 인터넷에 6개월에 걸쳐 연재한 작품이다. 그러나 다시 책으로 내면서 중요한 부분 몇 군데를 바꿔 썼다는 것을 부연한다.